城市陷阱

范小青 著

长江出版传媒 长江文艺出版社

图书在版编目（CIP）数据

城市陷阱 / 范小青著. -- 武汉：长江文艺出版社，
2023.12
ISBN 978-7-5702-3305-2

Ⅰ. ①城… Ⅱ. ①范… Ⅲ. ①中篇小说－小说集－中
国－当代 Ⅳ. ①I247.5

中国国家版本馆 CIP 数据核字(2023)第 158193 号

城市陷阱
CHENGSHI XIANJING

责任编辑：周　聪　龙子珮　　　　　　责任校对：毛季慧
封面设计：璞茜设计－李栖　　　　　　责任印制：邱　莉　王光兴

出版：长江出版传媒 ｜ 长江文艺出版社
地址：武汉市雄楚大街 268 号　　　　邮编：430070
发行：长江文艺出版社
http://www.cjlap.com
印刷：武汉市首壹印务有限公司

开本：880 毫米×1230 毫米　　　1/32　　　印张：9.125
版次：2023 年 12 月第 1 版　　　　2023 年 12 月第 1 次印刷
字数：197 千字

定价：39.80 元

目　录

遍地痕迹

在危重病房醒过来，已经是三天以后了。

因为头部重创，当天晚上发生的事情，全部丢失了，他唯一记得的一个场景，一个印象，就是他推着自行车从家里出来，回头看时，父亲站在家门口朝他挥手。

天色已渐渐地暗下来。

时间虽然不算太晚，但是山区的天，黑得早。

其他所有的一切，全部断片了。

幸好有另一个当事人，刘英。

根据刘英的叙述，和赶来医院的张强父亲的补充，才完整地还原了事情的经过。

在县城工作的张强接到父亲的电话，说隔壁李叔有事找他商量，电话里三句两句说不清，他最近如果能够抽空，最好回去一趟。

张强知道是什么事。李叔的女儿娟子今年高考，娟子的成绩是不用担心的，在县中一直名列前茅，关键是娟子在填志愿的问题上不听大家的意见，她自作主张，想学考古，如果真的学了考古专业，那娟子今后人生的方向，离家乡，离亲人，离张强，就会很远很远了。

这让一辈子生活在山村的父母和村里人都觉得不可理解，不可接受。

李叔想让张强劝劝她。娟子从小个性强，向来自作主张，要说谁说话她能听进去一点，也就是张强了。

张强和娟子从小一起长大，两人亲如兄妹，娟子从会说话以来，就一直喊他哥。

张强是村子走出去的为数不多的大学生，读的是警官学校，毕业后回到县公安局，在刑警大队工作，他是村里的骄傲，是父母的骄傲，更是娟子的骄傲和榜样。

其实在这之前，张强和娟子已经通过电话，一向听张强话的娟子，这回却怎么也听不进劝，坚持要学考古。

这让张强感觉有点奇怪，隐隐约约觉得这里边是有原因的，但到底是什么原因，张强还没来得及细想，就接到了父亲的电话。

那两天他正在参与一件大案的侦破工作，到了关键的时刻，一时走不了，耽误了两天，等到案子一告破，张强立刻请了假赶回村子去。

可惜他已经迟了。

这天一大早，娟子已经走了。这是填高考志愿的日子，老师把参加高考的同学集中到学校，指导大家填志愿。

张强到家，李叔也在，张强听说娟子已经去填志愿了，有些着急，李叔却告诉他，不用担心了，娟子已经听了劝，不打算报考古专业了，更何况，娟子高考发挥得好，分数超出了大家的预期，填报一流大学的任何专业都是绰绰有余的。

这事情也就尘埃落定了，不过张强还是关心地问了一下，老师到底建议娟子填哪几所学校和专业。李叔有点难为情，他也说不太清。

张强笑着说，李叔，你只负责高兴就行。

李叔的确高兴，女儿辛苦这么多年，总算要熬出头了。不说其他，单说娟子在县中上学的这三年，李叔一家人不知道担了多少心。

县城虽然不算太远，但是路不好走，前些年山区修了盘山公路，通了汽车，如果走盘山公路绕行，那就必须搭乘汽车，否则一两个小时也走不到家。

娟子刚上高一的时候，还没有什么自信，虽然功课不错，但是她的山里口音和穿着打扮，受到一些女同学的嘲笑，比较孤立，所以那时候娟子老想着回家，可是回家太不方便，家里经济条件也差，也没有多少钱让她可以经常乘坐长途车。

有一天半夜，家里人听到有人敲门，爬起来一看，娟子居然回来了，赫然就站在门口，问她是怎么回来的，她笑呵呵地说是搭了一辆从县城过来的货车，就坐在副驾驶的位子上回来的。

这可把家里人吓坏了，好在娟子是遇上了好人，福大命大，没有出事，还十分顺利。

但是家里人越想越后怕，娟子实在太让人操心。那时候张强已经是警官学院大三的学生了，他还记得，李叔专门给他写了信，求他劝劝娟子，不要再冒险，吓死人了。

他已经有手机了，但是娟子还没有，他就给娟子所在的县中打电话，值班的老师把娟子叫来后，娟子一听，顿时笑了起来，说，哥啊，你胆子也太小了，你考的是警校吗，你今后出来是要做警察吗？

张强说，娟子，这不是胆子大小的事情，这是防范意识，没有防范意识，迟早要出事的。

娟子继续笑道，哥，你这是咒我要出事吧。

张强急了，说，娟子，我怎么会咒你呢，可是你的防范意识太——就算你自己不怕，可是你想想你家里人，你爸你妈，一直在为你担惊受怕——

好了好了，哥，我答应你，娟子爽快地说，至少，我向你保证，我不会再搭陌生人的车回家。

虽然娟子嘴上答应，可张强了解娟子的性格，大大咧咧的，所以尽管娟子承诺了，但是张强心里，一直是隐隐不安的。

好在后来娟子渐渐适应了县中的生活，也融入了那个大集体，回家的次数也就越来越少，她把精力和时间都用在学习上了。

后来再也没有发生过随便搭陌生人车的事情。

其实，从县城返回，另外还有一条近道，村里人如果急着要到县城，有时候也会走这条道的，那全是山路，但是只要有力气，会爬山，翻过几个山头，就到县城了。

当然，村子里的人，有的是力气，也很会爬山，他们从小就爬山。他们爬山，和平原地区的人走平路差不多。

只是山道比较偏僻，而且自从有了盘山公路，翻山的人也渐渐地少了，村里有些比较富裕的人家买了摩托车，甚至汽车，同村人要搭个车，那都是很自然的事情，所以，那条曾经连接山村和县城的山道，已经渐渐离他们远去了。

李叔告诉张强，今天娟子填了志愿，她就会返回，只是李叔并不知道她是坐车从盘山公路回来，还是会心急地翻山回来。

娟子从小胆子大，性子又急，如果搭不到车，她很可能就翻山回家了。

李叔已经给娟子发了短信，让她不要翻山回来，今天如果搭不到车，可以明天回来的。

娟子没有回信，也许她正和老师一起研究着怎样上到最理想的大学呢。

张强听了李叔的话，有些担心，张强说，李叔，要不你再发个信，让娟子还是别走山道吧，山道不安全。

李叔倒不太担心，李叔说，没事的，娟子胆子大，这几年她回家，多半是走山道的，她才不怕，呵呵，像个男孩子。

张强说，说心里话，我是一直担心她的。

李叔停顿了一下，又说，嘿嘿，没事的，反正今天最后一次了，考上大学就好了，就不用翻山回家了。

张强的父亲也对李叔说，恭喜你们啊，书包翻身了。

李叔高高兴兴地回去了。

张强和父母亲聊了一会天，因为第二天一早就有重要任务，张强来不及等母亲做晚饭了，扒了几口中午的剩饭，就出发返回县城。

他推着自行车出门时，回头看，父亲正站在门口朝他挥手——这是张强这一趟回家，留下的唯一的一点记忆。其他的关于他回家的所有内容，都是父亲叙述出来的，张强已经没有一丁点印象了。

不过，他当然是相信父亲的。

另外的一部分，是刘英叙述的。

刘英和娟子是同学，这一天她们一起到县中填报高考入学志愿，傍晚时分，她们一起走出校门，虽然正是夕阳西下，但是两个女孩子看到的却是未来的灿烂的阳光。

乡间的末班车已经开走了，现在，她们要么走回家去，或许在路上能搭到车，要么在县城再住一个晚上。

她们决定回家。

今天和往日不同，今天也许就是她们人生的一个崭新的开始，她们更愿意和亲人分享这个日子。

两个女孩子在县城的西北方向分头而去。

其实她们本来应该是同路的，从县城出发，如果走盘山公路，先经过刘英的村子，再往前不到十公里，就是娟子家所在的村子小藤村。

只是事情十分明显，娟子不想走盘山公路，万一搭不到顺风车，得花费数倍的时间，她更愿意"噔噔噔"地一口气翻过几个山头，就到家了。

刘英不如娟子胆大，她更愿意到盘山公路去碰碰运气。

刘英果然运气不错，刚走出县城上公路，就搭到了一辆车。一切的事情，就是从这辆车开始的。

上车的时候，刘英并不知道这是一辆黑车，她还十分奇怪，她走在路上，听到身后有车过来，她停下来，手一伸，车就停在她身边了。

刘英起先是有点犹豫的，但是看到车上除了司机，另外还有三个人，他们正和司机说说笑笑，刘英也就放松了警惕。这时候司机告诉刘英，他开的是黑车，车上的三个乘客，同意拼车，所以他才停下来，问一问刘英要到哪里，看看顺不顺路。

开黑车在这一带是十分正常的事情，刘英似乎也没觉得黑车会有什么问题，既然是顺路的，人家也愿意挤一挤带上她，她没有过多考虑就上车了。

后来刘英反复回忆，她几乎不敢相信这件事确实发生过，而且，确实就发生在她身上。生性谨慎又胆小的刘英，说什么也不可能如此轻易就上了这样一辆车，肯定没有麻醉药迷幻药之类，如果一定要给出解释，恐怕只有两个字：命运。

刘英的命运在山路上打了个转。

当然，不仅仅是刘英。

刘英上车以后，知道那三个乘客的路要比她远一点，她会先下车，下车的地方，离村口只有一小段路，刘英彻底放心了，至今她还记得，她听到乘客和司机在谈论前不久发生的一桩黑车抢劫杀人案，说得刘英心惊肉跳，他们却像在谈什么风花雪月的故事，刘英心底里，就渐渐升起了一丝不祥的预感。

好在车子很顺利就到了刘英家村子附近，这儿有个乡间班车的停车点，司机将车子停稳，收了刘英的车钱，刘英下车，车子就继续往前走了，一切就是这么顺利。

刘英心里的那一丝不祥预感也飘散了。

天色渐渐地暗下来了，刘英的心情却是一片明亮，她哼着欢快的歌曲，沿公路拐了个弯，往村子走去，她很快就能看到村子里的炊烟，这正是家家户户做晚饭的时间了，她甚至已经听到村庄的声音了。

忽然间，刘英停止了她的哼唱，因为她听到了背后的脚步声，越来越快，越来越近，她还没有反应过来，她的嘴和脸，就从背后被人捂住了。

与此同时，她口袋里的手机也被抢了。

是车上的那三个人。

刘英想挣扎，但完全没有用，三个男人对付一个弱女子，甚至根本不需要费什么力气，吓也把她吓瘫了。

刘英心知不妙，她克制住慌乱，先是放弃了抵抗，然后低下头，想向他们表达出自己驯服的意思。

果然，那三个人稍有点放松了，其中一个说，别捂太紧了，小心闷死了。

另一个不同意说，放开了万一她喊呢，这里离村子不远，喊声听得见。

再一个说，还是捆起来放心。

他们肯定是有预谋的，是有备而来的，因为他们竟然随身带着捆绳和胶带，将她的手和嘴都捆上、封住了。

现在刘英只有眼睛是可以使用的，刘英的眼睛里流出了眼泪，是后悔和恐惧的眼泪。但是，后悔已经来不及了，恐惧笼罩了她。

哭，现在就哭了？他们中的一个人开始嘲笑她。

另一个人说，别跟她啰唆，赶紧走。

他们推搡着她，拉扯着她，往远离村子的方向走。刘英的嘴被紧紧地封着，喊不出声，就算她能够喊出声来，现在，他们离村子越来越远，村子已经听不到她的喊声了。

那个嘲笑刘英的还是比较多嘴，闷着头赶路觉得无聊，他又说话了，他说，咦，季八子的消息蛮准的，他说今天会有高中生走山路，果然的。

刘英顿时想到，原来除了这三个人外，他们还有同伙。

有同伙又怎么样，没有同伙又怎么样，她已经落在他们手里，命运已经拐弯了，她并不知道等待她的将是什么，她只知道，那一定是噩运。

绑票？拐卖？奸杀？

天色越来越黑，走在路上已经看不清任何东西了，刘英一直指望着能有汽车路过，打出光亮，照到他们，可是山区公路本来车就很少，何况已经是晚上，他们走出一大段路也没见到一辆车。

有一个人早已经看出刘英的心思，说，你别妄想了，就算有车来，你也招不了手，就算你能招得了手，人家也不会来救你，现在谁也不想惹事情。

另一个帮衬说，是呀，大黑夜的，谁愿意在山路上停车，多危险呢。

刘英被他们说准了心思，顿时泄了气，眼帘低垂，她还指望他们能够良心发现，觉得她可怜，然后——

没有然后。

他们早已经不理睬刘英，他们压根就没把她放在眼里，他们对待刘英，就像对待一件物品，一件本来就属于他们的物品。

在他们那里，搞一个人，真的并不是那么难，似乎一切都是轻而易举的。

也许，甚至，杀一个人，也就如杀一只鸡那么简单。

刘英悔之不及。

走在黑夜里，他们开始聊天。

哎，你们说，这个妞，破没破瓜？

你想知道？你试试吧，嘻嘻嘻。

真的？我真的可以试？

你问老大。

哥，我想试试，嘿嘿。

老大呵斥他说，闭嘴，你都干了多少回了，你不知道破瓜和没破瓜的，要差多少？

那个，我知道的，我只是想试试，哥你看，这夜路上，一个人也没有，不仅我可以试，干脆我们三弟兄都尝尝。

刘英简直要吓晕过去了，她的手膀子被捆得很紧，一动不能动，她只能拼命眨眼睛。可是天黑了，他们看不见她的眼睛。其实，就算他们看见她在眨眼睛，他们会放弃他们的邪恶吗？

不会。

老大仍然不同意，老大说，你试一试，你爽了，我们得少赚多少，不知轻重的家伙！

刘英在慌乱中作出了判断，这是拐卖妇女的团伙，他们要的是钱，她要镇定自己，先保住生命。

那个不知轻重的家伙心有不甘，守着如花似月的女孩子，他不能安分了，他躁动得不行，他不满意地说，哥，每次你都弄个老菜帮子给我，我跟着你，干了这么多年，哥你好歹也让兄弟我破个处啥的。

那老大是个会做老大的人，不和兄弟明斗，耍花腔说，要破也不难，你得等我们谈了好价钱，等买家付了款，查过身子，认了账，你再破。

那家伙急得说，那多难哪，人家付了钱，人就带走了，哪里还轮得到我？

老大说，你别急，有的是办法，到时我们哄他们多住一晚上再走，你不就得手了。

另一人说，老办法，给他们弄点睡觉的药，让他们做个美梦，嘿嘿嘿。

那个火急火燎的家伙说，那说好了啊，她的瓜必须我来破，你们要排在我后面的啊。

老大敷衍他说，排队排队，你先用，放心吧。

他们三个都笑了起来，他们真的把刘英当成物品在那里讨价还价。

刘英已经万念俱灰，她的眼泪差不多流干了。

刘英看到过许多拐卖妇女的报道，有些人贩子手段相当拙劣，甚至非常低级，刘英也曾经和其他女生一起议论过，都不敢相信那些被骗被拐的女孩怎么会这么轻易就上当，她们也从来不会想到有一天自己会碰上这种可怕的事情。

但是可怕的事情已经来了。

刘英甚至想到了死，她想一死了之。但是一想到死，她心里就哆嗦，她不想死，年轻的女孩子，怎么可能和死连在一起，美好的生命还刚刚开始，但是如果活下去，很可能就是生不如死呀。

刘英也甚至想向人贩子提出拿钱换人，虽然家里也许拿不出多少钱，但是为了救女儿，父母一定会想出办法来的。

可惜，人贩子根本不给她谈判的机会。

他们根本没有把她当人。

他们又走了一段，那个老大掏出手机看了看时间，说，应该快到了，再走下去，差不多要回到县城了。

另一个兄弟说，老大，你没有记错约定的时间地点吧？

老大说，呸，你见我出过错吗？

那兄弟刚要说话，老大忽然"嘘"了一声，大家顿时屏息凝神，四围一片寂静，就听到了嘎啦嘎啦的车轮声，像是一辆旧了的自行车。

声音是从背后传过来的，不等这三个人贩子回头，飓风一般的，一个黑影就冲了过来，猛地刹车后，他将自行车推倒在地，一个人只身扑向三个还没有反应过来的人贩子。

在后来很长的一段时间里，刘英一直反复地回想当天晚上发生的一切，回想张强冲过来的那一瞬间的情形，恍若在梦中。

她只是记得，已经绝望的她，猛然间一回头，借着月光，她看到一张黝黑的英俊的脸庞，一双炯炯的大眼睛，喷着愤怒的火花。

张强一对三和人贩子打开了，他是警校出身的，自然会打，可是人贩子毕竟有三人，张强感觉到自己占不到上风，一边打一边对着刘英持续大喊，你，快，快报警——他看刘英呆若木鸡，又喊道，打手机，打电话呀！

刘英急得哭起来，手机，手机——

张强明白了，手机早已经不在她身上了，他立刻喊道，快，你骑车走，到县城去喊人，你，快骑车，到县城，喊人——

刘英呆住了，身子居然一动也不会动。

张强急得大骂，你听不懂人话？你他妈找死啊？你有没有脑子啊？你什么什么什么——

刘英渐渐回过神来了，她狠狠心，一跺脚，赶紧骑上车，往县城方向飞驰，她曾经想回头看一看，但是她不能回头，她一回头，很可能就走不了了。

刘英并没有骑到县城，刚骑出一段路，迎面就来车了，是一辆警车，迎着她停下来，原来是那个黑车司机回去报了案，带着警察来了。

等他们再赶到事发地点，三个人贩子已经不见踪影，张强昏迷在地，头部受了重伤。

三天以后，张强在医院里醒来了。

但是他什么也不记得了。

后来通过刘英和自己父亲的讲述，他才得以把那天傍晚发生的事情断断续续地串联起来。

只是，因为不是自己的记忆，他总觉这些事情和他自己这个人，中间似乎隔着些什么，或者说，这中间缺少了什么，也许过程中还有哪些是他们所不知道的，只是因为自己已经丧失了这一部分记忆。

他们的叙述其实并不完整，张强从家里出来，到盘山公路上看见了人贩子绑架刘英，这一段时间，是空白的，是彻底丢失了的。

父亲和刘英也无法帮他捡回来。

好在刘英被救下了。

张强醒来的时候，刘英的父母亲给他跪下了，可刘英却不在医院，按理她应该守护着救命恩人的，可是她却不在。

她在最后的时间里，修改了自己的高考志愿，把自己的第一志愿和所有志愿都改成了警校。

就是张强曾经就读的那个学校。

张强醒来后，需要在医院继续治疗和观察，局里领导和刑警队的同事来看他，都是急急忙忙，到一会儿就走了，说是有重要的案子，张强问是什么案件，他们都不细说，刑警队的副队长老金对张强说，你安心养伤，等你出院，说不定案子已经破了。

这期间，刑警队队长老钱一直没来看他，老金告诉他，钱队被市局喊去汇报案情了。

张强就想，是个大案。

其实，他早就觉察出这是个大案，虽然大家尽量让口气显得轻松，但是张强向来敏锐，他能听出来，他能感觉出来，碰上大案了。

下午阿兵来看他时，他就直截了当对阿兵说，是发生在山上的案子？

阿兵奇怪，你怎么知道，金队告诉你了？

张强说，你们的鞋上，都是泥。

阿兵下意识地看了看自己的鞋，那泥土的颜色黑中略带点红，有些特殊。

就在那一瞬间，张强心里忽然有了一种预感，有一种非常不祥的预感。

他的预感向来很准。

这一回也一样。

是娟子。正是他一直提心吊胆、一直担惊受怕的，娟子真的出事了。

那天晚上，娟子和刘英在县城分手，娟子一口气翻过几个山头，她站在离村子最近的那个山头，望着生她养她的那片土地，天已经黑了，已经看不见了，但是娟子闻到了村子的气味，她听到了村子的声音，娟子笑了。

她不知道，危险正在向她逼近。

一条鲜活的生命，就这样被剥夺了。在僻静的黑色的山路上，娟子被人残忍地杀害了。

因为案发时间是夜晚，又在人迹稀少的山头，一直到第二天中午，才有翻山路过的村民发现了死去的娟子。

张强的心一直往下掉，往下掉，掉到一个无底的深渊，他的受了伤的脑袋好像重新要裂开了，要爆炸了，他不能再在病床上躺下去了。

张强跳了起来，拔掉输液管，直奔案发现场。

已经过了侦破命案的 72 小时黄金时间，案发现场早已围封，空无一人。该取的痕迹和证据，队友都会细心提取的，张强这时候再到案发现场，并不是来破案的，他是来和娟子告别的，只是他万万没想到，竟然以这样一种方式和娟子告别。

他都还没有来得及向娟子说出他的心思，娟子就永远地带走了他的初恋和爱情。

他的脑袋瓜子终于承受不了了，他抱住自己开裂的脑袋倒了下去。

当他再次醒来，发现自己泪流满面，身上沾满了黑中带红的泥土，这是他家乡的泥土，这是娟子丧命于此的泥土，他站起身，朝着空旷的山野，他想高声喊叫。

但是他埋下了喊叫，将它深深地埋在心底的最隐秘的地方。

有人说过，所有的案件都是人做的，所有的作案人都会留下痕迹的。

但是，在李娟案的现场，却没有留下任何的痕迹。或者换个说法，现场可能留下的任何痕迹，都被清除掉了，脚印、指纹、血迹、物品，什么也没有留下。别说可能存在的另外的一个人或几个人，别说杀害娟子的凶手，就连娟子自己的脚印，也被抹得干干净净，好像娟子出现在那里，是从天上下来的，是从地底下冒出来的，是从一个不存在的地方来的。

不难判断，凶手处理现场有丰富的经验，是个老手。

唯一能够推断出死因的，就是娟子脖子上的勒痕。娟子是被掐死的。

那就是说，除了凶手的那双手，根本就没有作案工具。

张强在一无所有的案发现场找了又找，寻了又寻，恨不得挖地三尺，恨不得把整座山翻个转，可是除了泥草和植物，真是一无所有。

悲伤、愤怒和沮丧的情绪，一直裹挟着他，他冷静不下来，一直到他在现场一无所获、不得不离开的时候，他才渐渐冷静下来，他往小藤村的方向走了一段，踩到了一件东西。

是一根细藤带子。

细藤带子，在这一带太普遍了，小藤村之所以村名叫小藤，是因为这个地区有一种特殊的产物：细藤。小藤村周边的山上产的藤条，比别的地方的藤条要细得多，但它的韧性却非常强，带有一股天然的清香味。

因为细藤十分柔软，村里很多人，都用细藤编织成细藤带子，做自己的生活用品，比如男人用它们当裤带，女人会用它做吊带衫的吊带、扎头发，用它编织手袋，等等。

在一个细藤遍野的地方，地上的一根细藤带子，为何能让张强的神经为之牵动？

张强因为悲伤和愤怒，已经完全看不清自己的内心世界了，他只是弯腰将这根细藤捡了起来，随手塞进口袋。

在成立专案组的时候，局里也曾经有人提出，担心张强感情用事，想让他回避这个案子。但是刑警队的同事又都十分了解张强，专案组里有他没他，他都不会放弃，都会拼了命去破这个案子的。再说了，山区的地形和其他方面的情况都比较复杂，只有张强，对自己的家乡，对生他养他的那片土地，是最了解、最熟悉的。

命案侦破的黄金时间72小时，张强在昏迷之中，一想到这个，他心里就涌起难以克制的内疚和懊悔，都怪我，怪我，我要是没有受伤，一定不会错过72小时的，我熟悉那个地方，那个地方，我闭着眼睛也能——

金队说，强子，你别胡思乱想了，怎么怪你呢，你救了刘英，你立了三等功，你——

张强只是摇头，说不出话来，金队心里也十分不好受。

虽然娟子比张强小好几岁，但是他们从小一起长大，他一直视她为妹妹，等娟子长大后，他发现，自己非常喜欢这个妹妹，而且，早已经不是喜欢妹妹的那种喜欢了。

就在张强回队的这天，法医的第一份鉴定报告出来了，娟子身上，有厮打的伤痕，警方获得了一条极为重要的也是唯一的线索，通过娟子指甲缝里的一星点皮肤组织，确定了一个人的血型：A型。

接下来破案工作立刻有了方向，先是让案发地小藤村的适龄对象，全部进行血检，排查出12个A型血的人，排除了没有作案时间的，排除了老弱病残没有作案能力的，排除了已经失去联系3年以上的。

最后剩下两个人，不能排除。

一个是村里的二混子，叫毛吉子。这毛吉子生性懒惰，好吃懒做，年纪轻轻到处混日子，四处游荡。你要找他吧，他好像长年累月都不着家；你不想见他吧，他又总是会在你面前晃荡，给你添麻烦。

找到毛吉子并不难，张强和金队就守候在他家，毛吉子的爹娘也不为毛吉子说话，更没有丝毫给毛吉子通风报信的想法，老两口口中还骂个不停。

张强和金队只守了半个小时，就看到毛吉子晃荡晃荡地回来了。

一看见张强和金队，毛吉子吓蒙了，愣了一会，转身就跑。

张强三步两步就追上他，揪住，拉到金队面前。

毛吉子立刻腿软了，打着哆嗦说，强、强、强子哥，别、别抓我——

张强说，你为什么要逃跑？

毛吉子说，我、我犯事了？

张强心里猛地一刺痛，眼前顿时闪现出那个傍晚在隐秘的山区里发生的情形，毛吉子在偏僻的山道上拦住了娟子，上前紧紧抱住娟子，娟子拼命挣扎，毛吉子无法得手，恼羞成怒——

难道真是毛吉子——张强的眼里要喷出火来了——就在火光的另一边，某一个阴暗的角落，张强感觉到那里有一个人，一直在看着他们，但是他看不见他的脸，看不见他的身形，只是感觉到他的存在。

金队感觉得到张强的异常，他怕张强冲动，赶紧接过话头问毛吉子，你回忆一下，6月28日下午6点到10点之间，你在什么地方？

张强似乎比毛吉子还要紧张，但他忽然觉得，自己完全不能明白自己内心的想法，是希望毛吉子有作案时间，还是不希望他有作案时间？

他不知道。

脑子里一片空白。

不，脑子里满满的都是当天晚上的幻象。

就听得毛吉子说，让我想想，让我想想——毛吉子的声音渐渐带起了哭腔，我想不起来了，我真的想不起来了，我全忘记了。

金队说，才几天时间，你就忘记了？

毛吉子支吾着说，我，我，我可能，可能，是在犯错误——

犯错误？张强简直要暴跳起来，他把娟子杀了，他说自己是犯错误？

金队拍了拍毛吉子的肩，让他冷静一点，金队说，毛吉子，如果你说不出这个时间段的去向，而且没有人能够证明你这个时间在干什么，结果是什么，你应该知道的。

毛吉子当然知道，他说，我知道，那就是我杀了娟子。

毛吉子的爹忽然冲了过来，一把揪住毛吉子的衣襟，连扇了他几个耳光，才被金队拉开。

老爹气得大骂，你这个杀人坏子，你个杀人坏子，我早就知道你是个杀人坏子——

毛吉子捂着脸，嘟嘟哝哝地说，为了证明你的说法是对的，就算是我杀的吧。

他爹更是气疯了，再次上前揍他，骂道，你个混账东西，杀人这事情也可以"就算"啊，你吃屎长大的？你脑子里灌的是尿啊？

这两父子说话没个正经，做父母的也不为儿子作证，既然毛吉子不能证明自己，金队和张强当场就带走了毛吉子。

毛吉子被铐上手铐的时候，冲着父母亲大笑说，啊哈哈哈，爹，娘，你们终于有了一个杀人犯儿子。

其实金队和张强都是有经验的，毛吉子应该不是凶手，但是毛吉子不能证明那个至关重要的时间段他在哪里，这是案件的核心之核心。

经验有时候也会走眼的。

审问毛吉子的过程，简直就像是和毛吉子在玩弄时间游戏。

金队：再问你一遍，6月28日晚上6点到10点，你在哪里，有人和你在一起吗？

毛吉子一口咬定：我忘记了，我真的忘记了。

金队和张强交换了一下眼色，金队说，那好吧，既然这个时间你说不清楚，那我们换个方向提问了。

毛吉子说，好的好的，你们问什么都可以，只要我能记住的，我一定如实坦白。

你为什么要杀李娟？

毛吉子愣住了，想了一会才缓过神来，咦，他说，你们换个方向，换到这个方向了，直接就问我杀人的事情了。

金队说，杀人的事情你不会也忘了吧？

毛吉子哭丧着脸说，队长，强子哥，我的记性，我最近的记性，真的不行了，我怀疑我得什么病了，他们说人老了就会忘记事情，可是我还没老呢，我怎么就都忘记了呢？

张强气得踹了他一脚，你忘记了？你连杀人的事情都能忘记？

毛吉子说，强子哥，你脚下还是留情的，踹得不算太疼，因为我知道，因为你知道——

闭嘴！张强喝止了毛吉子的胡扯，你老实交代，你是怎么杀娟子的？

毛吉子夸张地喊叫起来，喔哎哎，你们一步一步紧逼啦，刚才队长问是不是我杀了娟子，这会儿你强子哥就直接问我是怎么杀娟子的，我知道，你们是先入为主的，你们认为是我杀了娟子，所以你们才会这么直接地问我，你们算什么警察，警察哪有这么破案的。

金队说，那好吧，我们不先入为主，可是你在家的时候，对你父亲说，"就算"是你杀了娟子，那你说说"就算"的意思，或者，我们换个说法，如果是你杀了娟子，你为什么要杀她？

毛吉子来情绪了，那，那当然，因为我，我喜欢她，我想、想和她××，她不同意，她还骂我，她还打我，我一生气，就把她砍了。

张强脑海里的幻象又出现了，但不是毛吉子形容的那样用刀砍人，而是有一个人用手紧紧掐住娟子的脖子，娟子拼命挣扎——张强憋闷，窒息，他挣扎着，想摆脱，就在这时候，他又感觉到了，在现场的某个角落，有一个人，在看着他们，他看不见他的脸，看不见他的身形，但是他能感觉到有一个人在那里。

他依稀听到金队在问：你砍了她几刀？

毛吉子说，八刀，哦不对，不止八刀，有十几刀，我那把刀，太钝了，我没有时间磨刀。

你身上一直就带着刀，你有预谋？

是呀，我本来是预谋去割细藤的，怎么结果变成砍人了呢。

张强劈头给了他一记头皮，你还割细藤，你个混账东西，你在小藤村活了二十年，满山都是细藤，可是你知道细藤长什么样子？

毛吉子居然笑了，还是强子哥了解我，我不瞎说了，我说什么强子哥都知道我在瞎说。

那你到底带了刀没有？

毛吉子挠了挠头皮，刀？刀好像是带了的，要不然拿什么砍人呢，我的手，细皮嫩肉的，总不能当成刀砍人吧。不过我带刀不是打算割细藤的，强子哥说得对，我才不会割细藤呢，我就是个好吃懒做的货。

那你带着刀干吗？

毛吉子又难住了，他想了又想，是呀，我好端端的带把刀干吗呢，我是要杀鸡吗？

金队也被搞毛躁了，一甩手，走出了审讯室，张强跟了出来。金队说，算了算了，这狗东西，叫他滚。

气话是这么说，但是虽然可以肯定不是毛吉子干的，暂时还不能放他走，他的时间还是有问题，他没有不在场证明。

他们吃了盒饭，也给毛吉子吃了，毛吉子高兴地说，啊咦，还有饭吃，不是说不让睡觉不让吃饭的吗？

呸！

张强心里一冒火，脑海里的幻象又出现了，在那一个夜晚，那一个现场，现在的某一个阴暗的角落，那里有一个人，一直在看着他们，张强看不见他的脸，看不见他的身形，只能感觉到他的存在。

无论毛吉子有多么无赖，多么难对付，他们都得把他的时间逼出来，敲落实了再放人。于是，饭后接着再审。

金队已经知道无望，都懒得和他啰唆了，由张强和阿兵负责审问。

连张强也已经黔驴技穷了，只得反着来问，如果不是你干的，我们铐你，你为什么不抗议？

毛吉子说，强子哥，嘻嘻，我没有吃过手铐，尝尝鲜，没想到铐得这么疼。

你自己承认是你杀了娟子，你就不怕我们信了你，判你死罪？

毛吉子说，这个不会的，你们不会冤枉我的，强子哥，你比包大人还厉害，比福尔摩斯还聪明。嘿嘿。

那你为什么要瞎说八道，你难道不知道，提供伪证也是犯罪？

我没有想提供伪证，我确实是吃不准，我最近的记忆不行了，我的脑子大概出了问题。

金队突然闯了进来，问了一句：你脑子出了什么问题，对时间记不住吗？

毛吉子说，时间？时间是什么？我确实有点搞不清。

金队冒火说，那你就在这儿待着吧，哪天你把时间搞清了，哪天再说。金队一甩手出去了，还让张强和阿兵也退出去。这是金队的惯用手法，张强和阿兵领会，假装起身要走。

果然毛吉子急了，哎，哎——强子哥，你们不能不管我，我可不能天天在你们这里混吃混喝，这不好意思的，罪过的——你让我再想想，6月28日晚上6点到10点是吧，我在哪里，我在哪里，啊呀呀，我想起来，我和大头在一起，在梅镇的天上人间唱歌。

阿兵立刻去了解大头的情况，电话打到大头那儿，大头一听，气得说，毛吉子和我唱歌？和鬼唱歌吧！我出来打工三年多了，一次也没有回去过，除非我死了，我的鬼魂回去了，他和我的鬼魂在唱歌吧。

毛吉子有点难为情，抓耳挠腮，装模作样想了半天，眼睛又亮起来，说，我想起来了，我想起来了，这回是真的，肯定是对的，那天晚上，6点到10点，我和二柱子在桃花镇洗脚，就是，就是那个，他们称之为足浴。

张强气得说，你牛，你厉害，又唱歌，又洗脚，你咋不去嫖呢？

毛吉子说，我想去的，但是钱不够。

再找到二柱子一问，是有和毛吉子一起足浴，但不是6月28日，是半年前，冬天。

毛吉子后来又回忆起一件事，说是6月28日晚上6点到10点间做的，是给邻村一位去世的老人穿寿衣。又核实下来，确实是有穿寿衣的事情，但是发生在一年前了。

金队又气得从外面冲了进来，暴跳如雷，不像个队长了，反倒是张强劝他说，金队，你别生气，我跟你说，这家伙，就这么个人，哦不，这家伙，简直不是个人。

有一回毛吉子在镇上溜达，看到街上贴了一个通缉令，上面写着，在某月某日某时在某超市发生了抢劫案，当时店里只有一个店员，店里的监控录下了罪犯的背影。

通缉令刚贴出去，毛吉子就打了张强的电话，说要自首，说他看到通缉令，就立刻想起来了，就是那天的那个时间，他正是在那个店里，那肯定就是他干的，他知道自己逃不掉，还是自首吧。

其实，监控录像里录下来的，根本就不是他。

毛吉子自己也不解，奇怪说，咦，我怎么一看到通缉令上写的东西，就觉得那是我，我确实是进过那家超市的呀。

再把监控录下的内容往前看，毛吉子确实在那家超市出现过，只不过不是发生抢劫的那个时间。

毛吉子配合着张强的叙述，补充说，是呀，那回我真以为是我干的呢！我去找强子哥自首，强子哥臭骂我一顿。

金队莫名其妙地看着毛吉子，又看看张强。

阿兵也觉得糊涂了，说，毛吉子，你连中午和晚上都分不清？

金队冒火地说，你是有意跟我们捣乱吧，你是要干扰破案吧？

毛吉子急了，赌咒发誓说，队长，强子哥，还有这位警察哥，我可不敢干扰破案，可是，可是，时间对我来说，真是没什么意思的，我要时间干什么？反正我就是一天一天混日子，每天和每天，每时和每时，都是一样的，无所谓的啦，我要搞清楚它干什么呢？

毛吉子的这些破事，竟然为难住了金队和张强这样的"辣手侦探"，一时就僵持住了。李娟案，既可以证明不是他干的，又不能证明不是他干的，这算什么？

幸好，过了一天毛吉子的父亲来了。虽然他骂毛吉子的时候毫不嘴软，毫不留情，恨不得把自己的儿子骂死，但是到了毛吉子真的处在生死边缘的时候，父亲还是要来拉他一把的。

毛吉子的父亲是带着证据来的，证据就是他们家的一个邻居二狗子，二狗子提供了毛吉子不在场的证明，那天晚上那个时间，他和毛吉子两个去偷邻村的鸡，然后跑到梅镇的小饭店去把鸡煮了，喝了半晚上的啤酒。

关于时间的准确性，二狗子也提供得十分精确，几个节点，都得到了印证：第一，在去往偷鸡的路上，走到村口时，刚好看到张强骑上自行车离去，那大约就是六点出头一点；第二，偷鸡的时候，听到了失主家的电视里新闻联播开始的声音，那是七点钟；第三，失主追赶他们的时候，二狗子还抽空给另一个朋友发了一个信息，让他到梅镇饭店吃鸡喝酒，这条信息还在，是七点二十分发的；第四，梅镇饭店的时间，没有见到那个朋友和他们会合，他又发了一条信息追问，那是七点五十；第五，后面他们一直在饭店吃鸡喝酒的情况，由饭店店主提供了证明。

最后又和被偷鸡的邻村的老乡核对过，不仅是时间，连偷了几只鸡、鸡长什么样子都对上了。

真相大白，毛吉子可以走了，就在他们离开之前，张强突然问二狗子，你们偷鸡，毛吉子带刀了吗？

二狗子"扑哧"了一声，说道，毛吉子带什么刀，不用刀的，你别看他手小，偷鸡的本事可不小，手一扭，鸡脖子就断了。

张强听到"断了"两个字，眼前一黑，忽然间，幻象又冒出来了——那个夜晚的山道上，娟子被紧紧地掐住了脖子，黑暗中，有一个人一直看着他们。他看不见他的脸，看不见他的身形，但是他知道他在那里。

毛吉子走了。

小藤村 A 型血这条线索，还有一个嫌疑人，叫许忠。

许忠是在案发前一星期离开小藤村外出打工去了，到了广东某县，并且给家里发过报平安的信息了，但是奇怪的是，他给家里发的信息，却是在李娟案案发后的第三天，难道他在路上走了那么久？这条线索有可疑之处。

根据许忠给家人提供的信息，张强和阿兵赶到广东，很顺利地找到了许忠。

这是许忠临时租住的一个农家小屋。

信息是准确的。

这说明许忠并没有撒谎，可奇怪的是，许忠看到张强的时候，神情显得有些紧张，两只眼珠子滴溜溜地转着，两只手下意识地在裤腿上蹭，好像要蹭干净了和张强握手。

不过最终他也没有伸出手来，只是看着张强说，你、你是强子嘛，干吗这么远跑来找我？

张强请他坐下，他不坐，却说，你说，你说，你有话就说，坐什么坐。

张强觉得挺奇怪，这个许忠，在村里一向忠厚老实，怎么才来广东几天，就变了个人似的，说话奇奇怪怪。

张强虽然有点奇怪，但对于许忠的性格变化什么的并没有往深里想，他一心只想尽快破案。

所以抛开别的疑惑，直接提问：

你是几号离开的？

23 号。

有证明吗?

许忠眼珠子又转了转,理直气壮地说,证明?为什么要证明,小藤村都快憋死人了,我出来打工,见见世面,赚点钱,就是这样,强子你又不是不知道,这还需要证明吗?

那你 23 号出来,是乘坐什么交通工具的?

许忠咧嘴笑了,嘻嘻,强子,乘坐什么交通工具,文绉绉的哦。

阿兵有点急了,说,你直接回答问题,你是怎么到广东的?

许忠说,你是谁啊,我和强子说话,你插什么嘴。

张强说,老许,别废话了,你知道我们是干什么的,你就知道我们来干什么。

许忠说,哟,强子,你还学会了说话绕圈子,你是抓坏人的,你来找我,你是想抓我,那就是说,我是坏人啰。

张强说,你说话才绕圈子,你把 23 号车票拿出来我看看。

许忠又笑了,说,车票,你怎么认定是车票呢,这么远的路,我不会坐飞机来吗?

张强火了,激将他说,飞你个头,我还怀疑你根本没有买票,你是混上车来的吧。

许忠说,你说话要有证据噢,我怎么没有买票,现在又不是从前,想逃票,难呢——一边说,一边在一个破旧的包包里掏呀掏呀,张强和阿兵都认为他在做戏,假装找票,最后肯定会说,哎呀,票丢了。

可是许忠偏偏还真把车票找出来了,递给张强,说,喏,你说我逃票的,我逃了吗?

张强接过车票一看，是 29 日的票。

张强心里"怦"地一跳，赶紧压抑住紧张和激动，说，你说是 23 号来的？

许忠说，是 23 号。

张强把车票塞到他眼前，说，那你看看，这是几号的票。

许忠一急，想把张强手里的票夺回去，可张强怎么可能让他如愿，将票高高举起，说，你怎么解释，29 号的票？

许忠的神色显然有些慌张，但他沉了沉气，歪着脑袋假装想了想，说，咦，怪了怪了，我明明是 23 号来的，怎么车票会是 29 号，谁跟我搞的鬼？

阿兵忍不住说，29 号就是案发后的第二天，你这是凌晨 5 点的票，时间刚好连接上。

许忠好像听不懂，说，时间？什么时间连接上？

阿兵说，你头天晚上在小藤村犯了案，连夜潜逃，刚好到县城火车站买了这张票逃走。

许忠看到阿兵一边说话一边拿出了手铐，顿时吓尿了，扑通一声就朝他们跪下了，说，我坦白，我坦白——

许忠坦白了，从头说起，一开始他是怎么被骗入赌场，然后怎么越陷越深，怎么欠下了一屁股的赌债，怎么借了高利贷还赌债，怎么还上了再赌，又欠了更多，最后也知道自己不可能翻转了，就起了逃走的念头。只是他不知道像他这样的人，早都被赌场的黑势力控制住了，不光人被控制住，连念头也早已被看穿，根本无法逃脱，唯一的办法就是继续赌，继续借——

阿兵打断他说，喂，你不要避重就轻，不要转移我们的注意力，我们要破的是命案，我们要追抓的是杀人犯，不是你的烂赌账。

许忠不服，说，怎么是烂赌账，赌账搞得不好，一样会出人命的。

阿兵气得想上前给他一头皮，张强拦住阿兵说，我们耐心点，听他继续说，看他能说出什么来。

许忠就继续说，后来他们看我越欠越多，也知道我还不了了，他们还对我的全面情况作出调查了解，知道从我身上榨不出油水来了，就开始打别的主意，要我把家里的宅基地抵给他们，我寻思，宅基地可不行，那是我祖宗留下来的，我不能做败家子——

阿兵失声笑了起来，不能做败家子，你欠下这么多赌债，你这烂人，还不算是败家子？

许忠说，你别打乱我的思路，你让我继续说，我知道我不能直接拒绝他们，这些人心狠手辣，直接拒绝说不定我的小命就没了，我假意和他们周旋，我说，我家的宅基地，不是我一个人说了算，我还有一个哥哥一个弟弟，我们得三个人商量。他们相信了我，让我第二天去找哥哥弟弟商量，我赶紧答应，拔腿想走，我真是很傻很天真，他们哪可能再让我离开，当天晚上就把我看住了，第二天要陪着我一起去找哥哥弟弟。

我心想完了，就算我走投无路真要卖宅基地，可我哥我弟怎么可能同意，就算拿我的命威胁他们，他们肯定说，这条烂命，你们拿去好了。

是的，你们一定猜到了，这个时候开始，我就动歪脑筋了，我先是假装睡觉，等看我的那个人也昏昏欲睡的时候，我从背后袭击了他，把他打晕了，我就逃走了，逃到县城火车站，买了23

号的票——

可你是 29 号的票——

看到阿兵又要打断他，许忠赶紧摆手说，你别打断我了，我马上就结束了，我已经说到最后了，你们说得没错，我是潜逃了，但不是杀人，是欠债逃跑，我打晕了那个看我的人，他没有死，我看得很清楚，我还摸了他的脉搏，跳得可带劲呢，又快又有力道，我怀疑他是假装晕过去，可能他是有良心的人，故意让我逃跑的，反正，总之，他只是暂时晕过去——结果，没想到你们警察也会为他们服务，你们竟然帮着他们来追杀我，我逃得这么远也逃不过你们——

许忠哭了起来。

阿兵听到最后，直挠脑袋，说，咦，这是什么事，我怎么好像碰到过这件事情，要不，我是在哪里听到过，难道当事人就是你？

许忠连连点头，没错，就是我，就是我！

一直沉住气的张强终于忍不住了，上前踹了许忠一脚，骂道，狗日的许忠，你他妈的玩我们——

许忠指天画地说，天地良心，我可不敢，借我十个胆子，我也不敢，虽然强子你和我是老乡，可你是疾恶如仇的，我是知道的，你不会包庇我的，我真不敢玩弄你。

张强说，呸，你刚刚说的这些内容，明明是我们刑警队去年破的一个案子，连细节都一模一样，你竟然揽到自己头上，你想干吗，你是想转移目标，你是想把水搅浑吧。

阿兵说，哦，我想起来了，我进单位后，这个案子是作为典型案例拿来给我们新人上课的，难怪我说怎么这么熟呢——那个案子的最后，赌棍逃跑到广东，被黑社会追杀，死了。

张强冷笑道，是呀，老许，如果你硬说你是那赌债案的当事人，那你，死了？我们现在是在和死人说话？

轮到许忠挠头了，他想了又想，说，这我也想不通了，难道我死了还会活在人世间，还能和你们说话，如果真是这样，死也没那么可怕了。

张强说，老许，别胡扯了，你知道我们不是来破已经破了的赌债案的，我现在只问你，你说自己23号离开，怎么车票会是29号？

许忠嘴上支支吾吾，眼神躲躲闪闪，就是不解释。

阿兵还对赌债案心有疑惑，他对张强说，但是奇怪呀，我们破的案子，他怎么会知道得这么清楚，正如你说的，连细节也一模一样？

张强说，难道媒体做过详细的报道？可我们明明没有公开这个案子呀——老许，你是从哪里得知赌债案的？

许忠哭丧着脸说，你非要问我从哪里得知，你们警察就是这样不讲理的，这本来就是我自己的事情，我还需要从别的地方得知吗？

张强给队里发了一个短信，让他们把那个案件的当事人的照片发过来，很快接收到以后，张强把手机举到许忠面前，说，你睁大眼睛看看，这个人是你吗？

许忠愣了愣，还嘴硬，说，不管怎么说，反正就是这样的。

张强说，这个人名叫黄一海，是你吗？你叫黄一海？

许忠又愣了愣，还是说，反正是我，你说我叫黄一海，我就叫黄一海，反正就是我的遭遇，就是我的亲身的遭遇，要不然，我怎么会记得这么清楚？

确实如此呀，他的态度、口吻，都是十二分的诚恳，一点也不像在捉弄警察；他的叙事过程，又是十二分的顺当，不是自己亲身经历，能说得这么溜吗？他把一个与他自己完全无关的案件倒背如流，这算什么呢？连阿兵都被他打动了，阿兵说，神经病啊，把别人的事情扯到自己身上，这是一种新型的精神病吗？

许忠实在扯得太远了，似乎连张强也无法把他拉回来，张强渐渐失去耐心了，直接挑明了问，娟子你认得吧？

许忠说，娟子怎么会不认得，老李家的女儿吧，嘿嘿，强子，你小子别假正经，你喜欢娟子，你以为别人不知道，可其实人人都知道——

张强强压住内心的悲痛，咬着牙说，娟子死了，被人杀死了，你不知道？这几天家里没有人传信息给你？

许忠一听娟子死了，顿时吓得面如土色，立刻给自己喊起冤来，不是我，不是我，强子你不能冤枉好人啊！

张强说，你算是好人吗？

许忠说，我不算是好人，但是我没有杀娟子，别说娟子，什么人我也不会杀的，强子你知道，我向来胆小，连杀只鸡我都不敢，怎么敢杀人啊？

张强和阿兵，虽然不如金队那么有经验，但也已练就了火眼金睛，心里早已经下了结论，许忠不是杀害娟子的杀手，可是问题又来了，和毛吉子一样，怎么排除他的作案嫌疑，或者，反过来说，怎么才能找到许忠的不在场证明。

居然有一张 29 号的车票。

张强再次把注意力放在车票上，放在时间上。他欲擒故纵地对许忠说，你说你是 23 号坐车来的，那你把 23 号的车票找出来给我看看。

许忠没再耍滑头，真的到包里去翻找，也果真给他找出一张票来，怎么同一个人会有两张车票，难道许忠 23 号出来了，然后又回去，杀害了娟子，29 号再上车？正当张强和阿兵感到疑惑的时候，张强眼睛扫到这张车票上，一眼看到，车票上的人名，并不是许忠，而是杨小萍。

许忠也看到了那张车票上的名字，他嘿嘿一笑，说，实名制好，实名制太好了，实名制还我清白了。

张强大声问道，杨小萍是谁，人呢？

许忠还没来得及回答，从小屋的里边，走出一个女人来，低垂着脑袋，低声说，我是杨小萍。

许忠说，我还没坦白，你急着出来干什么？

杨小萍说，谁让你胡扯八扯，人家都要怀疑你是杀人犯了，我还能躲在里边不出来？

真相终于大白了。许忠又从包里翻出第三张车票，那张票是 23 号的，实名许忠。只是许忠犯了个错误，第一次没有把它翻出来。

许忠和邻村的有夫之妇杨小萍搞了个婚外恋，两人相约一起离开家乡，他们 23 号到了县城，本来想当天就溜的，但是没有坐票了，要在火车上站一二十个小时，杨小萍表示吃不消，最后买到了 6 天以后，也就是 29 号的两张坐票。

许忠心思缜密，做了周到的考虑，以做防范，先买了一张 23 号的站票，虽然觉得这钱花得有点冤，但是万一被戳穿，也好以 23 号的车票抵赖一下。

等车的那几天，他们就同居在县城一个小旅馆。

许忠拿出了旅馆的住宿发票。

这个信息传回去，同事到旅馆进行了核实，旅馆的监控也录下了他们的行踪。可怜见地，这六天时间，他们都没敢随便出门，饿了，都是杨小萍装扮一番后出来买吃的。

杨小萍一直低垂着脑袋，不敢看张强和阿兵，嘴里却一直嘀嘀咕咕埋怨许忠，都怪你，你要是细心一点，把23号的车票找出来给他们看了，他们就走了，也不会把我扯出来了。

许忠说，你放心，他们是破命案的，对我们这种烂事，他们才没心思管，他们也不会多嘴的，多了嘴，只会给他们自己添麻烦，对吧，强子？

杨小萍却不依不饶了，顶真说，你真是太烂了，你居然说你是个死人，你是想吓唬我吗？

许忠说，死人是他们说的，又不是我说的——他说着说着，自己也觉得奇怪了，又犹豫着自言自语，难道、难道真是一种新型的精神病，我怎么会觉得那个欠了赌债逃走的人就是我呢？

杨小萍说，你还嫌事情不够多、不够丑，你还要多事，不是你的事情你还拼命往自己身上揽，你还干什么？

许忠看起来懵懵懂懂，想了又想，说，不是我的事情，为什么我会觉得是我的事情——

杨小萍"呸"了他一声，说，让你平时少看那些乱七八糟的新闻，你非看，你看得连自己是谁都不知道了——杨小萍怒气冲冲，停顿了一下，又说，我要回去了，我不跟着你了。

许忠说，为什么，我们吃了这么多苦头，走了这么远的路，还担惊受怕了，还忍饥挨饿了，不就是因为想两个人在一起吗？

杨小萍冷笑说，我想在一起的人，不是你，是许忠，你硬说你是赌徒，你还说你叫黄一海，你还说你已经死了，我看到你都害怕，我都不知道你是谁——

在他们的争吵拉扯中，张强的脑袋一阵剧痛，他扶着自己的头，赶紧走了出去。

阿兵跟在旁边追问，走啦，我们就这么走啦？

张强气得说，不走你还想干啥，给一对狗男女调解矛盾？

从许忠那儿回来，小藤村的线索就彻底地断了。

刑警队继续把范围扩大到和娟子有关系的人群：除小藤村以外，最大的一个群体就是娟子县中的同学和老师。

可是还没有等刑警队有所动作，就有人来投案自首了。

来人是娟子的高中同班同学，名叫林显。

林显一进来，就主动交代，说了三个"是"：我是 A 型血，我是娟子的男朋友，我是嫌疑人。

林显来的时候，张强在外面办事，他接到阿兵的电话，说有人来自首了，并且说了林显的三个"是"。

张强一听林显是娟子的男友时，心里"咯噔"了一下，瞬时紧缩了，同时又感觉一股热流涌了上来。

他以最快的速度赶了回来，直接加入了审问。

你说你是娟子的男朋友，你凭什么这么说？

林显说，我们是公开的，同学都知道，老师也知道——

为什么我不知道？

张强的问题实在有点超出常识，超出常规，金队阿兵他们都有点为他担心，不过林显却没有什么感觉，他正常地回答说，因为你不是我们的同学，也不是我们的老师。

张强被噎住了。

其实林显这话并不是呛他的，所以林显相对平静地继续着自己的交代，我喜欢娟子，娟子也喜欢我，我们是真心相爱的，我一直对考古学有兴趣，本来娟子不喜欢考古学，因为受我的影响，她也渐渐地喜欢上了这门学问和这个专业，我们曾经相约，如果高考分数达得到，我们一起填报考古专业——

可能对于金队和阿兵来说，这像是林显信口胡编的，但是张强心里明白，林显说的是真话。

难怪那一阵，娟子死活要报考考古专业，原来原因就在这里。

也就是说，他们确实是一对恋人。

为什么我不知道？

张强心里隐隐地疼痛，娟子有恋爱对象，却没有告诉他。从小到大，娟子对于张强，无话不说，无事不谈，但是这一次，她没有说，是怕他难过，还是？

接下来林显的交代更是十分顺理成章：

因为自己爱娟子，又爱考古，两边都不想放弃，而一开始娟子答应他一起填报考古专业，让他大喜过望，不料最后娟子变卦了，林显十分不甘心，他软硬兼施地想让娟子回心转意，因为情绪激烈，他甚至做出了比较出格的动作，遭到娟子的反对和抵抗。

两人的关系迅速降温，6月28日，回县中填报志愿那天，娟子没有和他说话，连正眼也没有看他一眼。

难道两个人之间持续了近两年的感情就这么完蛋了？林显无

法接受。后来他尾随娟子，想再做一次努力。发现还有刘英同行，没敢当着刘英的面出现，悄悄地跟在两人身后，等到娟子和刘英在县城西头分手，一个上盘山公路，一个翻山而去，他就追上了娟子，陪着娟子一路同行，一路劝说，不知不觉就快到小藤村了，娟子说，你回去吧，我到家了。林显仍然在纠缠娟子，想让她改填志愿，娟子说，林显，你别再烦我了，我不想学考古，我哥说了，考古不是我这样的人学的。

林显立刻激动起来，说，又是你哥，又是你哥，什么时候，你把你哥从你我之间踢开，我们的事情就好办多了。

娟子说，那不可能，我哥是永远的我哥，踢开你，也不可能踢开我哥。

林显更加不能接受，说，你还说你不爱你哥，如果不是爱，你会如此离不开他？

娟子说，有些感情，你根本不懂。

林显说，是我不懂，还是你假装，你明明心里有人，还和我谈恋爱，你欺骗我，你玩弄我！

娟子不想再和他啰唆了，转身离去，眼看着娟子的背影，林显知道，她这一走，就再也不会转身回来了，林显一着急，上前去抓住娟子，娟子甩开他的手说，林显，你抓不住我的。

林显说到这儿，情绪有些失控，停了下来，林显的话像千百只苍蝇在张强脑袋里乱舞，嗡嗡作响，张强晕晕乎乎，他又进入了那个案发的场景，他看到林显和娟子拉拉扯扯，他还看到，旁边黑暗中有一个人，在看着他们，他看不见他的脸，也看不见他的身形，但是他知道这个人存在。就在旁边，一直都在。

金队说，然后，你就动手了？

林显点了点头，又摇了摇头，没有马上动手，我先是拉住她不让她走，后来，后来才动手的。

那是什么时间，你记得吗？

记得，日子记得很清楚，6月28日，我们返校填报志愿，具体时间，我们下午从学校出来，娟子翻山回村，快到小藤村的那个山坡，大约是晚上六点半多一点，我们拉扯了好一阵，出事的时间，可能七点多了。

6月28日，到今天，过了好些天了，你为什么案发时不投案，要等这么多天才来？

林显显得有些犹豫，好像吃不太准，他犹豫着说，其实这些天，听说娟子出事后，我一直在想这件事情，是不是真的，我想去现场还原经过，但又不敢去，我只能在家里反复思考，虽然当时的情形像画面一样，一直在我的眼前，十分清晰，但我仍然不敢肯定，不敢确定，不敢相信自己会干出这种事。最后，也就是昨天，我在网上读到一部网络小说，我惊呆了，同时也清醒了，已经有人把我的故事写成小说了，这是刚刚更新的一部小说，简直太惊奇了，连细节都没有一点误差，一定是我身边的人，一定是知道这件事情的人，我的同学，我的老师，我的熟人，反正，是他帮我回忆起来了——

真是匪夷所思。

这个小说的名字叫《杀死你最心爱的人》。

题记有两句话：

杀死她，她就永远属于你了。

杀死她，别人就永远得不到她。

金队立刻让人核查，网上确实有这部小说，但是作者和林显和娟子完全无关，远在天边，而且小说一年前就开始在网上连载，三个月前小说就结尾了。

林显坚持认为小说是根据他和娟子的真实故事创作出来的，林显说，是它启发了我，让我一下子看清楚了自己的内心，一下子就确定了。所以，我来了。虽然来晚了，但是我毕竟是来了，恭喜你们，你们破案了。

林显整个的叙述并没有什么大的漏洞，但是大家其实都很清楚，林显不是凶手，因为在最关键的部分中，他露馅了。

你是怎么杀死娟子的？

我用山上的硬土疙瘩砸了她的后脑勺，她就倒下了，我当时很意外，我真没想到，一个人的生命是这么脆弱，这么一下子，她就倒下了。

不难解释林显的自首行为，他沉浸在虚幻和现实之间，不能分清，不能自拔。他的现实，来自于娟子被杀这一事实，而他的虚幻，则来自那本网络小说。

至于作案时间的排除，也十分顺利：6月28日晚上，林显的母亲发现林显从学校填报志愿回家后，一直闷闷不乐，就把他带到图书馆的退休老馆长家里，那位老馆长，是林显的考古学启蒙老师，那天晚上，老师和林显在书房里一直聊到很晚，林显的母亲则一直在客厅和老馆长的夫人说话。

他们都是林显不在场的证人。

林显被母亲带去看心理医生了，案子就停顿在这里了。

张强的脑袋又迷糊了，创伤的后遗症一直反反复复，他又产生幻觉了，始终在场的那个人，一直都在那里，他努力地睁着眼睛，想看清楚那个人，始终在场的那个人，那个他永远也看不到，却又永远摆脱不了的那个人。

命案的线索再一次断了的时候，忽然从拘留所传来了振奋人心的消息，前些天抓到的人贩子季八子，在关押中主动招供了杀害娟子的罪行。

季八子的供述是这样的：

6月28日傍晚，他的三个同伙在公路上截到一个女学生，当时约定在县城以西的山区九溪口接头，并且已经通知买家在那里见面交货收钱。就在三个同伴绑着刘英前往九溪口的时候，季八子通知了买家后，也立刻赶往那里。

为了节省时间，并且不被注意，季八子没有开车，而是选择了翻山过去，就这样，他和娟子走上了同一条路。

他在临近村子附近山坳，看到了前面的娟子，季八子顿时喜出望外，今天运气太好了，很可能一下子就能得手两个女学生。

季八子没有料到，娟子很不好对付，她先是高声喊叫，接着又踢又挠，把季八子的脸都抓花了，季八子想拿下她，还真不太容易，纠缠了很长时间，眼看着可能要误了九溪口那边的接头，季八子甚至都想撤了，他对娟子说，算了算了，我赶时间，不搞你了，你走吧。

哪里想到脾气十分暴烈倔强的娟子，不仅不赶紧逃跑，竟然揪住季八子不放，掏出手机就要报警。

季八子是人贩子，他不想杀人的，可是只要娟子手机一拨通，他就彻底完蛋。季八子情急之下，双手向娟子的脖子掐过去——

　　时间是对的，作案手法也是对的，季八子到现场指认了地点，也是对的，还有季八子脸上的抓痕，季八子对娟子的描述，季八子的血型，等等，几乎所有的一切，都指证了季八子的犯罪事实，当然最关键是季八子的口供，和这一切都是对得上的。

　　几乎就是铁板上钉钉了。

　　张强可以松一口气了，那个始终存在却又始终看不见的人，现在已经现形了，就在他的眼前，他看得清清楚楚，他应该可以彻底摆脱了。

　　可是，在张强的感觉中，那个人仍然在那里，他看不见他的脸，看不见他的身形，但他知道，他还在，一直在。

　　张强心底有一个声音告诉他，凶手不是季八子。

　　金队他们已经在做结案准备了，可是张强却依然魂不守舍，依然感觉真凶在盯着他，死死地盯着他。

　　但是他已经山穷水尽，刑警队所有的同事，也不再支持他，人证物证，没有一件对他的感觉是有利有用的。

　　但是，张强就是张强，没有路他也必须要开辟出一条路来，他再一次找到法医，请他确认李娟的死因。

　　法医说，鉴定报告都写明了，你也看了几十遍了吧，有问题吗？

　　张强固执地说，有没有别的可能了，哪怕一丝一毫，哪怕是你的怀疑——

　　法医奇怪地说，张强，这是你说的话吗？你一个负责命案的刑警，怎么成了法盲，鉴定怎么能靠怀疑，这都是有科学依据的，你又不是不知道。

张强说，孙老师，就算我私人求你，你能不能在李娟的死因上，再做一次鉴定？

法医说，张强，明明季八子已经供述，和侦查的结果也完全对上了——

张强脱口而出，不对，我看到有一个人，不是季八子，他一直在现场，一直在旁边看着——

法医吓了一跳，什么？张强，你说什么？你看见现场有个人？你在现场吗？你开什么玩笑，那时候你在哪里，你昏迷不醒躺在医院的床上呢。

张强也清醒过来，被自己的说法吓了一跳，说，这只是我的直觉，我的直觉，季八子不是凶手。

法医犹豫了一会，慢慢地说，直觉，好吧，你相信直觉，我也不好反对你，你一定要问直接的死因，那就是窒息死亡——

张强性急地打断说，窒息而亡，有没有可能绳勒窒息？

法医想了一会，犹豫着说，绳勒？尸检都看不到的绳印？什么样的细绳，会如此之细，又如此坚韧——

张强激动地脱口而出，有，有，是细藤！

法医不是本地人，没有听说过小藤村的细藤，他完全不能接受张强的观点，反驳说，细藤？你是说藤条编织的那种细藤？不可能，不可能那么细那么韧——

张强掏出一直揣在口袋里的细藤，给法医看。

法医果然十分震惊，但他不是震惊细藤的细和坚韧，他震惊的是，张强怎么会有这样的一根细藤。

这是哪里来的？

是张强在案发现场捡来的。

可是案发地在张强昏迷的那三天里，刑警队早已经搜得底朝天，除了泥土，现场不可能留下任何实物。

现在张强有些迷惑，觉得有些不真切，这根细藤，真是他捡来的吗？

无论死因是手掐窒息还是绳勒窒息，至少，案件中是有一根细藤存在的。

所以，张强有了重审季八子的理由。

刑警队上上下下，都对张强的行为感到不解，但是他们理解和最后容忍了张强的任性。

用金队的话说，审吧审吧，看季八子能不能重新编出个故事来。

谁能料到，金队居然一语成谶，重审季八子的时候，故事真的发生了一百八十度的大转弯，季八子的口供的内容虽然和第一次完全一样，但是在关键的地方，却出现了反转，季八子在供述中提到的地点，在县城以东的小岗村附近的山坳，而小藤村，在县城以西。

根据季八子第二次的供述，刑警队查到县城以东的小岗村的山道上，这里确实发生过一次袭击案，一个女孩子走夜路的时候，被人掐着脖子欲实施强奸，但是女孩被掐昏迷了，强奸犯以为杀了人，吓得逃跑了。女孩并没死，醒来后自己跑回家，家里人怕丢脸，没报警，瞒了所有的人。

结果在拐卖人口的季八子那里，又破了一桩强奸未遂案。

季八子第一次的口供和第二次的口供，除了一南一北，一生一死，其他过程甚至细节都十分相似，难怪连季八子这样的惯犯，都搞串了，他一定是以为自己把那个女孩掐死了。

他完全混淆了一东一西两个地理位置。

季八子的强奸未遂案被最后确认的这一天，是娟子被害整整四十天。

娟子的死，仍然是个谜。

案子再一次搁浅。

娟子的遗体存放已经超过一个月了，根据规定，只要法医鉴定报告最后确定，遗体就可以交给家属，让死者入土为安了。

而警队这边，如果再没有进展，案子很可能就会成为陈案搁置。因为刑侦人员完全没有了方向，没有线索，没有任何可以向前迈出哪怕一小步的可能性。

娟子就这样没有了，无论是身为警察，还是娟子"哥"，张强无论如何都无法接受这个事实。

张强仍然坚持怀疑法医鉴定的娟子的死因，那根细藤成了他心中解不开的结，撇不掉的疑，也成了他的想法不断涌出的源头。

张强的行为，让法医也受到了牵连，为了让张强固执的想法有个了结，也为了使自己免受质疑，法医求助了省厅技侦处，请他们协助再次进行死亡原因的鉴定。

就在这一天，刘英出现在刑警队，她告诉张强，她已经提前被高校录取了，就是张强曾经就读的那所警官学院。

可是张强根本没有听到刘英在说什么，一时间他甚至已经忘记了刘英是谁，面对刘英温情的目光，张强完全没有感觉，他是麻木的。

刘英说，四年，四年以后，我也会来的，和你一起。

张强好像完全听不懂她在说什么。

张强的同事告诉刘英，张强因为脑部受伤，加上娟子的案子一直未破，身心疲惫都到了极致。

刘英两眼含泪，说，我提供一个线索，不知道有没有用。

麻木得没有感觉的张强突然间蹦了起来，线索，什么线索，线索在哪里？

刘英说，娟子在校时，每天都记日记，如果能看看她的日记本，也许里边会有什么信息。

张强他们立刻带上刘英一起重新翻寻娟子的遗物，根据刘英的回忆，娟子的大部分东西都在这里了，但是独独找不到日记本。

刘英明天一早就要出发，开始人生的新的征程，可是她放心不下自己的救命恩人，这个张强，和当初从天而降舍命救她的那个张强，似乎已经完全不是同一个人了。

我再提供一个线索，刘英说，你看看有没有帮助。娟子有个"哥"，不是她的亲哥，是她同村的一个人，我没有见过，但是娟子很喜欢这个"哥"，一直挂在嘴上的——

张强叹息了一声说，她的哥，就是我，我们从小就亲如兄妹。

刘英"呀"了一声，原来你就是娟子的"哥"——

张强十分敏感，赶紧追问，是"哥"怎么啦？

刘英停下了，犹豫了好一会，才说，我，对不起，我前几天还怀疑过她的"哥"呢。

张强猛地一震、一刺，过了好一会，他才问出来，刘英，你为什么怀疑她"哥"？你凭什么怀疑她"哥"？

刘英说，娟子从前，老是把哥挂在嘴上，后来她和林显好了，她再提到"哥"的时候，口气就不大一样了。

怎么不一样？

就是那种，有点为难，有点拘谨，甚至有点担心的感觉。

所以，你就觉得是她"哥"干的？

刘英十分窘迫十分内疚，喃喃地说，我也是因为着急，才胡乱瞎想的，那时候我不知道她"哥"就是你，如果我知道你就是娟子的"哥"，我就不会那样想了。

张强脱口而出，只要案子一天不破，任何人都可能是嫌疑人，包括我。

刘英惊愕地看着张强，他是她的救命恩人，是她的英雄，因为张强，她改了志愿，因为张强，她早已经想好，四年以后，她会回来，甚至，往后，再往后，她都已经想过了。

可是张强说，任何人，包括我。

张强的脑海里，再次出现了案发现场始终在旁边的那个人。

一道闪光照亮了昏暗的现场，那个人的脸应该被照亮了，张强应该能够看见他的脸了。但是张强却不敢去看他的脸，他只觉得自己的心，被击中了，那是最致命的一击。

6月28日，傍晚，张强从家里出来，骑车回县城，然后在盘山公路上碰到人贩子和刘英，这中间的时间，是不连贯的，有一个时间的空当，至少有半小时到三刻钟的空当，就是他完全丢失的那一段，父亲和刘英也无法帮他捡回来的那一段。

那一段时间，他到底在哪里，到底干了什么？

他必须找回那一段的记忆。

张强紧紧抓住刘英的手，问出了一连串的问题：

娟子有没有和你说过，她"哥"知不知道她和同学林显谈恋爱了？

娟子有没有对你说过，她"哥"对她和林显谈恋爱是什么态度？

娟子有没有和你谈过她和她"哥"的感情是怎么样的？

你和娟子在县城分手时，娟子有没有提到他"哥"？

你和娟子在县城分手的时候，娟子有没有告诉你，她"哥"会在山路上接她？

……

刘英被张强的轰炸搞晕了，好半天才回过神来，一旦回过神来，她立刻大吃一惊，惊恐地反问，你怎么这么问，你问这些问题，你这是在破案吗？你是在怀疑谁呢？

张强说，这些天来，我一直在想，我想不起丢失的那一段时间——我的时间链条是断的，从我家出来，到在盘山公路上看到你，那段时间，不需要走一个多小时，至少有大半个小时的时间，我不知道自己在哪里。

刘英当然也无法知道，她只是看到她的救命恩人张强如同从天而降，骑着自行车飞扑过来。

张强说，这段丢失的时间，谁也说不出来，但我还是想问问你，当时，你看到我骑自行车过来，你还记得我那时候是什么样子？你能不能从中感觉到什么？

刘英哪里可能记得，当时她早已经吓得魂飞魄散，刘英说，我只看到一团黑影，哦不，是一道闪电飞了过来，像闪电侠——

闪电侠？张强的脑海里突然被一道闪电照亮了，终于将那个昏暗的看不清的场景照亮了，他看到了那个没有面目的人：

6月28日傍晚，张强骑自行车回县城，一直担心娟子会不会翻山回家，实在放心不下，他将自行车停在山下，上了山坡，想试试能不能接到娟子，结果一进山，果然就遇到了娟子，张强向娟子表白了自己的心思，娟子拒绝了，娟子说，你是我哥，而不是爱人，张强上前拉住她，想说明白一点，可是娟子急于要回家，甩掉了张强的手，张强不甘心，紧紧抓住她不放，娟子拼命挣扎，乱踢乱叫，面目完全变了，完全不是张强心爱的那个娟子了，张强一气之下，失手了——

他从口袋里掏出那根细藤，递到刘英面前，娟子是被勒死的，而我身上，恰恰有一根细藤，你想想，一根细藤怎么会在我身上？

刘英带着哭声说，我只知道，小藤村这地方，遍地都是细藤，一根细藤说明不了什么，你这样是不负责任的，是不利于破案的，破不了案，你对不起娟子——

张强听到刘英说"对不起娟子"，才渐渐地冷静了一点，他平息了一下情绪，对刘英说，好吧，你放心，我只是把自己的胡思乱想跟你说说，说过了，发泄了，也许就好了——

刘英担心地说，那，你还会那么想吗？

张强说，接下来的事情，我可能就是要证明自己是凶手——他见刘英又紧张起来，赶紧改口说，换个说法，接下来，我就是要证明我自己不是凶手——抓住真正的凶手！

送走刘英，张强回到住处，无意中把一直随身带的包打开了，居然在里边发现了娟子的日记本。

有几页还折了角，张强先看了这几页的内容：

"哥说他喜欢我，但不是哥喜欢妹妹的那种喜欢。可是我一直只是把哥当哥的，亲哥一样，我不会和哥谈恋爱，我已经和哥说开了，但是哥不相信，不听我的，哥很固执，他要我正视自己的感情，其实，我正是因为正视了自己的感情，才和哥说开的。

我有男朋友了，是我的同学，名字暂时保密，嘻嘻，等高考录取通知书拿到，我们就打算公开了，哥，你永远是我哥，我永远爱你，但我不是你的恋人。"

"哥，我终于想明白了，我终于知道自己的内心了，所以我不报考古专业了，哥，你也明白我的心思了吧？"

张强脑袋里一阵混乱，娟子的日记本怎么会在他这里，但是娟子日记本是破案的一个重要线索，他正要起身，阿兵进来了，张强注意到阿兵进门时看他的眼神，忍不住说，阿兵，你觉得我、我怎么了？

阿兵支支吾吾，神色慌张，说，哦，哦，没什么，你可能晚上没睡好——

张强不会放过一丝一毫的怀疑，他的想象力像长了翅膀，飞翔起来，他追问阿兵，是不是我说梦话了？

阿兵不打自招地说，你别问我你说的什么梦话，是你自己做的梦，不是我做的梦。

阿兵不肯说，张强采取主动进攻的方式，说，我喊娟子了，是吧？

阿兵尴尬地说，嘿，梦话呀，张强你当什么真。

张强说，既然是梦话，不当真，你为什么不肯告诉我？不肯告诉我，就说明我一定说了什么关键的话——

阿兵步步后退，说，我不是故意的——

张强霍地站了起来，身上带着一股杀气，说，果然就是这样！

阿兵莫名其妙地看着他，说，张强，你说什么，果然是什么样？

张强说，我不是故意的——这就是我在梦里说的，日有所思，夜有所梦——我现在全想起来了，那一段空白的时间，我现在知道里边是什么了，就是我在山道上对娟子下了手——

阿兵说，张强，你、你太荒唐了，我、我不跟你说了——阿兵心急忙慌地跑了出去。

不一会金队就来找张强了，金队一来就说，强子，队里给你放假，你休息两天，去看看医生吧？

张强"哈"了一声说，金队，你们都认为我疯了吧？

金队说，不是说你疯了，现在很多人都有这种情况，心理压力大——

张强说，金队，这不是心理压力的问题，我有证据——

金队脸色大变，证据？你有什么证据？

张强说，证明我可能是李娟案的嫌疑人——李娟的日记本在我手上，里边有关于我的内容，自从我知道娟子在学校谈了对象后，我就一直在纠缠她——

金队说，别说了别说了——李娟的日记本，怎么会在你手上？

张强说，其实你们都知道，你们心里都有数，我有一段时间是空白的，6月28日傍晚，我从家里出来，是六点左右，到我在盘山公路上碰到刘英，已经是七点半左右，这里边大约有三刻钟的时间丢失了。

金队说，强子，人命关天，这可不能瞎想瞎说！

张强说，但是没有人能够证明我那三刻钟在什么地方，我没有不在场证明——更重要的，我怎么会有娟子的日记本？

金队说，难道你认为在那个三刻钟里，你杀了娟子，拿了她的日记本？

张强说，现在的指向就是这样。

金队叹息了一声，说，张强，你昏头了，你忘记了一个根本的事实，嫌疑人是 A 型血，你是 A 型血吗？

张强的血型是 B 型。

张强立刻去重新做了检验，但是血型是改变不了的，是 B 型就是 B 型，永远是 B 型。

张强不甘心。

但他已经无路可走。

当天下午张强的父亲来了，金队他们不放心，特意请老人家来劝劝张强，父亲知道张强的不安，跟他说，强子，心里有什么，就说出来，别憋着。

张强拿出娟子的日记本，问父亲，知不知道这本子怎么会在他手里。

父亲说，咦，就是那天，娟子出事那天，你回家，李叔带来给你的，说是娟子让他交给你的，你就放在自己的包里带走了。

又说，你李叔还高兴地说，娟子终于想清楚了。

娟子看清楚了自己的内心。

张强却迷失在内心了。

就在他完全没有了方向的时候，收到了刘英发来的短信，刘英虽然刚刚入学，但是放心不下张强，她一直在努力回忆娟子的情况，方方面面的情况，然后写信告诉张强，提供给他参考。

刘英的信里仔细回忆了娟子的许多事情，其中有一个情况，引起了张强的注意，由于高考压力大，娟子一度内分泌失调，患了皮肤病，经常挠痒痒，有时候痒到入骨，她挠得身上横一条竖一条的印子。

根据刘英提供的这条线索，再次组织核查，最后竟然确认了，娟子指甲缝里的皮肤组织是娟子自己的。

这个案子实在太让人沮丧，越查，信息越多、越乱，有用的东西却越来越少；越查，离真相越远，最后竟然连唯一可靠的证据——嫌疑人的血型，都否定了。那就是说，警方根本就没有任何一点点的信息，完全无法为嫌疑人画像侧写。

大家知道，这样的案子，基本上是要搁置了。

张强仍然坚持自己的想法，既然没有嫌疑人的血型，就不能排除我是嫌疑人的可能性。刑警队也已经没有其他招数了，按照张强的思路，大家反复讨论那个三刻钟左右的空白。

中途又返回去了——无人作证。

自行车坏了，停下来修车——无人作证。

路上碰到了别的什么需要帮助的事情——无人作证。

绕道到别的村子去干什么——无人作证。

张强又重走了一遍当天的路，绕道走进了沿途的每一个村子，查找自己的痕迹，但是没有人记得他曾经来过。

无人作证。

他还是空手而归。

讨论也是白讨论，重走也是白走，空白仍然是空白。

空白就是空白，它既不能证明张强是凶手，也不能证明张强不是凶手。

从省公安法医处也传过来了最后的结论：窒息死亡，是掐死的，没有任何绳勒的痕迹。

张强揣在口袋里的那根细藤，意味着什么呢？什么也没有，除了带有张强的体温，没有任何有用的信息。

那三刻钟的空白，也许永远都是空白了，也许永远都不可能知道里边填的是什么内容。

但是，这个空白在张强的心里，却又堵得水泄不通，堵得他透不过气来，他只是看不见那里边到底是什么。

多年后，刘英已经是省公安厅技侦处的一名干警，她跟着老师运用物证数据管理法，每年对未破命案现场物证进行重新梳理检验，破了很多旧案。后来她向老师申请，回到家乡对多年前的李娟案重新取证，在李娟的衣物上提取到精准 DNA。

DNA 彻底还了张强自毁的清白。很快通过全网比对，抓住了真凶：一个当年来山区收购藤条的人，因一桩抢劫案正在服刑，看到刘英去监狱找他，他顿时明白命案告破了，只说了一句，你终于来了。

张强仍然在县公安局工作，只是不再当刑警，他现在负责管理局里的档案，若有空闲，他会把李娟案的档案材料拿出来看一遍。李娟案的材料，要比从前的许多案件的材料多得多，仅仅关于张强自己的一些情况，就整理了几十页纸。

张强注意到，从李娟案往后，到后来，到现在，许多的案件，留下的材料比从前要多得多，而且，越来越多，前不久一桩普通的拦路抢劫案，竟然出现了二十多个嫌疑人。

刘英破案后回到县局，相逢的时候，张强说，刘英，还是你厉害。

刘英说，技术手段不一样了，再说了，当时的现场，没有痕迹，是个老手，全抹去了。

张强却摇了摇头，说，不是没有痕迹，是痕迹太多，遍地痕迹。

刘英点头赞同，说，是，遍地痕迹。

贵五的旅途

贵五从老家出来十年了。各方面好像和十年前差不了多少。当然，毕竟有十年的经历，总会多一点什么，少一点什么。对贵五来说，多了的是年纪，少了的是精神气。

贵五也没觉得有什么不好，反正他就是一人吃饱全家不饿。一个打工仔，还想怎样。

他的爹妈倒是在老家望眼欲穿地等着他衣锦还乡呢。可是他还不了乡。爹妈一等再等，也就放弃了衣锦的想法，对他说，不用衣锦了，你还乡来看看我们就行。

贵五才不会回家看他们。两个老东西，有什么好看的。贵五对他们说，还是再等等吧，等我混出个人样。他爹妈说，等你混出个人样，我们就没有人样了。尽管他们这么说，贵五也没有回去。

贵五是一个没有想法的年轻人，他甚至都没有时间的概念，他不知道，他现在还搭着的"年轻"这趟车，很快就要扔下他了。

不过还好，后来贵五不一样了，贵五有了变化，他谈对象了。他的对象小丽，是奔着结婚跟他谈的，谈了没多久，小丽就提出结婚的想法。

小丽的话很多，她从来不怕言多必失，又何况是关于结婚这样的大事，她滔滔不绝地对贵五说，贵五啊，你也能看出来，我不是个贪图你钱财的人，我想贪图你也没有，你是没有钱的人，但是你在我妈那里过不了关的，你要把彩礼给她，等于把我买了，然后，即使你两手空空，我也愿意跟你一起的。

贵五心里蛮感动，可是他到哪里去弄这笔彩礼钱呢。小丽就和他一起想办法，开导他，让他开动脑筋，看看有没有什么地方可以搞到钱。

贵五在小丽的开导下，想到了老家的宅基地。其实几年前爹妈已经告诉他，家里盖了新房，新房不在原来的宅基地上，所以他们的家也从村东头搬到了村西头。

爹妈告诉贵五这个消息，是想等贵五回来时，直接到村西头回家，不要再绕到村东头去了。

不过贵五一直没有回家，他东头西头都不到。

可是现在贵五受到启发，想起东头西头，想起宅基地来了。

新房既然没有盖在老宅基地上，那么他家那个祖宗传下来的宅基地应该还在。可别小看这乡下角落里的这一块破地，自从使用土地画了红线，宅基地可不是从前那个宅基地了。

贵五这么想着，心里就焦急，甚至毛躁起来了，既然宅基地值钱，他家的那块地，不知道有没有置换掉，或者被谁搞掉。

贵五赶紧打电话给他爹，问老宅基地还在不在。

他爹不假思索就说，在呀，怎么会不在，那是我家的宅基地，谁敢拿走。

贵五心头一喜。

他爹又说，贵五呀，你一直在外面，你都不知道，现在我们这里，宅基地可金贵啦，好多人都想来骗我们，要买去，我们一直没有松口，我们要等你回来商量了再说的。

贵五心头更是大喜，赶紧说，爹，爹，你们等我，我马上回来。

贵五上当了。

贵五利令智昏。他都不想想，既然土地这么金贵，你爹你妈在村西头造新房子，村东头的宅基地还会给你留着吗？

想得美。

但是贵五他爹想贵五了，多年不见儿子，想叫他回来看看，又深知贵五的德行，就骗了贵五。

贵五就这么被骗回家了，回家才知道，贵家的宅基地早就不姓贵了。

他和爹妈生气，说，你们竟然骗我。

他爹他妈异口同声说，不骗你，你肯回来吗？

贵五本来想转身就走了，可是看看天色已黑，乡下的路，摸黑不好走，他就留下住一晚。

他没敢给小丽打个电话报告不幸的消息，可是小丽的电话已经追来了，听说宅基地没有了，小丽气得骂了他好几声蠢货。

贵五正想在电话里哄一哄小丽，就听小丽说，算了算了，幸亏我一直脚踩两只船，现在我干脆就踩上斌哥那只船去了。

贵五急了，说，小丽小丽，你别着急踩上去，你等等我，你等等我，我马上回来。

小丽说了一句你回来有什么用，就不吭声了。

贵五对着手机"喂"了半天，心灰意懒，差一点要挂断手机了，忽然听到小丽又开口了，说，贵五，我知道你是要我踩你这条船，可是难道你真的打算开一条空船就回来娶我？

贵五都快要哭了，贵五说，小丽，我这边实在是想不出办法，穷山恶水的地方，鬼都不肯来，要不，我先回海东，回去再想办法。

小丽说，你都在海东十年了，你有办法早就有了，你还是要在老家想办法。想到办法你再过来。

贵五挠头了。

贵五以为小丽生气，要挂断电话了，不料过了片刻，小丽又说话了，小丽说，贵五，问你个事，你们那地方，小孩多吧？

贵五说，多呀，多得满地都是，像小狗小猪似的满村子爬——我们这旮旯，家家超生，越穷生得越多。

小丽轻飘飘地说，那就有办法啦，你带一个小孩出来呗。

贵五没听懂，问道，我带一个小孩？带谁？

小丽说，带谁你自己看着办，哪家小孩多，又不在乎小孩，你就找这样的人家带一个呗。

贵五仍然没懂，说，那我带小孩出来干什么？

小丽说，这还用问，找裴姐呗。

贵五说，裴姐是谁？

小丽有点不耐烦了，说，这些年你的日子都活在狗身上了？你出来十年你都白混了，裴姐你都不知道——不知道就算了，你只管听我的，带一个小孩出来，交给裴姐就OK。

贵五有点明白了，稍一明白，他就吓了一跳，心里顿时慌乱起来，语无伦次地说，裴、裴那个姐，我好像，好像听说过，是不是，拐卖儿童，人贩子？

小丽呵斥他，贩你个头，裴姐是中介，她是做慈善的，有人家孩子多，想给别人养，找不到合适的家庭，裴姐可以牵线搭桥。

贵五将信将疑，因为小丽心情不好，口气也不好，他既不敢多问，也不敢随便答应，就想支吾一下，先应付过去，不料小丽却穷追不舍，啰唆说，贵五，你听着，像你们那地方，你自己说的，是穷山恶水，是吧，那些孩子多，又养不起的人家，都恨不得卖掉孩子，但是自己卖自己的孩子，要被别人戳脊梁骨的，你去代他们抱出来，先别告诉他们，如果能找裴姐交个好人家，再得个好价钱，你再返还他们一点，他们还求之不得呢。

贵五说，不能吧，虎毒不食子——

小丽"哼哼"一声打断他说，你以为虎比人毒啊——小丽见贵五犹豫，又开导他说，我们再说说孩子吧，你想想，如果你真的给他找到好人家，他可是有福了，那你就是他的大恩人啊……

打过电话以后，贵五有心思了，他想问问爹妈，现在村里哪些人家孩子多，养不起，不想养。可话到嘴边，又缩了回去，爹妈虽然是大字不识几个的农民，人却是贼精，都能把他千里迢迢地骗回来，他屁股一撅，他们就知道他要拉什么屎。

无论小丽那边到底是怎么想的，也无论裴姐到底是个什么姐，他是万万不可去抱别人家的孩子，也万万不可有这样的念想。

在家里睡了一夜，贵五本想一早起来就走了，结果早起一看，爹妈都不在家，他好歹回来一趟，不能连个招呼不打就跑了，就出门到村里去找爹妈。

有个乡邻说，看到他爹妈往村外去了，他就往村外的方向走了，走了一段，听到什么奇怪的声音，停下脚步一看，旁边一个水塘里，有个孩子落水了，正在水中挣扎，嘴里呛着泥水，含糊不清地嚷什么，估计是喊救命的，不一会，眼看着他的头已经淹没在水里了。

贵五二话没说，直通通往下一跳，结果"咯噔"一下，脚就着地了，那个在水里扑腾着的、明明已经被水淹了的小男孩从水中站了起来，满脸脏污，冲着他傻笑。

贵五才发现上当了。水塘根本不是什么水塘，只是一个浅浅的烂泥水坑，水只淹到小孩的大腿。这个小孩看起来有五六岁，他分明是故意在那里边滚烂泥，不知道他小小年纪，是几个意思。

贵五生气地说，你搞事情啊？

小孩却一下子冲了过来，抱住他的大腿就喊粑粑。

贵五急得直蹬腿，嘴上说，去去去，我才不是你爸爸，我还没有结婚呢。

小孩不睬他，紧紧搂住他的腿，泥脸在他裤腿上蹭着，说，粑粑，粑粑，谢谢你救了我。

贵五给搞得一身泥水，气得说，我才没有救你，这个烂泥塘，淹不死你。

小孩说，反正就是粑粑救了我，反正就是粑粑救了我。

贵五不理睬小孩，扒开他的手，自顾自地往前走，走了几步，没听到后面有声音，心下生疑，回头一看，吓了一跳，这个浑身泥浆的小孩，正紧紧地却悄没声息地跟着他呢。

贵五加快加大步伐，毕竟他是大人，那只是个小孩，一会儿就被他抛得远远的，再回头看时，已经看不见了。

贵五终于扔掉了这条黏黏虫，窃喜，心里哼哼着，嘴里嘀咕，跟我——一个"玩"字还没出口，就看到那小孩已经站在前面的路上冲着他笑，又喊粑粑。

贵五又被小孩搞了，气得说，什么鬼？你怎么会跑到我前头去了，莫非你真是个鬼，落水鬼？饿死鬼？

那小孩子说，我是饿死鬼。

说着话就上前来掏贵五的口袋，嘴上说，看看有没有吃的，看看有没有吃的。

贵五说，吃你个屁。

小孩掏了个空口袋，也不失望，说，没有吃的，粑粑，你给我钱吧，我自己去买。

贵五说，滚球，谁认得你，你是谁？

小孩仍然缠着他，说，粑粑，你是贵五。

他居然知道贵五？贵五被他缠得烦恼，想把他送回去算了，说，你是哪家的，你叫个什么？

那小孩说，我叫贵六。

贵五终于气得笑了起来，说，你还和我排个行呢，我贵五，你贵六，我是你哥啊？你怎么不叫个贵四，那可以做我哥呢。

小孩不假思索，又改口说，算了算了，谁让我比你小，我不叫贵六，我叫贵小六。

贵五早就发现这小孩贼精，他好歹也是在外面见过世面的，不想给个乡下小孩玩弄了，不再跟他啰唆，上前一把将小孩抱起，见到一个路人就问，你看看，这是谁家的？

那路人朝小孩看了看，摇头说，分不清，村里这样的小孩很多，谁知道。这么说了，可能觉得自己也有点没面子，又提醒贵五，你问他自己就是了，他都这么大了，叫个什么，是谁家的，总知道的吧。

不等贵五开口，那小孩抢先说了，贵五家的，贵小六。

那路人听了，哈哈大笑，说，贵五啊，没想到你媳妇没娶上，倒带了个儿子回来了。

贵五说，去你的。

那路人就笑着走开了。

贵五抱着小孩，继续走，又挑了个妇女问。妇女果然比男将细心，她们平时张家长李家短，也不是完全瞎嚼舌头，关键时候，也能派点用场。

那妇女一看，就认出来了，说，这是老豆家的吧，小四子。

老豆家姓窦，乡下人嫌名字笔画太多，偷懒，就写成豆，反正是一个音，窦家就成了豆家。

贵五对那小孩说，好，这下子你不能抵赖了，你姓窦，叫窦什么？

小孩说，我叫贵小六。

贵五无奈，又朝那个妇女求助，那个妇女摆手摇头，说，这个你不要问我，我也不知道他叫什么，他好像没有名字。

贵五说，怎么会没有名字，人都有名字的，他生下来不要报户口吗，没有名字怎么报户口？

那妇女说，报不报户口我不知道，他反正是超生的，家里本来也不想要他的，倒霉的，前面连生了三个儿子——

贵五说，咦，生儿子不好吗？

那妇女说，贵五，你是从哪里回来哦，你太落伍了，你不知道生女儿吃苹果，生儿子吃乐果啊？

贵五差一点笑起来，说，那是那是，不过那也只是说说而已。

那妇女说，这可不是什么说说而已，这是真实的事情，所以嘛，豆家一心要生个女儿，结果还是个儿子，气酥了，连名字也懒得给他取。

贵五还是不能理解，没有名字，那他家里人，平时怎么喊他呢？

那妇女说，喊什么喊，他爹他妈，一直在外面打工，好多年不回来了，这小东西恐怕都没见过他们的面，家里只有一个老太，老太最不待见这个孙子，平时就喊他死棺材。

那妇女说到别人家的事情，兴致倒是挺高，贵五却不再想往下听了，跟他实在是八竿子打不到一块，就赶紧抱了死棺材往窦家去。

那死棺材在他怀里说，粑粑，你别听她乱说，她是巫婆，她会变成鬼的，鬼话你也相信啊？

贵五说，我宁愿相信鬼话，也不相信你的话。

村子不大，三步五步，就到了窦家，门开着，那老太坐在堂屋剥玉米，低着脑袋，完全不知道贵五已经抱着小孩站在她前面了。或者她是知道的，只是不爱理睬。

贵五见她不动，只得喊了一声，老太。

老太仍然低头剥玉米。

贵五又提高嗓音喊一声，婆婆。

老太不理睬他。

那小孩说，粑粑，你别喊她，她是聋人。

这下子老太听到了，抬起脸，满脸褶子，又很凶相，吓人。

贵五不由自主往后一退，说，婆婆，这是你家小孩，掉在泥塘里了，我给你送回来了——一边说一边要放下小孩，那小孩双臂紧紧地箍住他的颈项，整个人都吊在他的脖子上，说，粑粑，粑粑，你别把我送人，你可以把我卖了，卖我的钱，我们对半分。

贵五急了，说，你个小孩，不能瞎说啊，小孩瞎说，也要负法律责任的。

那婆婆朝他们翻了个白眼，重新又低头剥玉米，贵五正不知怎么才能把这个小孩摆脱掉，那小孩眼尖，看到桌上有一碗面条，"哧溜"一下，就从他身上滑下去，直奔桌边，抱起碗，用手捞着就吃。

那老太急了，想阻止小孩，可老太动作迟缓地站了半天，才费劲地站起来，待她挪到桌边，那碗面条已经去掉大半碗了，小孩捧着剩下的面条逃到一边去继续吃。

老太急得骂道，死棺材，死棺材，我没想到你今天死回来这么早——她艰难地回头责怪贵五说，贵五，怪你，全怪你，把他弄回来干什么，这是我一天的饭食，又给他抢了，我又要饿一天了。

贵五说，婆婆，你平时都不给他吃饭？不给他吃饱？

老太说，不给他吃饱？他吃得比谁都饱，早晨已经两大碗下肚了，一个小孩，比两三个大人的食量还大，饿死鬼投胎——

小孩已经干掉了那一大碗面条，拍了拍肚皮，好像要打饱嗝的样子，但是没有打出来，小孩不满意，说，咦，打不出嗝，太少了，不够嵌牙缝的。

老太抓起一根玉米砸他，他灵活地接过玉米，送到鼻子前闻了闻，说，一般般，一般般，今年收成一般般。

贵五说，婆婆，我听村上人说，他没有名字，你们连名字也不给他取，是真的？

老太说，怎么没有名字，死棺材，他就叫死棺材。

贵五说，这不算是正式的名字吧，以后他上学，不能用"死棺材"去报名的吧？

老太说，上学？他还想上学？上他个鬼学。老太想想还是气，又说贵五，就你多事，救他做什么，死了干净。

贵五说，我没有救他，那个泥坑，淹不死的，他害我上当。

老太气得不作声了，继续剥玉米，过了片刻，又忍不住，抱怨说，哪里哪里都听说有人贩子，怎么就不来我们这里把他给拐走。

老太这话一说，不知怎的，贵五心里猛地一阵乱跳，慌乱之中，他竟然脱口说，我就是人贩子。

老太说，去去去，贵五，你出去几年，也搞得油嘴滑舌了——说着说着，昏花的老眼，突然闪出光来，扔掉手里的玉米，一拍巴掌说，哎，贵五，我想起来了，我听他们说过，你打工的那个地方，叫什么海什么东的，反正是东边那边，人贩子多的哎。

贵五吓得逃走了。

贵五心慌慌意乱乱，也不找爹妈辞别了，干脆直接上路，连奔带跑地离开了老家。

他一口气跑到县城的火车站台，站台上没什么人，远远看过去，有个小孩独自一人站着，贵五浑身一激灵，往前走了几步，定睛一看，怎么是他——

死棺材。

贵五转身要走，那死棺材已经扑了上来，抱住他的腿，喊粑粑。

贵五急了，又是推搡，又是扒拉，凶巴巴地说，你别喊我爸爸，我不是你爸爸。

这时候另有两个妇女上了站台，听到贵五这么对小孩说话，她们过来批评贵五，说，有你这样当爹的？真不是个东西！

贵五不想她们参与，他把小孩拉到一边，避开那两个人，悄悄地跟他说，喂，死棺材，你是要跟着我吗？

小孩说，我是贵小六。

贵五阴险地一笑，说，贵小六，你知不知道，你跟着我，我最后会把你怎么样？

小孩说，你把我卖了。

贵五吓了一大跳，赶紧回头朝那两个妇女看看，怕她们听见了，又赶紧朝小孩"嘘"了一声，说，你闭嘴。

小孩笑了起来，笑得像个鬼，贵五看着他的脸，心里觉得怪怪的，总不是个滋味，两人正在僵持，那边已经听到火车的轰隆声了。

贵五下了下决心，抱起小孩，连奔带跑，送到站台的候车棚那边，按住他不让动，等到火车停下，开了车门，他仍然不动，一直到火车上的列车员喊，要上车的快一点，马上关门了。贵五才丢下小孩，狂奔几步蹿上了车。

没等他喘口气，车门已经关上，贵五从车窗朝外面看，候车棚那边空无一人，他暗自"哼哼"一声，说，跟我玩，哼——刚哼出一声——就感觉腿下一麻，心里顿时一荡，眼睛朝下一看，怎么还是——

死棺材。

他想抽出自己的腿，抽不出来，火车上的乘客，都盯着他看，怀疑的目光，让他心里发怵，贵五镇定下来，细想了一会，决定暂时不和小孩斗智斗勇了。他干脆抱起小孩，找个位子坐下，对他说，这是你自己送上门来的，不怪我啊。

有卖货的小推车过来了，小孩指着车上的食品，说，粑粑粑粑，我要吃方便面，还要这个薯片，要烧烤味的，还要这个鸭脖，不要辣的，还要——

贵五无奈，掏钱给他买了一碗方便面，心里不爽，特意挑了个特辣的，那列车服务员说，这个特辣，小孩不怕辣啊？

贵五说，辣死他。

小孩动作熟练地拿了方便面，自己动手，全套程序十分熟练，到热水炉那儿泡了面来，也不顾烫嘴，呼啦呼啦吃了起来。

趁他吃得专心，贵五赶紧到车厢连接处，给小丽打电话，可是小丽关机了，贵五心里有点担心焦虑，小丽不会都等不及他返回，就彻底踩到斌哥那条船上去了吧。

贵五给小丽发了条微信，告诉小丽，我带了孩子回来了。

没等到小丽回信，贵五才发现手机没电了，刚才的微信也不知发出去没有，都怪这小死棺材，搞得他回家都忘了充电，再一找，充电器也丢在家里没有带出来，想向周边的乘客借个充电器，找了一圈，要不就是人家也没有，要不就是型号不对，反正没有充上。

看到小孩吃得满嘴冒油，特辣也辣不死他，贵五气得骂道，死棺材，真是个死棺材。

旁边乘客听到了，又不依了，说，你这个当爹的，怎么这么骂自己孩子，你这个孩子，很机灵的，小眼睛滴溜溜，别说有多聪明了，可惜就是瘦了点。

贵五说，我没有骂他，他的名字就叫死棺材。

那孩子舔着碗底说，我叫贵小六。

大家都攻击贵五，说，你这个人，跟自己的小孩也要作对，连自己的小孩也要咒，你什么人啊？

小孩一屁股坐到贵五腿上，说，粑粑，我要吃薯片，要烧烤味的。

贵五又把他推下去，说，跟你说了，你不要叫我爸爸。

他又朝周边的人解释说，他不是我儿子，真的不是。

说话间，小孩又爬上他的腿，怎么推也赖着不走。小孩趴在贵五的耳边说，粑粑，你不能说我不是你儿子，你要喊我贵小六。

贵五说，为什么？

贵小六说，不然他们会怀疑你是人贩子。

贵五吓了一跳，想了想，觉得还是孩子说得对，他赶紧改口说，贵小六，别皮了，你再皮，我就不认你了。

停顿了一下，还是觉得背心凉飕飕的，居然被一个小孩吓着了。他想了想，就把贵小六拉到身边，轻声说，你要喊就好好喊，什么粑粑粑粑的，你没喊过爸爸？你不会喊爸爸？

贵小六说，粑粑，我会喊粑粑。

贵五笑道，粑粑是什么你知道吗？

贵小六说，粑粑就是粑粑。

贵五贼笑，说，粑粑就是你拉出来的东西。

贵小六说，粑粑是我拉出来的。

便宜又给死棺材讨了去，贵五也拿他无奈，人家才几岁，你一个大人，跟个小孩斗，有意思吗？

虽然贵五尽量把话拉回去，可是怀疑的种子早已经在其他乘客的心里发芽了，若不是爸爸，孩子怎么会跟他这么亲？明明是亲生儿子，他为什么要说不是爸爸？他会不会在动什么歪脑筋，会不会想把自己的孩子卖掉？丢掉？

贵五带小孩去厕所的时候，大家抓紧时间积极讨论，猜测贵五到底想干什么。虽然猜不出来，或者说猜不准，但是最后大家一致同意，晚上睡觉时，注意着点，别让他耍什么花招。

甚至有人说，要看着他给孩子喝水，他会不会在水里放安眠药哦。

结果大家的想法都落空了，贵五和这个孩子，水也没喝，趴在小桌上，倒头就睡，睡得像两头死猪，鼾声如雷，吵得旁边的乘客都不能好好睡。

就这样，贵五还算比较顺利地带着贵小六回到海东来了。

贵五将贵小六安顿在自己的宿舍，急急地充了一点电，再给小丽打电话，仍然关机，上火车时发的微信也没有回复，贵五就出发去小丽那边找她。

到了小丽的宿舍，看到床上的被子什么都还在，他上前闻了闻，是小丽的味道。

宿舍里空空的，没有人，光线又暗，贵五找了一会，才发现里边一张上铺，有个女孩躺着，耳机塞在耳朵里，不知在听什么，也没发现他进来。

贵五上前喊了她一声，她才摘下耳机，坐了起来，面无表情地朝他看了一眼。

贵五问她小丽在哪里，那个女孩两眼翻白，说，小丽？谁是小丽？

贵五指了指小丽的床，说，就是睡这张床上的，你们同一个宿舍，连名字也不知道啊，出门在外，都不知道互相照顾着点。

那女孩朝小丽的床看了一眼，说，哦，那个，进去了。

贵五说，什么，什么进去了？

那女孩说，什么进去了，警察抓进去了吧。

贵五急了，说，你有没有搞错，我说的是小丽呀，小丽怎么会——

那女孩打断了他，说，骗子，她是个骗子，她也不叫小丽，她只是偷了小丽的身份证冒充小丽。

贵五整个蒙了，愣了半天，说，那，那她是谁？

那女孩又翻了个白眼说，我怎么知道她是谁，我也被她骗了，她还用了我的卫生巾，你是她男朋友？那你买卫生巾还给我，我只用美美牌的哦。

贵五说，小丽，小、那个她，她犯了什么事？

那女孩说，骗婚呀，专挑未婚男人，一拿到彩礼，人就没了，再换一个名字去骗。简直就是无本万利。

虽说她不叫小丽，但是贵五心里还是记着她是小丽，毕竟他们交往了一段时间。这是贵五有生以来，头一个愿意和贵五谈婚论嫁的女子，虽然她是假的，但是谈婚论嫁这个过程，感觉是很真实的呀。

贵五说，她关在哪里，不知道能不能去看看。

那女孩说，真有你的，别人躲还来不及，你还重感情啊，跟个骗子还丢不下、放不开的，她是不是骗了你好多钱？

贵五说，那倒没有，我没有钱。

那女孩"呸"了一声，说，穷鬼，你就别去惹事啦，听说这个骗子不光骗婚，还和拐卖儿童的人有一腿。

贵五吓坏了，赶紧逃了出去，跑了没几步，后面就有人追上来，一看，是两个警察，贵五慌了，说，没我的事，没我的事，我不是有意的，是他，是他自己——

警察说，我们知道是她骗的你，你是受害者，但是就算没你的事，你也得交代清楚。

贵五开始以为是带贵小六出来的事暴露了，这一听，才知道是查假小丽的事，就赶紧一五一十地交代了他和小丽是怎么认得，怎么交往，所谓的交往，也就是一起出去吃了几顿饭，后来又怎么谈婚论嫁，他怎么回老家想卖宅基地又没有卖成，等等，他当然没敢说自己带了个孩子出来。

他说的都是真的，警察听得出来，警察相信他，说，还好，你没被她骗掉什么，否则也要跟我们回局里录口供的。

他们查看了他的身份证，又还给他，说，你叫贵舞？这个名字，蛮奇怪。

贵五说，是呀，我妈年轻时是宣传队的，喜欢跳舞，就给了我这个妖怪名字，我平时就说自己叫贵五，一二三四五的那个五。

警察不想多听了，说，行行，贵五，你收好身份证，以后碰到骗子，眼睛擦亮一点吧。

贵五点头称是，但心里是不服的，哪个骗子脸上写着字呢，眼睛擦得再亮，也玩不过骗子的鬼把戏。

贵五回到住处，贵小六正在他的床上呼呼大睡，贵五推醒了他，说，起来起来，本来想给你找个好人家的，结果人家没了，你说怎么办？

贵小六到处搜寻，找到一包发了霉的饼干，咬了一口，呸掉，说，粑粑，你把吃的东西藏哪里了？

贵五说，你光知道吃，吃，吃，你不知道我现在进退两难，心里慌慌的。

贵小六说，粑粑，你不用慌慌，上次我跟了马戏团出去，也没有告诉老太，老太也没有报警。

贵五一听"报警"两字，心里又一哆嗦，过了一会才想起来问，那你，你走了几天？

贵小六说，我想想啊，好多天呢。

贵五不相信他，说，那你为什么又回来了？

贵小六说，晚上我起来小便，听到他们说，要把我喂老虎，马戏团都是穷鬼，老虎都没有肉吃，表演的时候，没有力气。

贵五朝贵小六瞄了一眼，瞧不起说，你身上也有肉？

贵小六说，啃啃骨头也香的呀，粑粑，人也算是荤腥吧。

贵五说，荤你个鬼——后来呢，后来你就逃回去了，你家老太看到你，怎么说？

贵小六说，老太说，死棺材，谁叫你回来的？哪来的你就滚回哪里去，什么什么什么。

贵五听贵小六这么说，一方面稍稍放了点心，但另一方面一颗心又吊了起来，这个贵小六，他拿他怎么办呢，难不成真的整个小孩在身边，还要供他吃供他穿，傻不傻呀。

贵五抱着脑袋，贵小六就走过来摸摸他的脑袋，说，粑粑，你去找裴姐呗。

贵五一听，吓了一大跳，连连问说，你怎么知道裴姐，你怎么知道裴姐？

贵小六说，你睡觉说梦话的，吵死我了。

贵五心虚地朝贵小六看了又看，一时间他都不敢相信贵小六到底是不是贵小六，他会不会是什么人装扮了来试探他的，可是不对呀，谁装扮也不可能把自己装扮成一个小孩呀。

贵五心里嘲笑了自己，做贼心虚，说的就是你。

贵小六的提醒，让贵五有些为难，真的去找裴姐，真的找到裴姐，就要把贵小六交给裴姐，原来小丽说裴姐是中介，他也相信，现在看起来，既然小丽是假的，裴姐恐怕也不会是真的，至少，裴姐也不会是什么好货，什么中介不中介，肯定就是人贩子。

正在贵五犹豫的时候，接到了他爹的电话，问他有没有抱走死棺材，贵五赶紧说，没有没有，我抱他干什么？

他爹说，他家老太在村子里说，死棺材有两天不回家了，可能是你抱走的。

贵五气得说，老太说话不算数，那天我在老太家，她还跟我说，最好有人贩子来把死棺材拐走呢。

他爹说，老太的话你也能信？老太嘴里，没有一句真话的。

贵五急得说，老太去报警了吗？

他爹说，咦，既然不是你抱走的，你管她报不报警。就挂了电话。

贵五吓出一头大汗，心脏怦怦乱跳，回头跟贵小六商量，说，喂，你骗人，你家老太在村子里瞎说，说我抱走了你。

贵小六说，粑粑，老太没有瞎说。

贵五本来还腻腻歪歪，犹豫不决的，不知道到底该把贵小六怎么办，现在被老太一吓，陡生歹念。歹念是个好东西，它一生出来，人就不腻歪了，赶紧出去找裴姐。

如果老太真的说话不算数，去报了警，那他就是自投了天罗地网，现在都是大数据，处处使用身份证，任何人的一举一动，都被机器掌握死死的，休想逃脱。

所以贵五得尽快处理掉贵小六，即使老太真的报了警，警察查找过来，贵小六不在了，就无人证了。

贵五一旦做出了决定，他的心意就坚定起来，乱哄哄的脑袋清醒了，他先辞去了现在的工作，另外找了个送外卖的活，并且换了个手机，做这些准备工作的时候，贵五心里有一种高智商犯罪的骄傲和激情，很爽。

但是在将贵小六出手前，他不能放任贵小六一个人自由，万一这小子逃跑了，尽管千里迢迢，他相信这小子能逃回家。回家哇啦哇啦一说，他就彻底暴露了。

之所以选择做外卖小哥，贵五也是用了心的，别的工作不可能带个小孩上班，但是快递小哥带个人，没人来管你，贵五就带着贵小六开电瓶车送外卖。

贵五的心思，紧紧地吊在裴姐那里，可是茫茫人海，贵五到哪里去找裴姐，总不能发个寻人启事吧，那不是等于把自己送到警察手里呀。

也不能给人送个外卖，就问人家，知道裴姐吗？认得裴姐吗？见过裴姐吗？

解铃还须系铃人，还是得回到小丽这儿，可小丽人在里边，也不知道最后会以什么罪名定罪，会判多少年，反正贵五是不可能再见到她了，唯一的办法，就是到原来小丽经常活动的区域去碰碰运气。

下午两三点间，送餐订单少一点，贵五抓紧时间去了一趟城南。以前小丽的活动区域，大致就在这一带，这里聚集着数以千百计的外来打工的年轻人，大多是租住的集体宿舍，一个大通间，几十张上下铺，里边乌烟瘴气，乌七八糟。各人的上下班时间也不尽相同，所以白天宿舍里也会有人的，甚至还有的人，丢了工作，或者根本就没有工作，也住在里边，就在床上躺着，戴着耳机听音乐，或者听别的什么东西。别人若问他，你不工作，这样能躺到几时，他会说，先躺着再说吧。蛮乐观的。

贵五带着贵小六到了那个大通间里，屋子是敞开的，也不怕有小偷，当然小偷也不爱往这里跑。

屋子里静悄悄的，贵五咳嗽了一声，也没有人应声，贵五又轻轻地试探了一下，小声喊，裴姐，裴姐。

仍然没有人回应。贵五无奈，只好一张床一张床挨个看过去，终于看到有个人躺在那里，一动不动，不知道是不是睡着了。

贵五上前推了推他，他才稍稍动弹了一下，说，我不是裴姐。

贵五心里猛地一荡，说，你不是裴姐？那，你知道裴姐？

那人一翻身，坐了起来，盯着贵五看了一会，又朝旁边的贵小六看了看，起了疑心，说，裴姐？你问裴姐干什么？

他这一开口，好几张床上都有了声音，大家纷纷探出头来，盯着贵五，贵五不由心虚起来，支吾着说，没，没什么，我就问问，没干什么。

那人说，你知道裴姐是干什么的？

贵五说，是，是中介。

那人"呸"了一口，骂道，不要脸——一边骂一边下床，上前揪住贵五说，你找裴姐——他指着贵小六说，你找裴姐，就可以说明，这个孩子，肯定不是你自己的孩子！

贵五慌了，想扒开他的手，可人家攥得死死的，扒不开，贵五慌张之间，眼睛瞄到贵小六，贵小六赶紧就喊，粑粑，粑粑，我要吃过桥米线——一边喊，一边往贵五身上爬，说，粑粑抱。

那人一听，手就松开了，泄气地说，真是你自己的孩子啊。

贵五吓出一身冷汗，赶紧带了贵小六离开，听到他们在背后议论，自己的孩子，干吗还找裴姐？

难道他是想卖掉自己的孩子，狼心狗肺啊！

他说的这个裴姐，真的有这个裴姐吗？

可是也有人说根本就没有裴姐？

谁说的，真有裴姐，我的一个朋友，有一次亲眼看到的，是别人指给他看的。

听说裴姐是个男的？

裴姐怎么会是男的？

谁知道呢，谁也没见过，大名却人人知道，倒怪吓人的，像鬼魂样的，无处不在啊。

贵五听了，后背心阵阵发凉，一个谁都没见过、不知道是男是女，不知道到底存在不存在的鬼魂"裴姐"，让人谈"姐"色变。

可是贵五还是要找裴姐呀，不找裴姐，等到警察来找到他，他自己就是"裴姐"了。

刚刚离开城南，订餐新单子又来了，贵五赶紧回到门店，取了餐点，往送餐地点去，心急忙慌，在路上差点撞了汽车，电瓶车跌翻在地，贵小六跌得"哎哟哎哟"直叫唤。

贵五顾不上关心贵小六，赶紧察看外卖有没有打翻，拍了拍胸口说，还好，还好，没事，没事。

那个轿车车主，探出头来看看，说，什么人啊，还带个小孩送餐，小孩都跌倒了，还说没事，真没见过，自己找死就算了，想让孩子跟着一起死？

看客们也围拢过来，议论纷纷。有人说，外卖小哥，风里雨里都是刀，这刀还让个小孩子一起挨。

有人说，这么小的孩子，不是应该放在幼儿园吗？

贵五心虚地朝贵小六看看，贵小六赶紧配合说，粑粑粑粑，老师骂我，我不上幼儿园。

看客也看不到什么好戏，也无聊了，后来就散了，那个赶来现场处理的交警见车主没有计较，就教训了贵五几句，说，你带着小孩送外卖，肯定是不行的。

贵五赶紧点头哈腰说，是的是的，是我错了，今天他妈妈加班，只好我带，我回头就把他放回去。

因为这个小小的事故，送餐时间耽误了，等到贵五加速赶到的时候，那个订餐的大学生发脾气说，你迟到了十分钟，我要投诉你，给你差评。

贵五急得要哭了，一投诉，一天的活算是白干了，他向那个趾高气昂的大学生打躬作揖，可怜巴巴。

大学生才不可怜他，拿出手机就要给差评，贵小六一伸手，拿过他的手机，说，游戏在哪里，我玩游戏，我玩——那大学生急了，没了手机就像没了魂，说，小孩，你不要乱搞，我要积分的，不要给你搞掉下去——一边急急夺回手机，也不打差评了，接了快餐转身就走了。

贵五说，贵小六，还是你厉害。

贵小六说，粑粑，那不一样，你是大人，我是小孩。

贵小六的成功启发了贵五，寻找裴姐的事，贵五没人可商量，何不和贵小六商量商量？

贵五说，贵小六，你说我现在怎么办？再到城南去，再找裴姐？

贵小六说，粑粑，你不用再去那边了，那边有人来找你了。

贵五说，哪里？

贵小六指着不远处一个人，说，他一直跟着我们呢。

贵五吓得一哆嗦，回头朝街边一看，果然有个和他年纪相仿的人，嘴上叼根烟，笃悠悠地坐在电瓶车上，就在路边停着，关注着贵五这边的一举一动。

贵小六说，粑粑，我说的不错吧，有人来找你了。

贵五才不相信贵小六鬼话连篇，但是贵小六话音刚落，那个人果真就开了电瓶车穿过马路过来了。

看到贵五，就朝他笑。

贵五说，你真的一直跟着我们吗？

那人说，你还不如小孩机灵，这小孩早就看到我了。

贵五说，你从哪里跟起的？

那人说，你这小孩知道，就是城南的那个大房子里，你们出去，我就跟出来了，哈，你真是木知木觉。

贵五说，你跟着我们干什么，我又不是美女。

那人说，咦，你不是在那边找裴姐吗，找裴姐还能有什么事呢。

贵五心里一动，赶紧抓住机会，不打哑谜了，说，是呀，找裴姐能有什么事呢，不就是孩子的事吗？给孩子找个好人家嘛。

那人听贵五这么直接地说了出来，忽然间又犹豫了，又看了他半天，说，你？你怎么会这样公开找裴姐，没有人敢像你这样公开找裴姐的，你不会，你不会是——

贵五说，不会是什么？

那人说，你不会是警察卧底的吧？

贵五"啊哈"一笑，说，我怎么会是警察？

那人又看了看他，确实不像，但他还是怀疑和担心，说，就算不是警察，也可能是警察的线人。

贵五说，你从哪里看得出来我是警察的线人？

那人说，这还用问，就你与众不同，你就是来钓鱼的吧，否则谁会像你这样，光天化日之下叫卖儿童？

贵五挠了挠头皮。

那人说，你有那么蠢吗？

贵五说，我有——你怀疑我，我还怀疑你呢，我以为你是警察，来试探我的呢。

既然说开了，双方都不是警察，那接着就可以直接开价啦。贵五觉得，当着贵小六的面，谈论贵小六值多少钱，多少有点说不过去，就想离得远一点说，哪知贵小六已经看穿他的心思，说，粑粑，你不用避开我的。

那人贩子显得很惊讶，问贵五说，一般拐来的孩子，不会跟你这么亲的，他不会真的是你儿子吧？你不会真要卖自己的亲儿子吧？

贵五朝贵小六看了看，说，死样，鬼样，棺材样——又指了指自己的脸说，我有这么丑吗？

贵小六嘴上喊着粑粑，又要来抱他的大腿了，贵五赶紧避开，让贵小六扑了个空，一边对那人贩子说，不是真的，他是假的。

人贩子没听懂，说，什么，他是假的？假的是什么意思？难道，他是个女孩子？一边说，一边就想扒贵小六的裤子。

贵五说，他不是我儿子，他喊我爸爸，假的。

那人贩子大喜，过来抱起贵小六就走，一边回头对贵五说，你跟着我，我的支付宝和微信都没绑银行卡，我到 ATM 机给你取，哦，不对，ATM 机取不了这么多，我到银行给你取现金。

贵五以为贵小六会反抗，不料贵小六却乖乖地让人贩子抱着，贵五酸溜溜地说，咦，原来你愿意走啊，那你还抱紧我的腿，还"粑粑粑粑"喊个不停？

那人抱着贵小六，跑得飞快，贵五差点跟不上了，在背后急得喊，你不要跑，你不要跑！

贵小六伸手朝贵五后头一指，贵五回头一看，身后站两个警察，顿时吓得双腿打软。

那两个警察，其中一个上前抱过贵小六，一个揪住人贩子，不等贵五坦白交代，抱贵小六的那个警察，就把贵小六还到贵五怀里，说，抱好了，自己的孩子，自己不照顾好，让人贩子有机可乘。

贵五动作僵硬地抱着贵小六，目瞪口呆。

那个人贩子被反背了手，按倒了头，嘴里还大声嚷嚷，不是我，不是我，是他，是他硬要把孩子给我的。

警察刮了他一个头皮，说，硬要把孩子给你？你这理由好充分哦，你把我们警察当傻子啊，告诉你，我们盯了你不是一天两天了，你的一举一动，我们都有记录，有证明，现在当场捉拿，人赃俱获，你抵赖是没有用的。

贵五忍不住说，这难道就是螳螂捕蝉，黄雀在后。

那个警察一听，立刻回过头来教导贵五，说，你一个成年人，还不如个孩子警惕，是你的孩子给我们提供了信息，才让我们当场逮住了人贩子——你儿子说，你叫贵五，你是叫贵五吗？你有暂住证吗？

贵五把身份证和暂住证拿出来，暂住证上写着父子两人的姓名，警察笑了起来，说，哦，原来是跳舞的舞，你儿子叫贵小六？你也够懒的，连给儿子起名，都这么马虎。

贵五硬挤出点笑容，说，我文化不高，想不出什么好名字。

那人贩子还不服，又举报说，他是假装的，他文化蛮高的，那个不是他的儿子，是他拐来的！

警察说，你闭嘴！回头对贵五说，说一千道一万，做家长的无论多忙，无论多困难，都不能对孩子不负责任，不能忽视孩子的安全啊！

另一个警察也看了看贵五和贵小六，说，看你们父子两个失魂落魄四处流窜的样子，怎么回事？

那个警察说，这都不用问，肯定妈妈丢下你们走了吧？

贵五表面嗯嗯啊啊应付，心里还敢嘲笑警察。

警察叹了一口气，说，是呀，这样的生活，女人很难坚持下去的。

另一个警察说，爷俩长得倒是蛮像的，可这名字也太不像话了，你赶紧给儿子改个正式一点的名字吧。

贵五赶紧说，我知道了我知道了。

两个警察办案十分规范规矩，临走还自报了姓名，一个姓陈，一个姓刘，刘警官吩咐贵五说，如果再有什么可疑的人，随时到派出所找我们报告。

陈警官也关心说，多加小心啊，人的运气不会一直这么好的。

贵五连连点头称是。

贵小六说，粑粑，你跟警察叔叔加个微信吧。

警察和贵五都觉得奇怪，也都有些犹豫，他们看着贵小六，贵小六说，粑粑，万一我们再碰到人贩子，来不及到派出所，微信就可以报告警察了。

陈警官想了想，也对，为人民服务，就和贵五加了微信，看了看贵五的朋友圈，说，只有一张图片，这是你家乡？

贵五懵懵懂懂就加了警察的微信，心里有点不安，警察有了他的微信，他不知道这算什么，这意味着什么，不知道对他是有利还是有害。但无论有利有害，加都已经加了，再反悔，拉黑警察，反而会引起怀疑的，都怪贵小六个死棺材，尽出恶心人的主意，回头瞪了贵小六一眼，贵小六正咧着嘴朝他笑。

贵五使了个心眼，把原来微信的名字"贵五"改成了"天使"，心里一得意，"嘿嘿"笑了。

警察押着人贩子走了，那人贩子心里还是不服，又想不明白，回头看了贵五一眼，突然想通了，大声说，好你个卧底，我就说你是卧底，你还不承认，算了算了，有你这样的高手卧底，我栽了，我认。

贵小六在贵五怀里，拍了拍贵五的脸，说，耙耙，耙耙，什么是卧底？

贵五气得说，卧底就是煮熟的鸭子飞了。

贵小六立刻东张西望，咽着口水说，煮熟的鸭子，在哪里？在哪里？是烤鸭吗？

贵五说，烤你个头，你竟然瞒着我去报警，你小子，什么时候干的这事？看到贵小六一脸坏笑，他想了想，说，不会是那个交警吧，你跟交警去讲这事，你都不知道交警是不管人贩子的，可这个交警也是多管闲事，还真去告诉了刑警。

贵小六说，耙耙，那我们还找不找裴姐了？

贵五警惕地说，干吗，你都报警了，我还敢当着你的面做什么吗？

贵小六说，那你是要瞒着我去找裴姐吗？裴姐会不会把你卖了？

贵五说，去去去，滚蛋，早知道你个死棺材这么难缠，我就不拐你了，拐个蠢一点的，可能早就出手了。

贵五和贵小六一路互怼，你一嘴我一嘴，也蛮热闹，晚上回到住处，双双在床上坐下，不一会儿就发现，对面床上的那个人，死死地盯着他们看。

贵五有点脸盲，不记人脸，再加上他们这种性质的工作和住宿，多半一大早就走了，很晚才回来，有时候几天也只能看到对方躺在床上的一个背影。所以贵五根本就没有看出来，这对面床上，已经换了主。

贵五说，你盯着我们看什么，你又不是第一天见到我们。

那人笑了，说，我就是第一天来呀，这张铺原先的人，今天上午走了，我是刚刚才住进来的呀。

贵五这才知道是个新舍友，有点难为情，说，不好意思不好意思，我这个人，不记人，我还以为你就是原来那个小王呢。

那人说，你不记人，但你儿子记性好，他已经认出不是我了——哦，我不是原来的那个小王了。

贵五朝贵小六看看，贵小六都顾不得朝他翻个白眼，只顾着狼吞虎咽。

这个新住进来的人，就开始和贵五套近乎，先问了贵五的年纪，贵五说了，他就说巧了，他和贵五同年，贵五心里不服，想，我再怎么老相，年纪总要比你年轻一点吧。又问贵五做什么工作，贵五说送外卖，他又说巧了，他也是送外卖的。再问贵五家乡，又说和贵五是老乡，贵五心想，明明口音完全不对，也敢瞎攀老乡，真是厚颜无耻，且不揭穿他，冷眼旁观，看他想干什么。

假老乡攀过老乡后，又跟贵五胡诌了一会，就去接触贵小六了。

贵小六不认生，很容易接触，假老乡顿时信心倍增，把贵小六抱到他自己的床上，拿出吃的东西引诱，贵五假装不知，偷偷看在眼里，他早已经对贵小六刮目相看了，知道这种低级的惯用的伎俩拿不下贵小六。

那假老乡跟贵小六说，孩子，我看着你都觉得太辛苦，跟着你这个穷爸爸，苦爸爸，倒霉的爸爸，没意思——

他分明是在钓贵小六的鱼，贵五有点不放心了，对贵小六说，他说什么，你只管听着，你别多说，你要小心。

贵小六说，粑粑，这个巧克力不好吃，不如你给我买的好，苦的，假的——

贵五见贵小六依旧满是吃的心思，想想也想通了，这假老乡说几句话，又不会把贵小六说没了，就任凭他说呗。

贵小六吃东西猴急，吃呛了，假老乡赶紧给他倒水喝，贵小六把水递给贵五，让贵五先喝一口。

贵五说，咦，你怕水里有毒？叫我先喝，我喝死了，你打算干啥？

那假老乡有点尴尬，皮笑肉不笑地说，这位大哥，你真会说笑。

贵五说，哦，我想错了，不会是毒药，你又不要死孩子，你要的是活孩子，是吧？

假老乡赶紧掩饰说，是呀是呀，谁会要死孩子呢，大哥，我看你们父子，日子过得也不容易——贵小六已经吃光了他的食物，转身就不理他了，取了贵五的手机自顾自地玩了起来，他只好又抛开贵小六，重新来钓贵五的鱼了。

贵五指了指水杯，说，那这个就可能是安眠药哦，一般你们都是这样的程序吧？

假老乡眼看着自己的心思就要被贵五戳穿了，有点着急了，说，你这位大哥，真会编故事，你是看电视看多了吧。

贵五得意，又烧包了，撩他说，你真以为我和他是父子吗？

那假老乡思索了一会，坏笑说，那是那是，我哪能轻易就相信你们，只是可惜了，你们父子长得太像啦，而且口音是一模一样的，你们不是父子，还有谁会是父子。

贵五哈哈大笑，贵小六也哈哈大笑，竟然笑得像个大人。

那假老乡说，是父子就好，是父子就好——正在思虑着下一步该使用什么手段，手机响了，来了微信，看了一眼，脸色顿时大变，指着贵五说，好你个假老乡，你耍我？

贵五觉得莫名其妙，明明他自己是个假老乡，反而还赖到他头上，贵五冤枉死了，气得说，我怎么耍你啦，明明是你想要骗我们家贵小六——

那假老乡说，我还没出手呢，你倒先出手了。

贵小六插嘴说，该出手时就出手。

假老乡顾不得再跟他们计较，拔腿就跑，连跑边回头说，好你个假老乡，装得真像，看起来像个憨憨，你竟然报警，要不是我有弟兄在派出所门口值班，我就栽你手里了。

贵五仍然摸不着头脑，朝他床上看了看，喊他，喂，你这些东西不要了？

贵小六说，粑粑，那些东西不是他的。

贵五不明白，说，怎么不是他的？他不是今天刚住进来吗，难道什么也不带就来住了？

贵小六说，粑粑，谁的话你都信。

父子俩正在说话，贵五对于假老乡的突然逃跑，还不知怎么回事呢，宿舍里又进来警察了，直接就走到他们床边，贵五抬头一看，这回倒还记得他们的脸，就是白天碰到的那两个警察，陈警官和刘警官，贵五就奇怪地"咦"了一声。

警察他们也觉得奇怪呀，刘警官警觉地说，怎么又是你？

陈警官拿出手机重新看了一遍，说，天使，你成天使了？

贵五觉得警察真的太厉害，慌得说，天使，我不是天使，警察才是天使，是救我们的天使。

警察也没有和他计较，只是问了假老乡的情况，他们商议了一会，陈警官有点兴奋，说，可能碰上大鱼了。

刘警官却还是感觉奇怪，看着贵五说，怎么你们父子总能碰上人贩子？

贵五心里发慌，硬着头皮编造说，也可能，也可能，他们以为我一个男人，肯定粗心的，肯定管不好小孩，带不好小孩，他们就容易得手——

那陈警官说，你说得有道理——我告诉你，这个人，很可能是我们追查了大半年的"力哥"，人贩子组织的头目，十分凶残，手段阴险毒辣，只要瞄准目标，几乎次次都能得手，没想到，这次到了你们父子这里，却没能得逞。

刘警官把陈警官拉到一边，轻轻地商议了一会，陈警官去一边打电话，刘警官回过来说，唉，可惜你刚才没有拍下他的照片，那样就可以直接对证是不是"力哥"了。

贵五说，我哪知道他是人贩子呀，我要知道他是人贩子我就——他真不知道再怎么瞎说八道。

幸好警察不爱听他胡乱赌咒发誓，刘警官朝他摆手说，别说这些没用的了，我们找了个鉴证科的同行，你给我们说一说这个人的长相。

他们的同行很快就来了，假老乡的样子，由贵五讲说，讲不清楚的地方，由贵小六补充和修正，很快一张嫌疑人的草图就画出来了。

陈警官先接过去，看了一眼，脸色有点奇怪，又挠了挠头皮，说，咦，这个真的有点面熟哎，好像是像谁呢。

图又交到刘警官手里，刘警官一看，立刻指着贵五说，这不就是你自己吗？

陈警官又把图再拿回去看，然后又再细看贵五，果然就是贵五，陈警官气得笑了起来，说，贵先生，你怎么画了个自己呢。

贵五支吾着说，嘿嘿，嘿嘿，也许我和那个人贩子长得有点像。

贵小六拍手跺脚地喊，粑粑人贩子，粑粑人贩子——

喊得贵五心惊肉跳。

陈警官和画像的警察都笑了，拿着画像打算离开，只有刘警官仍然一脸迷惑一脸怀疑，不肯离去，看着贵五，说，你为什么要改微信名？

贵五支吾着，一时编不出来更好的更合理的理由，只好胡说，嘿嘿，我喜欢天使呀。

陈警官替他解围说，哎，老刘，你管他是天使还是魔鬼，反正消息是他提供的，就没错。

刘警官说，那不行，天使就是天使，魔鬼就是魔鬼，最可恶的是装扮成天使的魔鬼。

说得贵五后背又阵阵发凉。

贵小六更来劲了，在床上跳上跳下地喊，粑粑天使，粑粑魔鬼，粑粑天使，粑粑魔鬼——一遍遍重复，噪个不停。

这才把警察烦走了。

警察走后，贵五冷静了一会，才想起来，警察怎么会有这么准确的消息，人贩子到哪里，他们就追到哪里，难道真是天网恢恢？

难道警察在他身上，安装了跟踪器？

倒怪吓人。

贵五吓出一身冷汗，觉得要重新整理一下自己的思路了。

首先，推算起来老太那边并没有报警，至少他目前还没有被全网通缉，否则身份证一拿出来，他就被逮了。但是他也不能无限期地拖延下去，万一老太一等再等等不到死棺材，真的去报警，那他分分钟就完蛋，决不能把希望寄托在老太那里。

其次，贵五把贵小六带在身边，开始是有点担心的，但事实证明，还是利大于弊的。本来像他这样的人，面目本身就不确定，身边再带个孩子，是最容易引起怀疑的，只是因为贵小六配合得天衣无缝，一直哇啦哇啦地喊"粑粑"，亲热得不行。人家即便有疑问，也都会想，哪有人贩子和他贩卖的孩子这么亲的，所以这要归功于贵小六。

连那个充满警惕的刘警官，也是被贵小六迷惑了的。

尽管贵五想不通贵小六为什么会这样做、为什么要这样做，但既然他已经是这样做了，贵五也就利用了贵小六，继续扮演"粑粑"，直至最后出手，把这个假儿子卖个真价钱。

现在看起来，事情还是充满希望的，虽然裴姐不好找，却不断有人主动找上门来，刚才对面铺上的这个假老乡，怎么会这么巧就住到他对面了呢，分明是早就知道了他的行踪，说不定和路上跟踪他的那个人就是一伙的，也说不定就是裴姐让他们来的，他们这些人，比警察还厉害，真是神通广大。

贵五想着想着，浑身不由哆嗦了一下，好像裴姐正在哪个角落里盯着他呢。

贵五正在胡思乱想，对面铺上的小王回来了，贵五奇怪说，咦，小王，你果真没走呀？

那小王说，我走？我走到哪里去？

贵五说，刚才有个人，睡在你床上，冒充你。

小王也奇怪呀，说，冒充我干什么？我又不是富二代，哧——

贵五说，是呀，他还说是我老乡，想骗我们贵小六，结果警察来了，把他吓走了。

小王说，现在反正什么奇葩都有——对了，你说那个冒充我的人想骗你们贵小六，骗什么呢？

贵五说，骗什么，贵小六又没有钱又没色，当然是骗他这个人啦。

小王说，哦，那可能是个人贩子哦，要想拐卖贵小六吧。

贵五说，是呀是呀，就是不知道警察来得这么快——说话的时候，眼前忽然晃动着贵小六坏笑的样子，顿时醒悟，一拍脑袋，赶紧改口说，是贵小六拿我的手机报的警——

小王说，哦，原来这样——他停顿了一下，好像在考虑要不要把正面的话说出来，考虑了一会，他还是忍不住说了，嘿，你要是不说，我还以为，嘿嘿，我还以为——

贵五说，你还以为什么？

小王说，我还以为你是个人贩子呢——我出来这么多年，从来没见一个男人出来打工，还带个小孩的。

贵五心虚地避开了他的注视，假笑了一声，说，是的是的，别说是你，好多人都怀疑我呢。

小王认真地说，实话跟你说吧，我一直都在暗暗观察你，还有你贵小六，怀疑你们父子是假的吧，又看到你们这么亲热，尤其你们家贵小六，这么黏你，也少见，可是要说你们父子亲情吧，又总觉得哪里不对劲，我也捉摸不出来，到底哪里有问题。

贵五下意识地朝自己身上看看，看不出什么，说，哪里有问题？

小王说，我愚蠢，看不出来嘛，要是看出来，我就——

贵五说，要是看出来，你是不是也要报警了？

这个人笑了笑说，那倒不一定，我说不定——他说到一半，忽然问道，咦，贵小六呢？

贵五这才发现，自己胡思乱想胡言乱语的时候，贵小六不知跑哪儿去了，顿时发慌，急得喊了起来，不好了，不好了，孩子给拐走了！

贵五站起来满屋子到处找，一张床一张床上搜查，也没有发现贵小六的影子，贵五大声喊，贵小六，贵小六，你在哪里。

还是那个小王冷静一点，说，老贵，你别乱喊，你想想，贵小六平时喜欢什么？

贵五说，喜欢吃呗。

那小王说，那你带他在哪里吃过？

贵五一下子被提醒了，脑子也不乱了，赶紧往外跑，离他们的宿舍不远，有个路边的烧烤摊，上次带贵小六来过一次，小子一口气吃了三十根烤串，还说没够。

赶到烧烤摊一看，怎么不是，贵小六已经点了一大堆烤串，堆得像小山一样，还点了一瓶啤酒。

那摊主看他一个小孩子，点这么多东西，怕他不付钱，上下打量一下贵小六，说，你身上有钱吗？看你样子也——

贵小六挥了挥手，说，不急不急，我身上是没钱，但是我粑粑有，一会儿他就过来了。

贵五过去刮了他个头皮，说，你不仅吃，你还喝上了？

贵小六说，粑粑，酒是我给你要的。

贵五气得说，你要的，你自己给钱，我没有钱供你。

那摊主一听，急了，赶紧过来想收掉东西，贵五倒又不同意了，拦着摊主说，算了算了，点都点了，也不能让你白忙乎。

摊主这才笑了起来，说，你们父子，一个比一个狡诈。

既然贵小六已经大手大脚摊开场面了，贵五也就坐下来，尽兴地吃喝开了，吃着喝着，就看到贵小六的眼神不对，朝着他身后直直地盯着，贵五后背发凉，头皮发麻，不知道贵小六又出什么幺蛾子，胆战心惊地跟着贵小六的眼神，回头一看，还好，没什么吓人的，倒是蛮喜人。

他身后站着一位年轻妇女，长得也清秀，穿得也整整齐齐，脸上笑眯眯的。

贵小六不等贵五发话，就下了凳子，过去拉住妇女的手，这妇女好像很听话，被一个陌生的小孩拉着，她也不撒手，另一只手抚摸着贵小六的头，笑着问贵五，你女儿几岁呀？

贵五"哈哈哈哈"大笑，对贵小六说，你个死棺材，吃煞不壮，人家当你是丫头片子。

那妇女好像没听见贵五说话，也仍然没看出来贵小六是个男孩，只顾说，你女儿好漂亮，我喜欢的——

贵五愣了一愣，紧张地说，你是谁？

那妇女说，我是妈妈。

贵小六也说，她是麻麻。

贵五"哦嗬"了一声，说，好呀好呀，粑粑麻麻都有了，贵小六，你厉害，你这是做出一家人来了呀。

那妇女一听，笑了起来，拉过贵小六，搂在怀里，说，乖乖，你真乖。

贵五问妇女说，你有孩子？

那妇女说，有呀，我女儿五岁了——她把贵小六搂住，好像把贵小六就当成她的女儿了。

贵小六说，粑粑，麻麻还没有吃晚饭呢，我们一起吃吧。

贵五朝他翻白眼说，你请？

贵小六说，麻麻坐。还真当成一家子了。

贵五一眼看到个年轻漂亮的妇女，心里对这个妇女是有想法的，所以他假装拗不过贵小六，就被贵小六指使着，嘴上故意抱怨说，你个讨债鬼，自己吃不够，还带个人吃。

那妇女只是笑，不说话，明明一张桌子有四边，她却坐到贵五的同一边，和贵五挨得紧紧地。

贵五想法不免更大了，心情也有点激动起来。

贵小六喊着摊主，老板，老板，加人了，加餐。

他又趁机多点了一堆，又加了两瓶啤酒。

贵五心疼呀，说，你以为你是谁的儿子啊？

贵小六说，我是粑粑的儿子。

那妇女笑了，说，我女儿最喜欢吃烧烤。

贵五说，那你把女儿叫来一起，反正贵小六点得多，他这是要往死里点的。

那妇女听贵五这么说，似乎犹豫了一下，也好像是要想什么，过了一会，她才说，你是说我女儿吗？她叫周秋水，我老公姓周。

贵五说，你女儿在家吗？

那妇女说，在，在呀，她很乖的，从来不乱跑。

贵五点了一下贵小六的脑门子，说，你听听，你听听！

那妇女对贵五说，你叫贵五，我叫王花，我们蛮配对的哦，我真的喜欢你，我要跟你要好。

贵五一方面心中暗喜，但同时也还抱着警觉，这不会是个增龄版的小丽吧，怎么刚刚见面，就只是请她吃了烧烤，她就能说这样的话，以身相许？更何况，她还有个姓周的老公呢。

见贵五发愣，王花又说，贵五，你有一个女儿，我有一个女儿，我要和你再生一个女儿——

贵五试探地说，可是你说你有老公，他姓周——

王花说，我跟他离婚了，这个你放心，我不能有两个老公的，那是重婚罪，但是我可以有两个女儿，三个女儿，四个女儿，五——

贵五赶紧打断她，说，你这么喜欢女儿，怎么不带着女儿一块出来走走，把她一个人丢在家里？

王花听到贵五这么说，兴奋的情绪忽然就抑制住了，她想了想，好像有点想不明白，说，我女儿？我女儿在家吗？

贵五说，咦，你刚才说你女儿一个人在家，你还说她很乖的什么什么。

王花一听，忽地站起来，拔腿就跑，口中喊着，我的女儿，我的女儿，秋水，秋水——

贵五发现有点不对头，扔下钱，拉着贵小六就追上去，没追多远，就到了王花住的出租屋，进去一看，屋里没有人，桌上倒是有一张女孩子的照片，王花一看到照片，立刻就笑了，过去拿起照片，先捧在胸口捂了一会，然后递给贵五，指着说，你看，你看，我女儿在这里。

贵五正不知如何理解王花的行为，就看到一个男人出现在门口，他看到了王花，立刻长叹了一声，说，原来你回家了，害我找了一天，急死我了。

王花并不回应他，只是嘻嘻地笑。

那男人看了看贵五和贵小六，说，是你们送她回来的？谢谢你们！

贵五也基本上搞清楚了，揉了贵小六一把，说，麻麻麻麻的，肉麻，你！拔腿就要往外走。

不料王花却拉住了他，说，贵五，你不能走，你答应我跟我结婚，再生女儿的，我已经想好了，我们的女儿，名字叫秋水。

那男人一听，脸色大变，回头一把揪住贵五的衣襟，说，是你骗她的吧？你什么人啊？你个人渣，连疯子都要骗，你看不出她精神有毛病吗？你是故意的吧。你对她做了什么？

这话一说，贵五才彻底明白过来，原来这个王花是个精神病人，难怪说话奇奇怪怪的，幸好没有被她蒙骗和她结婚，不然真就悲惨了。

贵五赶紧解释说，你误会了，我不知道她有病，她也没有说她有病，我没有骗她，我还请她吃了一顿，那一顿花了不少钱呢。

男人说，是呀，陌陌生生的，你们都不认得，你凭什么花钱给她买吃的，你肯定是有所图的。

贵五说，你冤枉我了。

男人说，坏人都说自己是冤枉的，你要是没有动坏心思，她怎么会缠住你不放？

见这个人如此气势汹汹不讲理，贵五倒有点不服了，不管其他事情怎么说，这个事情上，他问心无愧，所以理直气壮地反问他，你谁呀？

男人说，我是谁，你管得着吗？

贵五步步紧逼，说，你姓什么？

男人说，我姓什么，你管得着吗？

贵五冷笑一声说，但是她老公姓什么我知道。

男人这才认了真，说，我姓李。

贵五立刻抓住他的把柄了，说，不对，你假的，她明明说老公姓周，她的女儿叫周秋水，你冒充她老公？你想干什么，拐卖妇女？

那男人急得跳起来，我冒充，我干吗要冒充，她一个疯子，我冒充当她老公有什么好的？

贵五听了这话，觉得倒也不无道理，但仍然不放心，他朝王花看看，说，王花，你认得他？

王花笑说，不认得。

男人再次急得跳起来了，王花，我是你老公，你是假装不认得我吧，你出门的时候，还知道我是谁，你还跟我说很快就回来，难道这一会会你就不认得我啦？你是不是让这个骗子，给你吃了什么迷魂药？

贵五说，你才是个骗子，你才吃迷魂药，她根本就不认得你，你不是要演一出光天化日强抢民女吧？

王花只管嘻嘻地笑，身体往贵五这边靠，他们吵吵闹闹，引来邻居看热闹，他们倒是都看得出来，王花分明是更依赖和相信贵五呢。

那男人急了，说，你才光天化日之下强占民女，报警，报警！

贵五也来火了，说，报警？你个骗子还敢报警，还是我来报吧。

贵小六动作快，已经给陈警官发了信，陈警官也快，开着摩托就来了。

贵五再见到陈警官，已经像见到亲人一样了，上前说，陈警官，又是我，天使。

陈警官说，又有人要抢你的孩子？

贵五说，这回不是抢我的孩子——

那个男人抢上前说，是他要抢我老婆。

贵五说，这个女的叫王花，不是他老婆，他是个骗子，不信你问王花，她说她不认得他。

那个男人说，我老婆精神有问题，有时候是不认得人的。

贵五说，骗子都会这么说，这一套警察见得多了，你混不过去的。

警察肯定是问当事人王花，他们两个，到底谁是骗子，王花不回答，却一把抱过贵小六，又搂又亲，弄了贵小六一脸唾沫，嬉笑着说，乖女儿，我就知道你会回来的，我就知道你会回来的。

大家早就看出端倪了，但却不甚明白，两个男人为什么要为一个疯女人争争抢抢。

陈警官火眼金睛，朝那男人说，你说说吧，怎么回事。

那男人说，一年前，我们的女儿给人拐走了，才五岁啊，王花她到处找，找了快一年，也没有找到，我让她别找了，她就疯了。

一个大男人，说着说着，就蹲下去，捂着脸哭了起来。

贵五愣住了。

大家纷纷咒骂人贩子，伤天害理，丧尽天良，惨无人道，什么什么什么。

贵五做贼心虚地瞄了贵小六一眼，贵小六也正在瞄着他呢，把贵五吓了一跳，说，贵小六，我们走吧。

陈警官却拦住他说，贵先生，怎么到处都有你，难怪我们老刘说你奇怪，我开始还不觉得，现在看起来，老刘的直觉就是比我灵，我服。

贵五心里又慌乱了，可只要贵小六一抱他的腿，一喊"粑粑"，他就镇定下来，镇定后，贵五就有点老卵，有点反客为主了，他又把身份证和暂住证拿出来，递到陈警官面前，说，陈警官，要不你再查查，再仔细核对一下。

陈警官也嫌烦了，往后一退，朝贵五和贵小六挥了挥手，说，算了算了，看你们这对父子，古里古怪的，恐怕也不是什么好鸟，不过没有证据，我们也不能瞎说的，你们走吧——你记住，你已经麻烦打扰我们三次，不要再来一次哦。

贵五说，有困难找警察。

陈警官只好苦笑。

贵五和贵小六一离开警察的视线，贵小六就说，粑粑，你越来越厉害了。

贵五说，我哪里厉害？

贵小六说，明明你就是人贩子，你还敢找警察。

贵五说，不都是你找的吗？你一碰到事就找警察，一碰到事就找警察，你是想吓唬我吗？

贵小六指了指说，粑粑，我们从那边走吧。

贵五说，为什么要绕道？

贵小六说，刚才我没有吃饱，那边摊上的烧烤——

贵五咽了口唾沫，说，都怪那个疯女人，把我们一顿美餐搅了——唉，不过她也挺可怜，女儿被拐了，她就疯了，一家人就家破人亡了，你知道什么叫家破人亡吗——他见贵小六盯着他看，不由有些心虚，又说，不过你不一样哦，你没人疼没人管的，你家老太，恨不得你立刻滚蛋，所以，你和她们家情况不一样的——想了想，又觉得来气，说，她又不是你妈，你还"麻麻麻麻"叫得亲，你咋不跟着她去做女儿呢？

贵小六说，我跟她去，你就不合算了，你就没有机会卖我了。

贵五说，好你个贵小六，你还很替我着想啊？别以为我不知道你那点鬼心思，你是想跟定我了，有得吃有点玩，比在家里的泥塘里打滚开心多了吧。

贵小六说，谢谢粑粑。

贵五说，我知道，你现在假装听我的话，等到我一旦真的实施行动了，你又叫警察，警察来了，你也不揭穿我，就只要让我不能得逞，然后仍然跟着我混吃混喝，对不对？你的计划还蛮周密的啊。

贵小六听不懂，说，粑粑，你说什么？

贵五也知道自己有点头脑发热，真把贵小六当成个人物了，才五六岁，他懂个屁。

贵五嘀咕说，我不管你懂不懂，我只当你是个妖精，什么都知道，以后有什么计划，我都不会告诉你，不会跟你商量了。

已经到了路边烧烤摊，贵小六一屁股先坐下来，闷头大吃。

贵五经过了这番惊吓，心里不妥，吃不下了，他看着人到中年的摊主忙碌的样子，忽然灵感来了，走到摊主那边，避开贵小六，悄悄地问，老板，你在这里摆了多长时间了？

摊主说，有三四年了。

贵五说，哦，这么长时间，那你这边人流量大，来来往往的人多，你也是见多识广啦。

摊主不无骄傲地一笑，说，一般般啦。

贵五说，那我跟你打听个人，裴姐，见过吗？听说过吗？

这摊主瞬间脸色一变，说，去去去，不卖你了——一边说，一边真的到桌上去收那些烤串。

贵小六拼命护食，大声嚷嚷说，这是我的，这是我的，是贵五问你裴姐，我没有问你裴姐，他不许吃，我可以吃。

旁边位子上的吃客，都听到了贵小六的嚷嚷，听到了"裴姐"两个字，脸色都不大对，有的正在聊天聊得热火朝天，忽然就噤了声，有的脸露怀疑，有的神色奇怪，也有的很紧张，他们纷纷朝贵五和贵小六张望，还有一个人，站起来就走，都忘了买单，摊主喊住了他，问他是支付宝还是微信，他心急忙慌地拿出一百块钱，朝桌上一扔，说了一声不用找。转眼人就没了。

贵五刮了贵小六一个头皮，从牙缝挤出咒骂声，你个死棺材，你才是裴姐，你就是裴姐，你上辈子是裴姐，你八辈子都是裴姐！

总算有惊无险地过了一天，回到宿舍，大多数人都睡下了，都是早起的劳动人民，贵小六人小呼噜声却不小，吵得贵五心烦意乱，到最后困得不行，总算想要睡了，刚刚要入梦，忽然听到手机响了一声，心想这么晚了，有谁会给他发短信呢。原想不理睬的，但想想又放心不下，取了手机一看，正是一条短信，写着：我是你要找的那个人。

贵五回复：谁？

那边再回复：谁你都不知道，你找个鬼啊？告诉你，如果没事，少在外面提我的名字，如果真有事，明天下午你到幸福家园找我，进大门右手边一间屋子。

贵五又问：你谁呀？

那边就再也不回复了。

搞得贵五心里不踏实，一夜尽做乱梦。

本来嘛，他一直就在找呀找呀，现在人家终于露出脸来了，他却犹豫了？害怕了？

害怕是肯定害怕的，但是不能因为害怕就不往前走。不往前走，他基本上就是坐以待毙。现在也不知道老太那边情况怎么样，自己换了手机，也没有告诉爹妈，万一有紧急的危险的情况，他们想通知他也通知不到，所以他现在，等于是在和老太抢时间呀。

心这么一横，瞻前顾后的心思反而放下了，迷迷糊糊就要入睡了，就感觉有人在拍他的脚，他仰起身子看了一眼，虽然屋子黑咕隆咚的，但是能看见真的有个人在他的床边。

贵五一猜，就是发短信给他的那个人，他竟然就在身边给他发信，也是门槛精到家了。

贵五怕惊醒贵小六，轻手轻脚地下床，跟了出来，走到远处，看到那个人站在月光底下。

贵五奇怪说，你不是说要等到明天，到幸福家园见面吗？

那个人背对着他，也不回头，说，等不及了，明天警察就要来了。

贵五吓了一跳，有点语无伦次，说，你、你怎么知道？警察、警察怎么知道，到底知道什么？

那个人呛他说，别明知故问了，警察知道什么你自己不知道吗？所以我今晚就必须提前来带货了——咦，你货呢？

贵五见他把一个人说成是货，心里不免有些不乐，说，不是货，是人。

那个人不耐烦，说，你懂不懂规矩，做我们这行的，货就是人，人就是货，能够用钱买来卖去的，难道不是货吗？

贵五犹豫了片刻，说，那，那你现在就带走？

那个人也不点头，也不应声，只是他的背，看上去十分坚硬，贵五说，那好吧，我去把他抱出来——

这话一说，那个人竟然突然地回过头来，冲着他"咯咯"笑，说，粑粑，你抱呀，你抱呀。

贵五一看，吓得魂飞魄散，这不是贵小六吗？他急得说，不对呀，不对呀，贵小六是你吗？

那贵小六说，粑粑，是我呀，你不认得我的脸吗？

贵五说，还是不对呀，贵小六明明——贵五大喊说，骗子骗子，你不是贵小六，贵小六是个孩子，你是个大人！

那大人贵小六说，粑粑，只有你把我看成个孩子，人家都知道我是谁。

贵五这才明白过来了，赶紧说，贵小六，原来你是个大人，难怪这么妖怪，难怪我一直都想不通，一个几岁的小孩，怎么会这么妖——

贵小六"咯咯咯咯"妖笑，死劲推着贵五，说，粑粑，粑粑，我饿了！

贵五被推得差点滚下床，一睁眼，才看清眼前的贵小六还是贵小六，回过神来，拍了拍胸口，说，你个小子，跑到我梦里装大人，吓死我了。

贵小六说，粑粑，你不能死，你死了，卖我的钱，归谁呢？

贵五看了看四周，"嘘"了他一声，说，我去给你买吃的，今天多买一点，今天我不能带你送餐了，老是带着你，我被人投诉了，公司要辞退我了。

贵小六说，你不带着我，我到哪里去？

贵五说，我今天多买点吃的，足够你从早吃到晚，你悠着点，别把自己胀死就行，你就在宿舍等我回来。

贵小六说，你不怕我会逃跑？要是我逃跑了，那你就，嘿嘿，粑粑，那你就那个空——

贵五说，空你个鬼，成语都不会用，那我就空什么？我就人财两空是吧。

贵小六说，是呀是呀，你不能把我一个人放在任何地方。

贵五只好继续带上贵小六，一上午忙个不停，到了下午，才有一点空隙，赶紧打听了幸福家园，到那里一看，是一个很旧的居民小区，再朝大门里一张望，果然大门里边的右侧，有一间屋子，估计是物业用的，或者就是业主的活动室之类。

贵五心情有点紧张，他总不能带着贵小六直接和买家见面吧，就用一包烟贿赂了门卫，把贵小六托给门卫，千叮万嘱，不能让贵小六一个人跑了。

门卫闲着也是闲着，就应承说，你放心，我把门一锁，他往哪儿跑。

贵五进大门，到了那间屋子门口，门关着，里边传出"哗啦哗啦"的声音，一听就是在打麻将，贵五站了一会，平息一下紧张的心情，才小心地轻轻地敲了敲门。

里边的人果然警觉，顷刻间"哗啦"声就停止了，过了片刻，有个六十左右的穿着大红衣服的老太开门出来了，朝贵五看看，也不客套，直接就说，你是贵五？听说你在找我？

贵五吓了一大跳，难道真的找到裴姐门上了，裴姐这是要跟他做生意呢，还是要灭口的节奏啊？

贵五不敢贸然承认，他还是要先反问，你是谁？

那红衣老太说，咦，是你找我的呀，你怎么问我我是谁呢，难道你不知道你在找谁？

贵五的心怦怦乱跳，他才不敢相信这红衣老太真的就是裴姐，说不定是那个陈警官和刘警官派来的便衣女警，虽然看起来老了一点，但是什么可能都有哦，他一说，等于主动坦白，正好自投罗网。

贵五装疯卖傻，挠了挠脑袋，说，我找谁呀？

那红衣老太见他装蒜，也不直接戳穿他，也跟他玩阴的，说，你再想想，你找的人姓什么？

贵五见她不上钩，只能主动说了，但又不敢说得很直接，就试探说，我找好多人的呢，其中有一个姓裴的。

那红衣老太一拍巴掌，说，那不就行了。

贵五却又不敢认了，说，不过我也奇怪，姓赔，我头一次听说还有姓赔的人，是赔钱的那个赔吗？姓了这个姓，岂不是一生都要赔死人了。

红衣老太眼看着贵五不上钩，想转身走了，贵五却又吊住了她，试探说，喂，你怎么知道我的手机号码？

红衣老太不屑地看了他一眼，说，怎么，这个很难吗？

贵五又说，你，你真的想要——觉得说不出口，既不敢说出口，也无法说出口，就改口说，你想要什么样的？

红衣老太瞧不起他，说，嗯哼？你什么意思，难道你手里有好多个？

贵五说，不是不是，我只有一个。

红衣老太说，里边还等我呢，我简单跟你一说啊，我儿子媳妇结婚多年，生养不出，被人家笑话，想领养一个，又怕人家也笑话，只好偷偷摸摸，打算弄成了，就让媳妇到娘家去住一阵，说是怀孕待产，然后再光明正大地抱回去。

贵五"啊哈"一笑，说，那不行，我家这个，已经六岁了。

红衣老太愣了愣。

贵五以为她要放弃了，不料她想了一会，就说，六岁？六岁的话，也有办法，我就说是媳妇大姑娘时生的，没有脸抱回来，一直寄养在乡下，现在大了，要上学了，带出来了。

贵五心里偷笑，说谎说得这么简单，人家会相信吗？不过这不管他什么事，他也不管这红衣老太是真的自己家想要孩子，还是替别人搞的，或者就是人贩子，他只管尽快把贵小六出手。

红衣老太站在门口和贵五说话，里边三缺一，催促老太，你快点你快点，什么事情这么啰唆？

红衣老太说，快的快的，小事一桩，一会儿就解决。

贵五一边想，什么人啊，买个孩子是小事吗？一边领着老太来到门卫室，贵小六居然又睡着了，贵五把贵小六推醒，领了出来，贵小六挖着眼屎说，粑粑，我饿了。

贵五说，好好，饿了好，一会我带你去饱吃一顿，你有好的精神头去见你的新爸爸新妈妈。

那老太把贵小六拉过去仔细一看，又捏肩膀，又捏手臂，捏了半天，就把贵小六推了开去，说，去去去，不要不要——

贵五说，为什么，我们是男孩子哦。

红衣老太一生气，连脸也红起来，说，你什么人啊，你是怎么虐待小孩的？这么个瘦小东西，知道的人知道是弄了个孩子，不知道的人，还以为买了只猴子回家呢？

气得转身就走了。

贵五愣了半天，忽然哈哈大笑起来，他揉了贵小六一把，说，你个死棺材，薄皮棺材，吃多少你也不长肉，遭人嫌弃。

贵小六说，粑粑，我要吃炸鸡排。

贵五气得说，吃鸡排吃鸡排，你怎么不说要吃猴排？

贵小六雀跃说，猴排在哪里，猴排好吃吗？

贵五点了点他的脑袋，又戳了戳他的胸口，说，猴排在这里。

贵小六咯咯咯地笑着说，粑粑，你卖不掉我，你生气了。

贵五给他气坏了，指着自己的鼻子说，我卖不掉你？我？卖不掉你？你小子还敢瞧不起我，你等着，卖掉你，还不是分分钟的事情。

贵五居然被贵小六嘲笑，有点郁闷，他也认真地反省了自己，觉得确实是有些问题，想卖孩子，那可是天大的事情，自己还一边送外卖，一边卖孩子，还兼着职，好像是过高地估计了自己的能力，过低地估计了这个市场的高风险和高难度。

贵五想通之后，下了决心，舍不得孩子打不得狼，一不做，二不休，他向快餐公司请了假，干脆做专职了。

专职人贩子贵五再次来到城南，他知道城南藏污纳垢藏龙卧虎，别的地方没机会，城南肯定会有机会。

贵五万万没料到，他回自己的老巢城南，居然恍如隔世，本来这里有好多熟悉的面孔，现在看到了，他冲他们笑，想打打招呼，可是他们都扭过脸去，避开眼神的接触，搞得贵五云里雾里，不知怎么回事。

贵五回到城南，需要重新租住的地方，在那个熟悉的中介公司门口，碰到一个老熟人，过去一直是在一起打工的，这人见了他，就像见了鬼，拔腿就跑。

贵五不知道什么情况，追着问，喂，喂，老许老许，你干吗跑呀，我是贵五呀，你不认得我了——

老许头也不回，溜得比兔子还快。

贵五不明白，挠着头，贵小六说，粑粑，他以为你是警察。

贵五说，去你的。一边想要走进中介的店面。

这才发现，中介虽然还是从前的那个中介，但中介已经不是从前的中介了。这个中介已经开了好多年，门面是越开越小，现在小到只能容纳一个人坐在里边，来谈租房的人，只能站在门槛上。

贵五嘲笑他说，你是张公养鸟，越养越小。

那穷途末路的中介看到贵五，一脸的警觉，说，你来我这儿想干什么？我可没有什么让你怀疑的，我遵纪守法，从来没有违法乱纪的啊，你是知道的。

贵五说，我知道你遵纪守法，你也知道我的情况，所以我又来找你租房嘛。那中介吓得赶紧摆手，说，没有没有，我这里没有适合你住的房子。

贵五说，你都落魄成这样了，生意上门，你还挑三拣四？

那中介说，你别来套我话，我没有什么让你套的。

贵五说，我套你话，干吗？你真的不认得我了？你以为我是谁啊？

那中介见贵五纠缠不休，直接说，我问你，你是不是叫贵五？

贵五说，是呀，你不是认得我吗？

那中介说，那就对了，人家都说，那个叫贵五的人，其实是警察的线人，一直埋伏在我们周围——

贵五"啊哈"一笑，竟然不知道说什么好了。

那中介说，你看，被我说中了，被大家料到了，你无话可说了——我告诉你，前一阵你不在城南，人家就说了，你被派到其他地区去钓鱼了，很快就会回来的，果然的，你这么快就回来了，你在那边搞定几个？难怪大家都说你是人贩子的克星。

简直了，贵五又"哈哈"地干笑了几声，说，既然说我是人贩子的克星，你怕我干什么呢，难道你也是人贩子？

那中介说，呸你个臭嘴——你才是人贩子——你对这一带又不是不熟，就别跟我装了，你知道我这里什么人都有，什么人都来，所以你才会来我这里打探，其实你不用打探我的，我们做中介，都十分小心的，万一租给个人贩子，我们中介也要跟着倒霉的。

贵五跟他说不通，他嘴里老是人贩子人贩子的，好像在指桑骂槐，搞得贵五心里很不爽，后来又过来一个人，想进门，但是连贵五都进不了，他更挤不进去了，只能站在贵五背后等待。

贵五感觉身后有人，回了一下头，那人一眼看清前面站的是贵五，"嗷"了一声，转身就跑。

贵五喊道，我是贵五哎，你看到我就跑，什么意思嘛——越想越觉得莫名其妙，说，见鬼见鬼，看见我就跑，难不成我已经是个鬼了？

那中介说，唉，反正现在的人，活得也难，跟鬼也差不多啦。

贵五好说歹说，又是重金利诱，那中介最后受不了利诱，也不管他是谁了，就租了房子给他。

贵五拿到钥匙，正要向贵小六炫耀，回头才发现，一直跟在身边的贵小六不见了。

贵五急得扯开嗓子大喊贵小六。

城南的人大多认得他，朝他笑，说，贵五，你别装了，你哪来的贵小六。

说，贵五你才走了几天，这么快就有孩子啦？

说，你还想带个孩子来钓鱼啊？亏你想得出来哦。

贵五一路狂奔，心里慌得不行，两眼茫然，两腿打软，后悔得直拍自己耳光，嘴上念叨，煮熟的鸭子又飞了，煮熟的鸭子又飞了——

跑着跑着，跑不动了，停下来喘气，刚刚停下，就感觉两条腿被抱住了，低头一看，怎么不是，贵小六鼻涕都蹭在他的裤腿上了。

贵五说，你个死棺材，跑到哪里去了——

贵小六也喘气，说，粑粑，我跟在你后面，你跑得好慢——

贵五说，你吓死我了，我以为你被人贩子拐走了！

贵小六说，粑粑，我帮你找到了。

贵五说，你找到了，找到什么了？

贵小六说，粑粑，就是你一直在找的人呀？

贵五脱口说，裴姐？

贵小六说，反正就是你要找的人。一边说一边拉着贵五的手，往前走。

贵五不相信，说，你一个小屁孩，倒会玩花样，你想玩我？

贵小六说，粑粑，我约了他来家里跟你谈。

贵五才不相信他，说，家里？家里个屁，你有"家里"吗？

贵小六从贵五手里拿过出租房的钥匙，朝贵五晃了晃，蹦蹦跳跳就往前走，好像他知道出租房在哪里。贵五这下子终于抓到了他的把柄，说，错了，往那边。又万幸地说，我还以为你是个妖怪呢，原来你不是妖怪，妖怪才什么都知道，你不是，哈哈。

他们前脚打开出租屋的门，后脚就有个贼眉鼠眼的人跟了进来，说，有小孩？

贵小六说，粑粑，我没有骗你吧。

贵五看了看这个人，看不上眼，说，就你，人贩子？

那人说，人不可貌相，你看我长得贼眉鼠眼，可我是正宗干大事的，你嘴里说话注意一点，什么人贩子不人贩子，多难听，再说了，给别人听了去，以为是真的，去报警，就麻烦了，你不如称我月老吧，我们本来就是牵线搭桥的嘛。

贵五说，月老？这个称呼好，有人情味。

那人贩子，你这是打我的脸吧，干了这一行，还有人情味？

你想多了。

贵五说，既然你上门来了，那直接谈吧。

那人说，谈价钱？

贵五说，不谈价钱谈什么？

那人朝贵小六看了看，说，没见过你这样的，当着小孩的面就谈钱？

贵五说，咦，你都是他找来的，还怕他不高兴？

那人连连说，高兴就好，高兴就好，本来就是皆大欢喜的事情，谈妥了，是共赢，多赢，全赢。

贵五嘴碎，多了一句嘴，说，谈不妥就是警察赢。

那人气得说，你什么人，你到底做不做生意？

贵五赶紧说，做做做，我都找了你们这么多天，我再不做，我就要被做掉了。

他们讨价还价闹一阵，最后成交，贵五想了想，回头问贵小六，喂，你觉得呢？这个价可以吗？

贵小六说，你们谈你们谈，我无所谓。

谈好了价钱，那人果然很着急，身边竟然带着现金，所以就容不得贵五再拖泥带水，就一手交钱，一手交人，直接把贵小六带走了。

临走之前，贵五担心贵小六会再出什么幺蛾子，一直在好言开导，买了好多好吃的，让他麻痹，可说了半天，也不见贵小六有什么反应，贵五说，贵小六，你不想说点什么？你没有什么意见？

那人贩子"哼哼"说，跟个孩子，你还问他意见不意见，没见过。

贵五说，毕竟我们——唉，不说了不说了。

贵小六却开口说，粑粑，要不你们给我吃点安眠药吧，不然万一等会我叫喊起来，把你们都出卖了。

那人大吃一惊，说，你这小孩，什么都懂？

贵五说，他不是小孩子。

那人把贵小六拉到身边，左看右看，说，什么，不是小孩，不会是个侏儒吧？我出的这个价，可不是买侏儒的。

看了半天，确认是个真正的健康的男孩子，才放了心。

贵五原先以为贵小六会出花样，会想办法赖下来，还在酝酿着，怎么劝说贵小六，却没有想到贵小六一点也没有留恋的意思，跟着人贩子头也不回地走了。

贵五终于安静下来，心上一块沉重的石头也落了地，再也不用担惊受怕，无论老太那边到底报不报警、什么时候报警，警察就算来了，也没有人证物证。

他藏好卖贵小六的钱，走了出去，到烧烤摊上，点了串和啤酒，那摊主已经跟他们父子熟了，说，你那个瘦猴儿子怎么没来？见贵五不说话，摊主又说，难怪你今天点这么一点点吃的。

贵五平时身边钱少，又抢不过贵小六，总是不等他上嘴，就全到了贵小六肚子里，现在终于把贵小六打发了，身上也有钱了，可以一个人大吃大喝一顿了，却不料，心里堵堵的，一点胃口也没有，酒也不想喝，抱怨说，奇了怪了。

那摊主说，那是，有个小孩跟你抢，你才得劲，要不有个女人陪你也好，你今天一个人，没胃口正常。

贵五也懒得搭理，勉强填了一下肚子，就无趣地走开了，他得到超市去买生活用品，明天一早就要离开此地了，他当然是始终保持警惕性的，虽然交易成功，可谁知道人贩子会不会在路上碰到警察，他此时不走，难道坐等出事？

进了超市，径直就往东边的角落里去，走到那儿才想起来，贵小六不在了，平时进超市，贵小六总是要往那边去，他总是拗着他，那边是进口食品区，一袋饼干都要上百块钱，吃人啦。

站在进口食品区前，愣了一会，念叨说，你虽然不在了，我可以替你尝尝呀。下狠心买了一袋。

贵五回到出租屋，心情不爽，也不想开灯，就摸黑上床躺下了，结果一下压到了什么东西，吓得大叫起来，拉开灯一看，竟是贵小六，躺在床上呼呼大睡。

贵五赶紧推醒了贵小六，贵小六睡眼蒙眬，嗅了嗅鼻子，咽了一口唾沫，说，粑粑，你吃烤串了？

贵五说，我已经把你卖了，钱也收了人家的，你怎么回来了？

贵小六说，粑粑，我回家，你就可以再卖我一次。

贵五心里惊得不轻。

贵小六发现了贵五买的进口饼干，高兴地说，粑粑，你知道我会回来的，对吧，你买了这个等我回来吃。

贵五这才慢慢冷静下来，说，你个小子，脑子叫狗吃了？你会逃，人家不会追吗，你干吗要逃到我这里，你不如先逃个别的地方等我——话音未落，只听"嘭"的一声巨响，门被人一脚踹开了。

那人不仅自己追来了，另外还带了一个人，手里操着家伙，凶神恶煞地站在门口。

贵五吓得腿肚子打转，立刻甩锅给贵小六，说，不是我，不是我，是他自己逃回来的。

那两人齐声冷笑，别说人家不相信，贵五自己也不相信呀。但是这偏偏就是事实呀。

贵小六好像早有准备，不等人家有什么动作，他已经拿过贵五的手机，找到陈警官的微信，还特意打开了免提，大家都听到了那边陈警官在问，天使？你是天使？天使是谁——现在一个个都自说自话改名，叫人怎么知道谁是谁？

见这边没有回音，陈警官又说，天使，你怎么不说话，是不是打错了，我们这里是派出所，天使，你是要报案吗？

贵小六"咯咯"一笑，把电话掐断了，说，我没有报警，对不，粑粑，我没有说话。

那两个人面面相觑了一会，想不通，也吃不透这对不知真假的父子到底耍的哪一出，担心有诈，只好退让了，说，算了算了，这个小东西，人不人鬼不鬼的，我们服了，我们认输，我们不要了。

另一个说，你都不知道，我们带去才不到半天，吃了我们多少东西，还想卖了我们。

他们让贵五把钱吐出来，他们立马走人。

可是贵五在超市大出手，已经用去了一部分，贵五把钱拿出来，那两人清点过后，说，你玩了我们，还让我们给你买单？

贵五双肩一耸两手一摊，说，我又不知道会有反悔这一出戏，我真的用掉了，他指了指买的那一堆东西，你们看，你们看——

那两人一看，气得说，你居然还买这么贵的东西，大手大脚，花别人的钱，你不心疼啊？

贵小六说，粑粑花的是我的钱。

两个人怒气冲冲，逼着贵五把钱凑齐，可贵五实在是没有，也只能无赖了，他看了看贵小六手里的手机，说，其实警察认得我，知道我是"天使"，他们会来找我的，说不定已经在来的路上了。

那两个人也不经吓，也只好认了倒霉，说，怎么会碰上你这样的卖家，你是专门拐了孩子出来做仙人跳的吧？

说，你厉害，你高手，你这一招，比我们厉害多啦，我们都是一斧头买卖，你这可是一本万利啊！

贵五整个人一直还在蒙着，人家人都走了，他还没回过神来，倒是贵小六清醒，对他说，粑粑，你厉害。

贵五朝贵小六看看，想起了那个古怪的梦，一把把贵小六拉过来，左看右看，说，你到底是谁？

贵小六说，粑粑，我饿了。

贵五疑惑地说，你不会是个鬼吧，饿死鬼，可人家都说人是看不见鬼的，除非人有鬼眼，难道我有鬼眼？

贵小六拉着贵五就要往烧烤摊去，贵五还在迷惑着，自言自语说，我有鬼眼，我自己不知道？

贵小六说，粑粑，你没有看见鬼的时候，是不知道自己有鬼眼的，你看见我这个鬼了，你才知道自己有鬼眼。

贵五"呸"了一声说，滚，少来骗我，这一路上，你骗我骗得还少吗？是不是觉得还没骗够？

贵小六说，粑粑，你不要生气，我饿了，等我吃饱了，我再告诉你计策。

贵五现在慢慢清醒过来了，一清醒了，就立刻惊出一身冷汗，贵小六和陈警官通过微信语音电话，虽然没有说话，但是警察的警惕性是很高的，当时尽管没有想起"天使"是谁，也不知道这个没有声音的语音通话是怎么回事，但是事后他们一定会回忆起来，一定会分析判断出来，要不然，他们就不叫警察了。

贵五知道不能再回出租屋了，警察的手机都是可以定位的，城南出租屋的位太好定了，他们一会儿就会找过来，只是这个出租屋贵五今天刚刚租下，预付了一个月的租金，也只好忍痛浪费了，他也不敢再到中介那儿退钥匙取押金，刚刚租下就退房，中介肯定会怀疑，警察如果问他，他肯定会交代出来的。

贵五就带着钥匙逃亡了。

贵五考虑周全，把微信名也改了，不叫"天使"了，改成"天路"，贵小六拿过去看了看。

贵五瞧不起他说，你看什么看，你又不认得字，要不要脸，人家两三岁的小孩背唐诗了，你都六岁了，一个字也不认得。

贵小六说，粑粑，你换名字了，你不是天使了？

贵五得意道，天路，怎么样，天路，有水平吧？

贵小六说，粑粑，你都有一个"天"字。

贵五开始也没有想到，天使，天路，都是他即兴想起来的，经贵小六一提醒，他才发现了这个问题，想了想，对贵小六说，都有一个"天"字，那就是说，因为你总是跟我捣乱，我就是希望老天帮帮我。

贵小六说，粑粑，那你改名叫贵老天。

贵五骂道，去去去，死棺材，真后悔把你拐出来，一直忙到现在，羊肉没吃着，惹了一身臊，晦气。

他们一路互怼，一路逃亡，一直逃到海东地界之外了，贵五才松了一口气，找了个小客栈住了下来，先带贵小六出去吃。这是贵小六的头等大事，贵五虽然也饿了，却没有心思吃，拿着个手机翻来覆去地看，也不知道自己想从手机里看到什么。

等贵小六吃得差不多了，才来批评贵五，说，粑粑，你看手机能看出个鬼呀，陈警官不会在这里边说要抓你的。

贵五心里一惊，说，你怎么知道陈警官要抓我？

贵小六说，粑粑，陈警官不抓你，你干吗要逃走呢？

贵五气不打一处来，说，贵小六，我告诉你，今天我不把你搞掉，我就不姓贵。

这假爷俩正在对撕，忽然就听到隔壁房间"扑通"一声，小旅馆房间隔音条件太差，这一声好像就响在贵五和贵小六耳边，震得耳朵发麻，贵小六立刻来劲了，一下子跳起来，说，出事了，哈哈，出事了。

不等贵五反应过来，他已经开了门跑出去。贵五怕他坏事，赶紧追出去，贵小六腿快，已经到了隔壁房间的门口，抬手就敲门。

敲了半天，里边却一点声音也没有，贵五说，算了算了，我们回自己房间吧。

贵小六只嫌事情不大，说，粑粑，你胆子太小了，里边不会有老虎的。

贵五冷笑说，贵小六，你到底太小太嫩了，你什么也不懂，你以为老虎最可怕吗，我告诉你，人比老虎更可怕。

贵小六说，有多可怕？最多不过和粑粑一样，是个人贩子。

贵五气得说，我这个人贩子，就贩不掉你个死棺材。

贵小六只管敲门，里边还是没有动静，倒是另一个房间有个住店的客人打开门探出头来说，敲这么大声干什么，半夜三更的，吵什么吵。

吓得贵五赶紧揪住贵小六逃回房间。

贵小六可不甘心，爬到床上，耳朵贴在墙上，想再听听有没有可疑的声响。贵五说，你倒有心思管别人的事情，还是好好想想你自己怎么办吧——睡觉睡觉。

这几天贵五一直紧绷着，现在人放到床上，身体松弛了，情绪也松弛了，不一会就睡着了。

不知过了多久，感觉有人在推他，睁眼一看，两个黑乎乎的影子拱在他床前，贵五拉开灯一看，竟是贵小六拉着另一个和他差不多大的男孩子，站在他床前。贵五一骨碌爬起来，瞪着他们看了半天，也没回过神来，刚要开口责问，贵小六"嘘"了他一下，手指了指墙，意思是让他说话小声一点，小心隔壁。

贵五指了指那个男孩，说，他是谁？

贵小六又指了指隔壁，满脸诡异之色，然后推了推那个孩子，让他趴到贵五耳边说话。

那孩子果然就趴到贵五耳边，说自己是被人贩子从海东拐出来的，他们听到的响声，是他有意从床上滚下来，发出来的声音，后来人贩子睡着了，他正在想办法怎么逃走，贵小六已经来找他了，他们就一起逃回到贵五这里来了。

贵五才不信，压低声音说，不可能，绝不可能，你一个小孩，能从人贩子手里逃出来？有那么容易？他们没给你吃安眠药？

那小孩说，安眠药他们两个人抢着自己吃了，他们自从拐了我，天天晚上睡不着觉，说是要发疯了。

贵五想了想，点头说，那倒是，干这事的，心惊肉跳，怎么睡得着觉——但想想还是不对，说，那他们自己吃了安眠药，他们睡舒服了，就不管你了，让你逃跑，他们岂不是竹篮打水一场空。

贵小六说，粑粑，人家没你那么笨，他们把他捆起来的，是我进去放他的。

贵五又想了想，还是不对，说，你进去？你怎么进去的，难道他们睡觉不锁门，门敞开着让你进去？你可别说是他们请你进去的哦——他们到底是干什么的，学雷锋的？

贵小六说，是我叫服务员开门的。

贵五盯着贵小六看了又看，贵小六说，粑粑，你别盯着我看，我没瞎说，我去找服务员，说我被关在外面，大人睡死了，叫不开门，服务员就帮我开门了。

贵五"哼"了一声，说，什么人啊，一点警惕性也没有。

贵小六说，她要是有了警惕性，我就救不了小朋友了。

贵五倒无话再反驳或者责问贵小六了，但是总觉得哪里有问题，好像是两个小孩商量好了来玩弄他的，又觉得自己想太多了，这么小的孩子，不要说两个，就算二十个，也玩弄不了他呀。

贵五撇开狡黠的贵小六，去对付那个小孩，说，你叫什么名字？

那个小孩说，我叫保罗。

贵五"哈"了一声说，外国人啊，看着也不像呀。

那保罗说，我不是外国人。

贵小六拉了拉贵五的衣袖说，粑粑，别说废话了，我们把保罗送回家吧。

贵五朝贵小六看看，看到他一脸坏笑，贵五警觉地说，你不是说陈警官要抓我吗，你是让我自投罗网吗？

贵小六说，粑粑，你把他送回去，陈警官就不会再怀疑你了，你就是英雄了，他们还会奖励你，给你好多钱。

贵五说，我不会上你的当——

贵小六就将他的军，说，那我把保罗送回隔壁去。

贵五说，那不行，你都救他出来了，怎么能再送入虎口——话一出口，就后悔了，不送入虎口，就意味着他真的要把保罗送回海东去，谁知道那边等着他的，是不是天罗地网呢。

眼看着天就要亮了，贵小六吓唬贵五说，粑粑，再不走，等天一亮，你就是人贩子了，你一拐还拐两个，你要枪毙两回了。

贵五搡了他一把，说，去去去，枪毙你——嘴上这么说，行动却已经开始了，拿了背包，一手一个拉着就出门了。

三个人轻手轻脚到一楼，服务台值班的人还在睡觉，贵五把钥匙轻轻放在柜台上，却惊醒了服务员，睁开眼睛朝他们看看，贵小六赶紧说，粑粑，我饿了。

那保罗也跟着喊，粑粑，我饿了。

服务员朝他们翻了个白眼，嘀咕说，什么要紧事，一大早就走，也不知道轻一点，吵醒了我的好梦。

那保罗是真饿了，路也走不动了，贵五冤哪，除了供贵小六吃喝，现在又多出个保罗，就在路边给他们买了吃的，心疼所剩不多的几个钱，又不能怪小孩，只能怪人贩子，嘀咕道，什么人，拐了小孩，也不给吃的，真不是人，可恶。

三个人赶紧往长途汽车站去，在车站等车的时候，贵小六又拿了贵五的手机，贵五看到他在拨打114，一把夺了过来，说，你干什么？

贵小六说，粑粑，我在帮你打电话——你不是说人贩子不是人，可恶吗，那就叫警察去抓他们。

贵五说，那也不能用我的手机，要打你打，去那边小店打公用电话吧，别打114啦，直接打110，这都不懂，哼，蠢货。

贵小六拉着保罗去打电话报过警，回头三人一起赶上了开往海东的头班车，重新往贵五刚刚逃离的海东出发。

到了海东，贵五可不敢去找陈警官和刘警官，在街上看到一个警察，就上前去说明情况，那警察正在着急执行重要任务，又听他说得颠三倒四，语无伦次，急得说，我有任务，你到派出所报案。

贵五说，我不找派出所，我就把孩子交给你了。

那警察急得挠头，见贵五执拗，纠缠他不放，就问保罗，喂，小孩，你家住在哪里？

那保罗说，城南。

警察赶紧掏出手机，打给城南派出所，贵五一听城南派出所，心里发慌，想开溜了，却被两个孩子一人一腿抱住动弹不得。

城南派出所已经接到市局寻找保罗的协查通令，保罗的父母从昨天晚上开始就在他们派出所等待了，一会儿，陈警官和刘警官，带着保罗的父母，一起开车赶过来了。

保罗的母亲已经哭得晕过去好几次，刚刚醒过来，一下子看到了儿子，又"嗷"的一声晕了。

一切的进展，全如贵小六预测，不仅保罗的家长对贵五感恩戴德，连声喊着救命恩人，派出所也表扬了贵五，并让他留下联系方式和住址，他们要为他上报见义勇为奖，通过一定的程序，如果上级批准了，将会有几千元甚至上万元的奖金，到时会通知贵五来领奖的。

留下详细联系方式，这倒没什么问题，反正他和陈警官是有微信朋友关系的，如果真有奖励，陈警官微信通知他即可，但是他们还要他的住址干吗，难道很隆重，还要上门颁奖吗？

贵五判断了一下，那个穷途末路中介说不定还不知道贵五已经逃离又返回了呢，贵五也没有别的住址，只好填了租的那个房子。

陈警官看了看这个地址，说，你明明在海东有住的地方，那你昨天晚上跑到海下的小旅馆去住宿？

贵五被顶住了，但没事，有贵小六呢。

贵小六说，粑粑带我去看海。

陈警官立刻反问，海东没有海吗？

这下子贵五反应过来，接住了，绕着说，人家都说海下的比海东的更像海，贵小六听信了，就一直怪我骗他，怪我不带他看看更像海的海。

警察不会被他绕晕的，他们比他更会绕，陈警官说，事实是，海东的海比海下的海更像海。

贵五说，啊呀，那我们上当了。

贵五觉得自己已经比较了解警察的思路了，主动提供说，我的房子，是在中介租的，要不，先到中介那儿，你们先了解一下，看看情况是否属实。

两个警察对视一下，陈警官说，贵五，你再练练，也可报考警察了。

贵五心一慌，赶紧说，哪里哪里，差得远呢。

他们一起先到了中介那儿，因为贵五并没有退还钥匙，那中介果然还不知道贵五差点逃走了，起先十分麻木地看着他们，过了一会回过神来，说，啊，贵五，你终于被警察给抓了？你想要提前退房了是不是？我告诉你啊，无论什么原因，预交的房租不退的啊。

贵五说，我没有被抓，我也没有要提前退房，只要你跟警官说一下，我确实是租的你这个房子。

中介顿时紧张起来，跟警察说，不关我事，不关我事，他犯什么事，跟我中介没关系的啊，你们别别别——

陈警官和刘警官不耐烦了，催着贵五到住处看看，贵五走开时，回头瞪了一眼中介，那中介朝贵五扮了个鬼脸，贵五气得朝他竖了竖中指。

这边到了贵五的出租房，两个警察警觉的眼睛在房间里四周乱转，恨不得转出些什么可疑之处，可惜没有。

贵五实在是没有什么可疑之处，他一没有作案工具，二没有作案方案，三没有作案同伙，除了他自己脑袋瓜子里的东西，还有贵小六的嘴里，其他没有任何东西可以证明他有什么问题。

可是他脑袋瓜子里的东西，别人看不见，贵小六呢，一张嘴就"粑粑粑粑"亲热得不行，那口音还一模一样，相貌也大差不差，谁还会怀疑他们父子的身份呢。

可是陈警官怀疑呀，刘警官怀疑呀，他们当警察的，天长日久，自然会培养出灵敏的嗅觉，虽然有时候并不能闻得很准，但是这个贵五和这个贵小六身上，总之是有他们说不清的可疑之处。

贵五心想，与其一直被动被疑，不如主动出击，他心一横，试探说，陈警官，刘警官，你们不仅追到我家，还东问西问，你们是在了解一个见义勇为的好市民呢，还是在审犯罪嫌疑人呢？

陈警官皮笑肉不笑说，你说呢？

刘警官干脆直接挑明了说，贵五，不是我们存心要怀疑你，你自己想想，这几天，你的这一系列行为，不说我们看不见的地方，就是我们和你接触的这几次，你自己觉得可疑不可疑？你明明就在海东打工生活，怎么昨天又突发奇想跑到海下去了，还无巧不巧，隔壁就住了两个人贩子，难道我们不会想，你是去和他们接头的？

贵五这下子更慌了，他的脑子跟不上警察的脑子，看来他编的看海的说法，警察不能相信，但一时又编不出更圆的谎言，最最要命的是，他心虚呀，他去海下，虽然不是警察猜想的那样是和人贩子接头，但是他确实是想去找人贩子的呀。人一心虚，脸上的神色就不自然了，说话也颠三倒四，哎，哎，刘警官，陈警官我坦白了吧，其实我们不是去海下看海的，我们是去——

贵五正开动脑筋重新编故事，陈警官的手机响了，是他派出所的同事打来的，告诉他，派出所接到海下同行的电话，说了事情的经过，是那个被拐走的海东的小孩保罗一大早报了案，他们迅速出警，到旅馆时那两个人贩子安眠药性还没过，还呼呼大睡呢。顺利抓住那两个人，还供出另几个同伙，海下的警方立了大功，所以打电话给海东的同行，如果保罗知道那个救他的人是谁，一定要替他们感谢这位既救孩子又协助破案的见义勇为者。

接了这个电话，陈警官和刘警官面面相觑了好一会，尽管有贵五举报人贩子这样的事实，但是他们对贵五的怀疑仍然没有放下，只是怀疑归怀疑，并无证据，只能抱着怀疑走了。

警察走后，贵小六在床上翻跟斗，欢乐地说，回家啰，回家啰，粑粑，粑粑，我要吃烧烤。

贵五骂道，烤你个头，你没看见陈警官的脸色？呸，你看见等于看不见，你懂个屁，我怀疑他已经怀疑我了。

贵小六说，粑粑你不用怀疑，他早就怀疑你了。

贵五说，那你还鼓动我回来，送到他手里？

贵小六说，但是粑粑你把保罗送回家了呀。

贵五不再上贵小六的套，不再跟他纠缠，拿出手机，给他爹打个电话，探一下老太那边的消息，他爹一接到他的电话，可高兴了，说，啊，小舞啊，你几点到家呀？

贵五想，你个当爹的，也玩我，那我也跟你玩，就说，下午就到了。

他爹乐不可支，笑着说，好呀好呀，你妈连鸡都杀好了。

贵五说，怎不杀头猪呢。

他爹说，你要是多住几天，或者干脆不走了，杀猪也是可以的呀。

贵五玩不过父亲，气得说，我问你，老太那边，报警了没有？

他爹洋洋哈哈地说，报了呀，前几天就报了呀，不过不是老太报的。

贵五一激动说，不是老太报的？难道失踪的不是死棺材。

他爹呵呵道，是死棺材不见了，村里有人说好多天没见到死棺材，就去问老太，老太装聋作哑，一问三不知，但是明明就是死棺材不见了呀，村里就有人去报警啦。

贵五顿时冒了一额头一背心的冷汗，结巴着说，那，那，他们报的什么警，他们报谁了？

他爹那边似乎有些疑惑，他好像听不懂贵五说的什么，想了想，说，报的什么警？那肯定是报死棺材不见了啦，至于报的谁，他们怎么知道是谁拐走了死棺材，那是要警察去查的嘛。

贵五说，他们真是吃饱了撑的，老太都不问，关他们什么事。

他爹说，小舞啊，你就不懂他们了，他们不是多管闲事，他们是眼皮薄，他们说了，拐走死棺材的那个人，肯定卖了好价钱，大发了，不能便宜了他。

贵五张了张嘴，想说什么，又简直无语。

他爹又乘胜追击说，小舞啊，死棺材又不是你拐走的，老太家的事，老太自己都不问，你管她干什么，你还不如——

贵五打断父亲，着急问，老太没有怀疑我呀？警察有没有怀疑我呀？

他爹说，怀疑个屁，警察去问老太，老太都不说话，警察能怎么样——忽然间他爹又想到套路了，赶紧说，小舞小舞，你要是担心被怀疑，你就回来嘛，只要你回来了，就证明你没有拐走死棺材，就不会怀疑你了，对不对，我说的对不对？

贵五打过电话，心慌得不行了，他很清楚，事情离自己越来越近了，虽然老太没有说是他拐走的死棺材，村里人报警也报不清楚，但是只要事情到了警察手里，还不是分分钟就会牵出他来。

贵五必须要隐匿真实身份，开始逃亡了，但是贵五知道自己

127

要学乖一点，不能像上次那样，不经过周密考虑就直接上路。但是，周密的考虑，贵五没有呀，他从哪里去弄到周密的考虑呢。

贵小六看贵五优柔寡断的样子，十分不满，生气地对他说，粑粑，我真看错你了，你卖个我，就这么难呀？

贵小六的话，让贵五闷住气了，他定了定神，一一回想这一路走来卖人的种种不成功，最后总算是找到问题的根本了，顿时来气，说，是呀，本来是不难，难的就是你，我原来还在怀疑，难道我天生是个招警察的命，我一有想法，还没有行动，警察就来了，现在回头想想，全都是你捣的鬼，你一会儿叫警察，一会儿又要见义勇为，一会儿又骗吃骗喝，你就是存心跟我作对。

贵小六"哧哧"笑，说，粑粑，我不跟你作对，我要吃烧烤——

好像贵小六才是粑粑，贵五没了主张，只得听从贵小六指挥，两人到了烧烤摊，照例是贵小六大手大脚，像个富二代似的，点了一大盘，堆得小山高，旁边的吃客看了都笑，说，这爷俩，没吃过烧烤？还是从灾区来的？

那摊主看到他们却有些惊讶，说，又是你们，你们又来了？

贵五心虚，从摊主的惊讶中似乎听出些什么异常，追着问，你什么意思，我们不是一直在你这边吃烧烤的吗，什么叫又来了，你说话好奇怪。

那摊主也显得有点不好意思，但是为了生意，也不得不替自己辩解几句，就说，这不怪我呀，他们来吃烧烤的人说的——

贵五紧张地问，说什么，他们说什么？

那摊主说，说什么的都有，说你是警察的什么线人，也有的说你是人贩子，被警察抓了，还有，还有更奇怪的，说你就是裴姐——

贵五这样一听，反而放松了一点，"啊哈"一声笑了出来，说，搞笑啊？

那摊主说，是呀，我后来也觉得他们瞎说八道，裴姐怎么会是个男的——

摊主这么说了，有的吃客听到了，却不同意，说，那也不一定，裴姐也不一定是女的，这些人贩子，恶得很，狡猾得很，说不定故意转移目标，让警察把目光盯在一个女的身上，男的就可以逃脱了。

摊主看到贵五脸色不对，赶紧过来打招呼说，你吃你的，不是说你的啊，你别多心啊。

贵五肯定是多心的，可是贵小六完全没心没肺，烂心烂肺，他不仅疯狂点串，又自作主张替贵五要了一瓶啤酒，贵五没有心思喝酒，只顾四处张望，他一直感觉自己已经被警察盯梢了。

可是他的眼睛盯住谁，谁就朝他瞪眼，或者翻个白眼，没有一个人的眼睛像警察那样犀利的。

四处看了一会，也看不出什么名堂，心想还是先顾着眼前吧，眼前有吃有喝，就先吃先喝，于是举了啤酒瓶，正想喝，忽然眼前晃过一张脸，一个熟悉的人从摊前走过去，贵五明明知道他是谁，一时却没能马上想起来是谁。

哪知瞬间那个陌生人已经站到他面前了，死死地盯着他。

贵五浑身一哆嗦，想起来了，立刻失声大叫起来，啊呀呀，是老豆！你是老豆！

那个人可不像贵五这么激动，平静地说，我是老豆呀，你不是贵五嘛，这么大声干什么，我又没聋。

贵五吓得一屁股坐下了，结结巴巴说，你，你老豆，你到底还是追来了？一边说，一边四处张望，看看老豆有没有带警察来，没有看到警察，他稍稍放松了一点，脑筋迅速转过来了，赶紧抢先说，不是我拐他的，是贵小六自己跟来的啊，不信你问他，不是我拐他来的——

老豆好像听不懂，说，你说什么，什么意思？

贵五说，咦，别装了，你们不是来找贵小六的吗？

那老豆似乎更加迷惑了，挠着脑袋说，贵小六？贵小六是谁？

那贵小六正吃得很欢，满嘴油腻，听到有人点他的名，理也不理。

贵五拱了拱贵小六，对老豆说，就是他，贵小六，你不会不认得他了吧，他是你家老四呀。

脱口说出"你家老四"这几个字时，贵五其实已经想清楚了，他早已经认输了，他不想再找人贩子卖贵小六了，但是贵小六却缠住他不放，警察迟早会追到他，如果那时候贵小六还在他身边，那就是人赃俱获了。

现在贵小六的亲爸突然出现了，岂不就是他的救星了，正这么想着，就听老豆说，贵五，几年不见，你都老成这样啦——他回头看了看贵小六，说，啊？你都有孩子啦，孩子都这么大啦，难怪你这么老了——老豆又朝桌上看看，咽了口唾沫，说，呀，两个人，点这么多，吃不下吧，我来帮你们吃。就自说自话吃了起来，吃了几口，想到什么，又朝前边大声喊，他娘，他娘，你也过来吃！

老豆的老婆低着头往前赶路，出去老远，听到老豆喊，才折了回来，一坐下，也不客气地吃了起来，一边朝贵五和贵小六看着，笑着。

贵五赶紧解释说，这不是我的孩子，我还没有结婚呢。

老豆"哧"地一笑，说，啊？那是私生子啊？也无所谓啦，现在什么都无所谓啦。

贵五说，不是私生子，不是私生子，老豆，你再仔细看看他，这个小孩，你不觉得他像谁吗？

老豆倒是认真地看了一看，看不出来，说，像谁？像你吧。

贵五说，老豆你太够呛，你连自己的孩子都认不出来，这个就是你们的孩子呀，你家老四，小名死棺材，大名贵小六。

老豆笑了起来，说，贵五，别胡说了，我们家没有老四。

贵五说，怎么不是，你再仔细看看——

老豆根本不看，说，贵五，你开什么玩笑，我们家那一年确实是生了个老四的，但是一生下来就给老太摁在马桶里溺死了。

贵五说，不可能不可能，他就是你们家老四！

老豆的笑，渐渐变成了冷笑，他冷笑着说，我们家老四，怎么会叫个贵小六呢，我们家的孩子跟你姓？

贵五说，这不是我给他取的名字，是你们家老四自己取的，他非要叫贵小六，我搞不过他。

老豆说，无论你怎么说，他都不会是我们家老四，老四早死在马桶里了。

贵五不服，说，你亲眼看见老太把他溺在马桶里？溺死了？

老豆说，我是没在家，但是他娘是亲眼看见的，没得假。

老豆老婆在旁边加油添醋绘声绘色说，怎么不是，我亲眼看见的，开始两只小手还往外扒拉呢，老太心狠，用马桶盖摁住，一会儿就没有动静了。

贵五只管摇头，说不出话来，他也知道，没有这些烤串和啤酒，老豆和他老婆早就走了。

可是贵五如何说得过两个当事者，他想了想，只得退一步，说，就算你说的是真的，就算是真的溺在马桶里了，但是肯定没有溺死，你如果不相信，打电话回去问老太。

老豆说，呵呵，贵五你现在比以前狡猾多了，我才不上你的当，你是老太派出来找我们的吧。

贵五说，老太干吗派我来找你们，你们有什么对不住老太的？

老豆说，咳，老太一直问我们要孩子的生活费，我们哪里有，自己顾自己一张嘴还不够的。

那老婆也气不过，说，是呀，两个大的我们都自己带着，她只带一个老三，还有意见，老太也太抠门了。

夫妻俩一唱一和，那老豆又说，贵五啊，从前看你，也不是这样的人呀，没有想到你变得这么厉害，你竟然硬要把自己的私生子塞给我们，笑话笑话——

贵五气得说，笑话笑话，你们才笑话，哪有你这样的人——

老豆说，是呀，天底下都没有你这样的人，虎毒不食子，你再这样，我们报警了——

贵五对付不了这对夫妻，只得回头和一直在看热闹的贵小六商量，求他助力。如果贵小六咬定他们是，他们也抵赖不掉的。可是贵小六坚决不认，他抱定了贵五的大腿，说，你是粑粑。

说得贵五都迷糊了，难道眼前这对夫妻，真的不是老豆，真的不是贵小六的亲生父母？

老豆夫妻俩，乐得哈哈大笑，扫了桌上吃剩下的串，拔腿开溜。

贵五推着贵小六，说，你快去追他们，他们才是你的爸爸妈妈，你快跟他们走吧！

贵小六说，我才不走，我走了，你怎么卖我？你卖不了我，你钱从哪里来？

贵五说，咦，奇了怪了，就算我能卖了你，但是卖你的钱，是我的，关你什么事，难道真是应了那句老话，被人卖了，还跟着数钱，说的就是你哦。

贵小六说，粑粑，你动作快点，我想数钱。

贵五气得朝贵小六直瞪眼，说，我大概是被你克住了——人家都说外面到处都有人贩子，可我找个人贩子怎么就这么难？

贵小六吃满意了，拍拍肚皮，又拍拍手。

贵五看了实在来气，继续骂道，你个讨债鬼，你真是个死棺材，你亲爹亲妈都不认你，人贩子也不找你，我前世里欠了你什么债，你毛毛虫样地黏着我不放——说着说着，盯着贵小六越看越害怕，疑惑地说，你亲爸亲妈说你早就死了，难道你是个鬼，难怪这么难缠，我越看你越像个鬼。

贵小六说，粑粑，你看我像鬼，你见过鬼？你知道鬼长什么样子？

贵五说，你若不是鬼，为什么我就是脱不了身，烂手里了，本来明明一手王炸，却打得稀巴烂——越想越气馁，说，算了算了，说到底，本来是想结婚送彩礼才弄你出来的，现在女朋友也没有了——不对，应该说本来就没有，只是我自己以为有，既然没有女朋友，也不要婚，那还要钱干什么呢，算了算了，我不想卖你了。

贵小六"咯咯"一笑，说，粑粑，你太落伍了，现在哪里还有人像你这样卖孩子的。

贵五本来都心如死灰了，被贵小六一挑逗，心里又一荡，说，那怎么卖，你知道？你教我？

贵小六说，我是小孩，我不会教你，但是我听大人说，网上就可以卖的。

贵小六话一出口，就像挑了贵五一根麻盘，挑到根上了，贵五一拍大腿，说，哎呀，你咋不早说。

就带着贵小六找了一家网吧，贵小六黏着他纠缠，叫贵五也给他租一台电脑，贵五说，去去去，你还电脑呢，你个人脑都没长好，一边去！

贵小六才不肯一边去，就黏在贵五身边看他上网。

贵五上网去东看看西问问，很快发现又上了贵小六的当，谁敢在网上公开买卖儿童呢，想了半天，又在网上翻来翻去翻了半天，后来终于看到有一个名叫"宝宝回家"的贴吧。

这个吧看起来是为了寻找失踪儿童而建的，好多热心人在里边提供信息，出主意，提建议，咒骂人贩子，贵五知道自己走错门了，刚要退出，就看到一个名叫"陌生人"的人，发了一条消息，只有四个字：有兔子吗？

贵五起先是觉得莫名其妙，怎么冒出个"兔子"来，可片刻之间，忽然想起，陈警官曾经提醒过他，说人贩子之间是有暗号的，具体什么暗号，陈警官没有说，恐怕他也不会知道得那么清楚，但是现在贵五有了灵感，会不会"兔子"就是"孩子"的代称，这么一想，贵五一面吓得心里"怦怦"乱跳，同时也猜想，可能机会真的来了，赶紧手忙脚乱地试着回了四个字：要兔子吗？

那边只回了两个字：车站。

一眨眼间，内容全部删除了。只留下"车站"两个字在贵五心里，像一块沉重的铁块，压得他透不过气来。

贵五上网的时候，贵小六一直捣蛋，但他又不认得字，这会儿看到贵五犯愁，想替他排忧解难，说，粑粑，你在跟谁说话？

贵五说，兔子。

贵小六立刻欢呼跳跃起来，大声叫嚷，兔子，兔子，这里有兔子！

贵五吓坏了，怕万一网吧里有知道暗号的人，那就自我暴露了，赶紧捂住贵小六的嘴，贵小六挣扎出来，说，粑粑，我轻一点，嘘——粑粑，你的生意来了？

贵五矜持地说，只能说，初步吧。

贵小六兴奋地跳跃，欢呼说，哦，哦，成功了，成功了，粑粑，有我的功劳，是我让你到网上找的。

贵五说，这倒不假——想了想，坏笑说，要不，等我拿到钱，分你一半？

贵小六说，不用不用，粑粑，你真不会算账，你给我钱，这是让我的新粑粑新麻麻占了便宜，我才不要，全归你——

贵五见贵小六不上当，也无趣，说，不要拉倒，见过不要这个不要那个的，还真没见过不要钱的。

贵小六说，粑粑，你省着点用，万一后悔了，你再来赎我。

贵五点了点他的脑袋说，你想得美！

一边跟贵小六斗嘴，一边思索着"车站"两个字，到底是汽车站，还是火车站呢，即便是汽车站，海东也有好几个，东南西北各有一个，他到底该往哪个方向去，他跟贵小六吹嘘的这个"初步"，还真是很初很初呢。

所以贵五还不能走，他守在电脑前，想等等那个"陌生人"会不会再次出现，可是贵小六一直在纠缠他，从他的背上爬到腿上，又要爬到他头上，贵五无奈，只好按贵小六的要求，在旁边也给他租了一台电脑，这样他才可以安心地秘密地等鱼上钩。

那贵小六上去一会儿，就"哈哈哈哈"大笑起来，把网吧里戴着耳机的人都惊动了，纷纷张望，看到是一个小孩子，就不再理会，可这边贵五却慌了神，责问说，你笑什么，笑这么大声，你是怕别人不知道你的身份，哦，我的身份？

贵小六坐在凳子上屁股一颠一颠的，继续笑。

贵五来气说，贵小六，你好失态啊，就算要有新耙耙新麻麻，也不知人家是个什么东西，能把你乐成这样？

贵小六只管笑，从"哈哈哈"又笑成了"咯咯咯"，简直笑翻了。

贵五说，你神经病了，有这么好笑吗？

贵小六说，这个人贩子，太好笑了。

贵五一听有人贩子，顿时神经紧绷了，说，什么什么，电脑里也有人贩子——一边头勾过来，看贵小六看的那一段视频，那是一个警察看到人贩子后和人贩子对话的视频，警察问：你为什么要拐卖儿童？那个女贩子居然还笑，说，钱来得快呗。警察又问：你不知道这是犯法吗？那人贩子一边笑一边撇嘴，说，哟，多大个事，不就一个小孩吗，丢了再生一个就是了。

贵五气得一拍桌子，骂道，畜生，畜生！

贵小六说，粑粑，你骂谁呢？

贵五一阵心虚脸热，继续往下看，那警察又问，你用什么手段拐孩子？那人贩子轻描淡写地说，哄骗呗，偷呗，偷不着就抢，难搞的，就打晕了抱走。

贵五又骂：不是人。

看到后面才知道，这个人贩子居然把拐来的孩子杀了，她居然还是一副无关痛痒的态度回答警察杀孩子的理由是因为孩子哭闹，怕别人发现，就丢到河里淹死了。

贵五愤怒不已，霍地站起来，看样子他要砸电脑了，贵小六一看，赶紧拉扯他重新坐下，说，粑粑，你再看看，你再看看——

贵五又看到许多关于人贩子的内容，越看越惊愕，越看越害怕，最后他简直不敢再往下看了。

贵小六说，粑粑，他们干什么呢？

贵五说，他们把你的器官拿出来，一件一件卖钱……

贵五已经魂飞魄散，赶紧拉着贵小六往外跑，好像那些割小孩器官卖的人就在网吧里死死盯住他们了。

从网吧出来的时候，贵五交了钱，网吧管理员把押着的身份证还给贵五，随手对了对照片，又看了看贵五的脸，说，这是你吗？

贵五说，我身份证上的照片，不是我，难道是别人？

那管理员说，难说的，难说的。

贵五又给吓着了。这张身份证确实是假的，但照片是真的。为了防范老太报警，警察全网通缉，贵五早就备了一张假身份证，像这种小网吧，一般是不会较真核查身份的，却不料进去容易出来难。

管理员虽然没有拦住他们，但是他满脸写着怀疑，让贵五不放心，走出一段，他又回头去看看，看到管理员正在打电话，贵五吓得腿都软了，拉着贵小六说，报警了报警了，我们快逃。

贵小六说，耙耙，我们逃到哪里去？

贵五说，你废话真多，先别管哪里了，上了车再说。

贵小六说，耙耙，现在是晚上，晚上还有车吗？

贵五说，你懂个屁，没有汽车，还有火车，夜班火车，多的是。

贵小六撇着嘴说，耙耙，那是慢车。

贵五说，啊？你倒讲究，你还想坐高铁啊？想想气不过，又补充说，高铁开得快是吧？开那么快，你是要奔到哪里去呀？

贵小六说，我跟着耙耙，耙耙到哪里，我就到哪里。

到了火车站，买了票，坐在空空荡荡的候车大厅，贵五一直心神不宁，东张西望，贵小六在座椅上腿一伸已经睡着了，贵五推醒了他，说，贵小六，你眼尖，你看看，那两个人，是不是盯我们梢的，要不然，这么大半夜，他们干吗要在火车站？

贵小六迷迷糊糊地说，耙耙，我们也在火车站呀。

贵五说，我们不一样。

贵小六跟着贵五说，他们不一样。

贵五心惊肉跳地说，他们不一样，他们什么不一样——

正在嘀咕，那两个大汉竟然冲着他们走过来了，贵五吓得抱起贵小六，冲过检票口，直接奔到站台，刚好一列火车到站，贵五直接就爬了上去，再回头朝站台看，哪有什么人影，鬼影子也没有。

贵五这才放下贵小六，拍拍胸脯，气喘吁吁地说，还好，还好，没有追上，吓死我了。

贵小六说，粑粑，他们不是来追我们的。

贵五说，贵小六，你太幼稚了，你一点也不懂，他们就是来追我们的。

贵小六手朝车厢另一头指了指，说，粑粑，他们是乘火车的。

贵五朝那边一看，果然，那两大汉也上了车，坐在车厢另一头，根本也不朝贵五他们这边看一眼。

贵五总算放了点心。经过了好多天胆战心惊的日子，现在神经一松弛，火车的"哐当"声就像是摇篮曲，摇着晃着，一会儿贵五就睡着了。

不知过了多久，贵五被一阵香味熏醒了，睁眼一看，小桌上泡着一碗方便面，热气腾腾的，他刚要开口骂贵小六，抬头才发现，根本不是贵小六在吃，是同车的另一个乘客，就坐在他对面，贵五上车的时候，还没有他，也不知道他是从哪一站上来的。

贵五坐直了身子，正要和他打个招呼，忽然感觉身上少了什么东西，左看右看，浑身上下摸了个遍，什么也没少，最后才想了起来，一想起来，顿时慌了，急得站了起来，说，哎呀，哎呀，贵小六，贵小六呢？

那个吃面的乘客，抬头朝他看看，说，你找谁？

贵五大声嚷嚷，贵小六不见了，贵小六不见了，你看见贵小六了吗——一个六岁的小孩，很矮小，不像六岁，就像，就像——他也说不准贵小六像几岁，口不择言说，就像只猴。

吃面的人一口面喷了出来，笑得前俯后仰，满嘴花白的碎面条，啊哈哈，啊哈哈，说自己的小孩像只猴，有你的，有你的，心好大，哈哈。

贵五脱口说，他不是我的小——赶紧打住，改口说，你看见了，你看见了？

那人说，你是做梦没醒吧，哪来的小孩，我上车的时候，就没见你身边有小孩。

贵五说，你什么时候上车的？不等他回答，又抢着说，你是刚刚上的车吧？我天亮的时候起来小便，贵小六还在呼呼大睡呢。

那人说，反正我是没有看到小孩，猴子也没有看到。

贵五赶紧满车厢找，车厢里没几个人，问了，没看见小孩，又一节一节车厢找过去，绿皮火车上人很少，不一会就到头了，又返回来再找，厕所也都一一打开看了，也仍然没有。

贵五一屁股坐下，浑身打软，口中喃喃，着了道了，着了道了，果然被人贩子盯上了，拐走了——

贵五的行动早已经惊动了列车员和乘警，他们过来打听情况，贵五哭丧着脸告诉他们，贵小六在火车上丢了，找遍了整列火车也没有，一定是被人贩子从哪个站拐走下车了。

乘警说，据你所说，天亮时你还看到小孩的，就算拐走，也不会太远，天亮到现在，中间也没有停几个站，我们已经和那几个站的派出所联系了，请他们查一查车站监控。

贵五表示怀疑说，这种小站，也有监控？

那乘警说，这个不一定，有的地方装了，有的地方没装。

贵五说，那要是没装的话，不就什么也查不到了？

乘警安慰他说，你别太紧张，现在到处都是天眼，真所谓天网恢恢，坏人是逃不掉的。

贵五心里一惊，忽然间听到列车广播，播报下一站的站名了。

贵五一听"麻西"两字，吓得又站了起来，说，麻西？下一站是麻西？

麻西就是他的家乡呀。贵五急得说，不好了不好了，上错车了，我们上错车了。

旁边的乘客听说他是从海东上的车，原本是想到海前去的，大家哈哈大笑，说你这一错，可是错得远了，从最东错到了最西呀。

车已经慢下来，进站了，停住了。

贵五不知如何是好了，心里又慌张又空虚，没着没落地，他努力镇定了一下，想清楚当务之急，是找到贵小六，在车上是指望不了，因为火车还得继续往前，离贵小六就越来越远了，想到这儿，就在火车关上车门的那一瞬间，贵五抓起背包，跳下车去，直往车站外奔，奔出一段，快到出站口了，就看到有两个穿警察制服的人守在那里，一一询查出站的旅客。

贵五犹豫了一下，不由自主放慢了脚步，就听到其中的一个警察在打手机，说，没有呀，麻西是个很小的站，又不是逢年过节的，下车的人本来就没几个，没有看到带小孩的乘客，真的没有，男的女的都没有，我们都一个个相过面啦——你们是不是搞错了车次啊？

另一个警察看到有个乘客带着一个比较大的旅行包，叫他打开来，难道这里边还会藏着一个小孩。

打电话的警察继续通话说，你们的分析有依据吗，人贩子能有这么傻呀，什么什么什么——

贵五忽然就感觉到，电话那头就是陈警官，或者是刘警官，他猛一阵后怕，幸好贵小六不见了，不然这会儿他就束手就擒了。

但是一想到贵小六不见了，他的心却更慌了，他闪在一边大喘气，喘了一会，忽地从角落里蹿出去，蹿到两个警察跟前，急切地说，你们快点，快点去救贵小六——我，我，我报案，哦，不对，我是投案，我自首——

麻西乡派出所警察，认得贵五，就笑起来，说，贵五，你终于回来啦，你再不回来，你家老子要发痴啦。

贵五急得说，老李，老李，贵小六在火车上被人拐走了——

老李"扑哧"一笑，说，贵小六？得了吧，哪来的贵小六，你爹都说了，你骗他，说你在外面有小孩了，想骗他钱呢吧？

贵五说，真的有贵小六，是我拐走的，哦不，是被人贩子拐走了——你们刚才守在这里，不是正在找一个大人带着一个小孩吗？那个大人就是我呀。

老李说，大人就是你啊？我们是找一个女的，你是个女的吗？

贵五一听"女的"，又吓着了，浑身冒汗，说，女的？难道裴姐就在这趟火车上，吓死人了——

老李的同事跟老李说，哎呀，你别跟他废话了——自己却回头跟贵五废话说，是呀，我们是在找一个大人带着一个小孩，你硬说你就是那个大人，可你身边也没有一个小孩呀，难道他是隐身的小孩，我们看不见——他很做作，还做了一个伸手在贵五身边摸一摸的动作。

贵五急得跺脚说，我说的你们怎么就不肯相信呢，在火车上，我睡着了，贵小六被人拐走了，贵小六就是，就是——他咬咬牙，终于说了出来，贵小六就是老太家的老四，就是死棺材！

"死棺材"三个字一出口，他顿时感觉心里一阵轻松，好像已经把贵小六交给了警察。

老李和他的同事对视了一眼，老李说，贵五，我们不能老站在这里说话，你不要纠缠不清，这样，你先回家去见见你爹，我们回派出所商量商量再找你。

贵五说，你们不怕我逃跑？

老李说，不怕，跑不掉的。

贵五只得先往家里去，一路上想着贵小六不知被拐到哪里了，不知是找了个人家，还是被搞残废了，甚至被摘掉了哪个器官，想着，心里很难过，觉得很对不起贵小六，口中喃喃说，贵小六啊贵小六，枉你这么个机灵鬼，最后还是没逃出——

话音未落，已经走到了前次误救贵小六的泥塘边了，眼睛朝前一看，活见鬼了，泥塘里竟然真的有个小孩，正在泥里打滚，待贵五走近了，那小孩从泥水中抬起头来，一脸的脏污，冲着他笑，喊，粑粑，粑粑，快来救我——

怎么不是贵小六，简直了，贵五不敢相信自己的眼睛，可是那贵小六冲着他拼命喊粑粑，他想不认也不行。

贵五听到身后有声音，回头一看，这才发现，竟有一辆警车停在路边，两个警察站在车边，正在冲着他笑。刚才光顾着看贵小六在泥塘里打滚，竟然连警车和警察都没有发觉。

贵五头皮一麻，脱口说，你们终于来啦？

那两个警察过来，朝贵五亮了证件，说，我们是麻南派出所的，你认得这个小孩？

贵五说，他是贵小六，哦不，他是死棺材——

警察说，我们不管他有几个名字，他是你们村上的吧，你把他带回去吧。

贵五十分疑惑，看了看警察的脸，看不出来他们说的是正话还是反话，就不知道应该怎么接话了。

警察见他犹豫，有些误会，赶紧说，是的是的，我们知道，这个小孩难弄的，我们实在是给他搞惨了，他说他在麻南站下了火车，要回家，又说家是麻西的。我们问那你为什么不坐到麻西下车，要提前下车呢，他说是看到站台上有卖粑粑的，想吃粑粑，就下车了，结果火车就开走了——这个警察说得来气，噎住了，说不下去。

另一个警察接着说，然后他就来搞我们了，要我们送他回家，你说我们能不送吗，可这一路上，一直喊饿，好像要饿死了——

贵五忍不住笑了，说，他就是个饿死鬼。

警察说，吃了一大堆东西不算，还不太平，走到这儿非要下车，要去滚泥塘，他是在外面待时间长了，想洗澡了？哈哈哈哈——

贵小六已经从泥塘里爬起来，直扑到贵五脚边，抱住了就喊粑粑。

两个警察对视一眼，说，啊？你是他爸爸？

贵五赶紧否认，才不是才不是，你们也知道这个小孩，很妖怪的，他的话，听不得的。

那两个警察点头，同意贵五的说法，说，反正已经到村口了，我们也算完成任务了，不管你是他什么人，他认你就行，我们交给你了，再出问题，就不是我们的责任了。

警察朝贵五敬了个礼，就开车走了。贵五觉得莫名其妙，贵小六又回到自己手上了。

这时候有村里人过来了，看到他们两个，觉得有些诡异，想了想，说，哦，原来贵五是你带死棺材出去了啊，我们还以为他被人贩子拐走了呢。

已经看到贵小六家的房子了，贵五推了推贵小六说，你到家了，不关我事了啊。回头对那村民说，不是我带他的，是他缠住我的。

那村民朝他挥挥手，走了。

贵五回家，老父老母自是喜出望外，但是贵五并未看到宰鸡杀猪的景象，责问起来。父亲说，鸡呀猪呀什么的，养了太脏，不让养了，我们以为你会带回来的。

贵五咽了口唾沫，对父亲说，你狠，我玩不过你。

过了一日，老李和他的同事来找贵五了，说他们研究商量过了，觉得贵五确实有嫌疑，至少村民反映贵小六多日不见，这就是可疑之处，虽然现在贵小六又回来了，但是中间这一长段的经历，不可能是空白的，要让贵五把它填上。

贵五就从头到尾如实讲了一遍，警察听得不耐烦了，笑了起来，说，贵五，你这一点逻辑也没有，你真不会编故事。

见老李无法相信他的真实经历，贵五苦恼了一会，灵感突然而至，喊了起来，海东，海东，你们可以去问海东城南派出所的陈警官和刘警官，他们可以作证。

老李他们是认真的，就联系上了陈警官，开了免提，让贵五听，结果那边陈警官早就忘记了贵五是谁，这边老李还怀疑贵五故意捉弄他们，生气地说，人家都不承认认得你，作个屁证。

但他们工作是顶认真的，还是和陈警官纠缠了一会，说，你再仔细想想，假如你们真的从来没有接触过贵五，人家怎么会平白无故地提到你海东城南派出所呢，你是老警察吗？有多老了？你这记性也太差了，这才几天前的事情，这么快就忘记了？

那边陈警官也不高兴了，说，我们海东城南，你没来过吧，你了解我们这里的情况吗？不了解就别随便乱说，我们海东城南，每天进进出出的外来人口太多了，谁记得谁是谁呀。

贵五急得说，你告诉他，说是天使。

老李和同事都笑了，按照贵五说的，喂，他说他是天使。

对方也笑了，说，天使就更不认得了，不敢认得。

贵五又说，是天路。

那边，天路也没有印象。

贵五急得说，他们有意的，他们明明知道我。

老李的同事不服了，说，你说什么呢，你要让警察记住他遇见过的所有的人吗？他抓到的罪犯，各种各样的人物，来来去去，那么多，全记得？你以为警察是记忆大师啊？

贵五说，但是他们应该记得我，我一个大男人，带着个孩子，他们肯定怀疑过我——冤有头债有主，贵五被逼得一路往回想，终于，他想到源头了。

赶紧交代说了，有个叫小丽的女骗子，现在还关在海东拘留所，让陈警官和刘警官去问她，一问就清楚了。

那陈警官和刘警官也一样认真负责，果然去问了，小丽也很坦白，说，是有个叫贵五的，她确实是让他回去搞钱，没搞着，就叫他拐个孩子出来。确实有这事，至于有没有把孩子搞出来，那时她已经进来了，不知情。

根据小丽的交代，警察在出租屋抓到了那个人，带回来一问，却不叫贵五，又去叫小丽辨认，小丽看了半天，犹豫说，贵五？贵五？你不是贵五吗？但是贵五这个名字我是听到过的，应该就是他吧。然后停了一下，又说，不过也说不准啊，谁知道呢，也许他报的是假名字呢。

小丽骗的人太多，自己都记不清谁是谁了。

反正无论如何，从小丽这儿，也一样得不到贵五犯罪的任何线索。

麻西派出所警察们的想法也不一致，争执不下，就先拘留了，先关几天，看看有没有新情况。

贵五刚刚进去，就有人跟着来了，看守跟他说，有人来看你了，实话跟你说啊，本来暂押期间是不允许探望的，但是你的情况实在特殊，你等于是自己硬要进来的，你以为看守所的饭好吃是吧。

贵五说，谁会来看我，我爹吗？

那看守笑了，说，看年纪不像。

到了会见室一看，竟是贵小六。

贵五说，贵小六，你怎么来的，你一个人从乡下走过来，你不害怕人贩子把你拐了去——

贵小六说，粑粑，人贩子关起来了，拐不走我了。

贵五气得骂道，贵小六，你好大的胆，竟敢在火车上逃走，你吓死我了，你害得我——

贵小六说，粑粑，我不是逃走，我是去买粑粑吃，结果火车开走了，我就追呀——贵小六正在神吹，老太出现了，看到贵五就骂，都怪你个多管闲事的贱货，你又把死棺材带回来作死啊，姓贵的，我真是前世欠了你的，死棺材明明已经滚远了，滚到海东那样远的地方了，你又把他弄回来，你弄回来，那你供他吃供他穿，他归你了。

贵五急了，说，老太，你们家的人，都这么不讲理，我告诉你，你们家老豆更不像话，居然不认自己的儿子，他说死棺材早就溺死在马桶里，说他是死人，说他是鬼。

老太麻木地看看他，说，你说老豆，谁是老豆？

贵五说，老太你老糊涂了，老豆是你儿子、是死棺材的爸爸呀。

老太说，可死棺材一直喊你爸爸，你才是老豆呢。

贵五迷糊了。

他想，等我出去以后，这事情要搞搞清楚，不然以后找对象怎么找啊？

A 面和 B 面

一

A 面：

许贵小的时候，父亲在外面打工，过一阵，寄点钱回来，没有规律，有多少算多少，母亲拿到汇款单，就到镇上的邮局去取钱。

现在轮到许贵了，他的工资每个月也都要往回打，有时还不止一个月一次，也一样没有规律，不过现在他不用去邮局汇寄，那边也不用去邮局取钱，都是微信转账，一瞬间钱就没了。许贵的钱也不是给父母的，父母老了，农村的老人，只要不生病，花不了什么钱。他的钱是转给对象的，对象是邻村的一个女孩子，早几年经媒人介绍，互相也看得上眼，就谈上了，对象没有跟着他出来打工，就在当地镇上的加工厂工作，也有工资收入，但是女孩子喜欢消费，成天拿着个手机搞网购，钱就这么三钱不值两钱地花掉了。

对象没有开口向许贵要钱，但是她经常告诉许贵，昨天购了什么，今天又购了什么，明天还想购什么，许贵替她算算，一个月的开销，肯定超出收入，她是入不敷出的。

　　所以许贵按月给她零花钱，两三年一直没有停过。尤其是近两年，许贵在单位工作表现好，得到信任，逢年过节，别人回家，领导希望他能留下值班，工资不止翻三倍，是翻五倍。

　　这么搞了两年，他没能回家过年，再到第三年，他终于回去了。

　　这时候，对象家的房子也翻新了，一切都有了新的气象，其中最新的气象，就是对象已经有了新的对象，而且已经到了谈婚论嫁的阶段了。

　　那个新的对象叫贵强。

　　两个对象的名字里都有个"贵"字，这样看起来，对象和这个"贵"字有缘呢，只是此"贵"和彼"贵"还是不一样，名字叫"贵"到底还是不如姓"贵"更强一点。

　　那天许贵到对象家的时候，贵强正在她家和未来的老丈人喝酒呢，你走一个我走一个，喝得带劲，看到许贵进去，他们只是朝他点了点头，没怎么当回事，说，她在里屋呢。

　　他两个倒显得大气，好像生意不成仁义在那样。

　　许贵进了里屋，对象说，贵，你来啦。

　　许贵有点怀疑，在外屋喝酒的那个人，是不是她的对象，难道对象找了新对象，那是一个谣言，或者是一个谎言？

　　对象很聪明的，看穿了他的疑问，就告诉他，贵啊，你没看错，那个就是我的对象，叫贵强，我们已经定了婚期，年初五。

　　许贵愣了半天，憋出一句，你既然有了别的对象，为什么还收我的钱?

说完他有点后悔，因为这样说，好像一切都是钱的事情了，其实不是。

只是，许贵的思路堵塞，除了说这句钱的事情，他不知道该说什么。

对象笑眯眯地说，贵，我没有让你给我，但是你既然给了我，我如果退给你，你会以为我生你的气。

许贵的思路终于有点通了，他说，但是，你另外找了对象也不告诉我。

对象说，我告诉你，你还是要生气，我不想你生气嘛。

许贵真的有点生气，说，你一张嘴两层皮，翻来覆去都是你有理。

对象说，你看你看，你真的生气了，我就知道你会生气的，我想了个办法，你要不要听听行不行?

许贵说，什么办法，事到如今，还能有什么办法?

对象说，等一会你跟我睡一觉，算是我报答你的。

许贵心里又甜又酸，对象其实还是蛮保守的，以前许贵也曾经提出这样的要求，但是对象不同意，现在她却变得主动了，只可惜，对许贵来说，这样的主动，是第一次也是最后一次。

哪怕只有一次，许贵也很激动，但他还是有理智，他说，我睡下?那，那你对象——那个他，贵强，他怎么办?

对象说，他本来也没有要住在这里的，他就是来和我爹商量婚事的，吃完饭就要走的，你别管他。

许贵还是不敢相信，说，那你爹也不会同意的呀。

对象笑说，傻样，我教你。

对象就教了许贵，从里屋到外屋，然后和她爹以及贵强打招呼再见，然后出门绕到后窗，再爬进来。

对象驾轻就熟，好像经常干这事，不过许贵只顾着自己要做的事，其他也就不多想了。

等到对象的新对象走后，她爹也睡下了，对象就招呼许贵，来呀来呀。

许贵有点激动兴奋，喝了几口水，赶紧脱了衣裤，钻进对象的被窝，刚要做事的时候，他忽然想起来问一下，你有没有跟你对象搞过。

对象捶了他一下，发嗲说，你说呢。

许贵心里"咯噔"一下，浑身都软了，又好犯困，怎么也搞不起来，越急越不行，对象躺在那里咯咯咯地笑。

许贵又急又羞，大冬天的，头上竟然冒汗了。

对象体贴地说，没事啦，没事啦，你可能回来的路上辛苦了，休息一天就好了。

许贵说，那我休息一天，明天还能再来吗?

对象说，你想得美，我又不是小姐——看到许贵一张苦脸，对象拍了拍他的脸，安慰说，这样吧，你今天就别走了，就睡这儿，也算是一夜夫妻了。

许贵开始对对象很生气，她另找了对象不告诉他，还一直收他的钱，但是现在他的气也消了，他计划着先睡一会，睡出了力气再搞她。

结果这个想法还没有想完，他就睡着了。他真是累着了。

后来迷迷糊糊听到了鸡叫，许久没有听到家乡的鸡叫了，许贵在半清醒的状态下，想起了临睡前的那个主意，他翻个身想爬起来，可结果一翻身又睡着了，这回睡得更沉，鸡叫也叫不醒他了。

然后就一觉睡到天大亮，什么也没有干，等于白睡了一晚，许贵侧过头看看对象，对象背朝着他，睡得正香，他怕她醒来后嘲笑他，赶紧悄悄地爬起来，套上衣服，仍然从窗子里翻出去，被一条狗看见，吼了他几声。

许贵感觉有点冤，做贼似的，却什么也没有偷着。

又想，怎么是做贼呢，明明是自己的东西叫人家给偷了去，这么想着，又有点怨。

总之心情不好。早晨的空气是清新，可是许贵走在乡村的小路上，心里却是上上下下的不清新，他想回自己家去，可是走了几步，又不想回去了，没意思，家里两个老的，不仅死气沉沉，还老糊涂了，他要是不开口喊他们，他们好像都不知道他是他们的儿子了。

许贵现在有点后悔回来这趟，还不如留在单位加班呢，也有女同事加班，说说笑笑，吃吃瓜子，那才像过年的样子。

不过又想，如果是那样的话，明年回来时，对象恐怕已经抱着姓贵的人的孩子了。

许贵没有了方向感，不知道应该往哪里走，但是两只脚却不由自主地朝着车站的方向，许贵心里也渐渐明白，他要走了。

所以许贵又折回来，到家拿了自己的背包，和父母说一声，我走了。

父母都有点老糊涂了，也不知道许贵是要"走"到哪里去，许贵临出门时，听到他们在互相探问，一个说，刚才说话的那个人，是贵吧？他要到哪里去？

另一个说，开学了吧，要上课去吧。

许贵在他们的对话声中走了出去。

绿皮的长途列车，过去是慢车，现在叫直快，虽然有了个"快"字，但它仍然是所有铁路线上最慢的车，每天一来一去在许贵家乡小站王古站停一下，从南边过来是下午到站，从北边过来是上午到站，许贵看了一下时间，得赶紧了，否则赶不上今天南去的车了。

还好，走了不多远，就碰到了村上的许富生，骑着摩托车到镇上去办年货，说是前些时一直在外面跑生意，马不停蹄地，到现在年货都没办，不知镇上的店还开着没。

许富生捎了他一段，还和他说了些村里的事情，许贵并不爱听，总觉得这些事情离他很远了，好像他就不是这个村子的人，也好像说的那些人他都不认得，但是为了表示对许富生的尊重，他还是听了，并且嗯嗯啊啊地应答着。

快到王古镇时，迎面有一辆警车呜呜叫着开过来，擦着他们身边过去了。许富生说，不知哪家又打架了，唉，干吗呢，都要过年了。

许贵说，村里经常有人家打架吗？

许富生说，那倒没有。

许贵也没往心上去，很快就到了王古镇，许富生说，贵啊，我急着去办事，不往前送你了，这个点，你走过去，走快点，能赶上车。

许贵谢过许富生，正要别过，许富生忽然说，咦，不对呀，贵，你怎么就走了呢，你不是昨天刚回来吗，年都没过呢，你就走呀？

许贵没来由地心里一慌，赶紧扯个谎说，单位来电话了，要紧急加班，让马上赶回去。他好像怕许富生不相信，又补充说，加班工资翻好几倍呢。

许富生虽然点了点头，但是嘴上却说，哪有这样的，过年都不让人过，那一年苦到头，还指望个啥呢。

也不再和许贵多话，急着办事去了。

许贵再步行一段，就到了王古站，时间还充裕，许贵早已习惯用手机买车票，但他还是往售票窗口走过去，售票窗口那里空空的，售票员看了他一眼，听他说买广州的车票，她还重新问了一遍，广州？

等许贵再次确认，她才将票打了出来。

许贵理解她的疑惑，再看了一眼候车室，人也确实不多。这个时间，年关之下，坐火车出发的，多半就是近段走个亲戚，或者办个什么家长里短的小事，坐一两站也就到了，像他这样买长途车票出远门的，基本没有。

毕竟，大家都在朝着年的方向赶路呀。

其实许贵是认得售票员的，她是他的初中同学，可是她没有认出许贵来，许贵一直在等她想起来，可她一直没有想起来。

许贵有点尴尬，犹豫了一下，试探着说，你在王古初中上学的吧？

售票员说是，朝他瞄了一眼，还是没有认出他来，她的眼神有点寡淡。

许贵说，嘿，你不记得了，我是许贵呀，你同学，同班的。

那售票员先是疑惑地皱了皱眉头，然后用眼睛丈量了他的身高，最后摇头说，不是不是，你才不是，许贵我记得的，个子很矮的，绰号"小僵块"——

许贵说，初中那时候，我个子是不高，我发育晚——

售票员笑了起来，说，得了吧，别来这一套，前几年我们同学聚会许贵还来参加的，他一直就没怎么长高，天生的矮冬瓜。

许贵手里捏着车票和身份证，才想起把身份证再递给她看，说，你看，你看，我的身份证上，就是许贵。

售票员又笑了笑说，身份证上叫许贵，也不一定你就是许贵——我是说，你可能是另一个许贵，当然也可能，你这个身份证，是那个——嘿嘿——这个我们见多了。

她死活不认他，也没办法，好在他对她也没什么想法，虽然对象有了新对象，他也不至于急吼吼地立马给自己也找个新对象，他看了看售票员的身材，心想，还说许贵"小僵块"呢，自己的胸，像块门板。

他们就此别过，无话。

火车快到的时候，检票上了站台，许贵看了看周围几个等车的人，看看面孔，似熟非熟，名字叫不出，也不确定是哪个村哪个镇的，只是稍微点一点头而已。

后来又来了两个人，行色匆匆的样子，站定了就点根烟抽，好像要镇定一下神经似的，然后他们凑在近处聊天，许贵似乎刮到一耳朵，听到了"大树村"三个字。

大树村就是许贵对象家所在的村子，这两个人议论说那个村子啥啥啥，许贵并没有听见，不过就一个乡下小村子，啥啥啥也没啥啥啥，那大树村太普通了，没那么金贵，谁爱说谁说，爱说啥说啥，别说对象已经有新对象，就算对象还是对象，许贵也不往心上去。

火车来了，他们上了同一节车厢，车门快要关上的时候，又有一个人气喘吁吁地跳了上来，拍着胸口说，哎哟哟，哎哟哟，差一点赶不上——

有个人说，怎么不早点出来？

另一个说，不会是堵车吧。

大家哈哈大笑。虽然都是乡下人，但是看起来都见过点世面了，知道城里堵车的情形。

那个跳上来的人也跟着笑了笑，说，想去大树村看一眼热闹，就差点迟了。他看大家都等着他说大树村有什么热闹，于是又补充说，可惜没看着，路都给警察封住了。

那两个在站台上说"大树村"的人，互相使了个眼色，一个说，我说的吧，真是大树村哎。

另一个人，则神神秘秘地问那个最后上来的人，你没看到什么？听说是什么事吗？

那个人立刻夸张地抬高了嗓音说，死人了，死人了，警察都去了，听说一大早就报案了——

有个人不知道是不是联想到自己年迈的父母了，脱口问道，是老人吗？

那人回道，不是老人，肯定不是老人，死个老人，不会这么虚张声势的——

火车"轰隆轰隆"地开动起来了，车厢里并不拥挤，大家坐下来，等着听大树村的故事。

可是这个人并没有看到故事，他走到村口也没有进得去，只是听说"死人了"，其他一概不知。

大伙有点失望，有人泄气说，喔哟，我还以为什么惊天动地的事，死个人，也是正常嘛，人家可能是得了急病，或者出了什么事故，晚上走路掉河里了。

相比起来，许贵更加见多识广一点，他分析说，恐怕不是普通的死亡，要不然怎么还报案，警察怎么会去呢。

大家都说是，说许贵考虑得周全，但是周全也只是猜测，无法落实的，后来又有一个人出来了，说，我家有个亲戚在大树村，我来打电话问。

他就开始打手机，而且开了免提，让大家听听，他打了三次，对方才接了，声音很大，从一个人的手机里传到大家的耳朵里，那人说，你别捣乱，我在打麻将——什么什么，我不是一大早在打麻将，我是从昨天下午打到现在——你干吗老打我电话？烦不烦？

这个人说，你还打麻将啊，你们村里死人啦，你不知道吗？

那个亲戚嚷嚷说，什么什么，你不是说今天坐火车去杨庄吗，你现在在哪里呢？

这人说，我在火车上，听人说的。

那个亲戚说，好吧好吧，等会我打个电话问问——也是奇怪，我们村死个人，又不是你家，关你什么事，你上了火车出门还关心这事。

电话就挂断了。估计也不会有什么消息再传过来了。

许贵想，若是在昨天之前，我也可以说我在大树村有人，比亲戚还更密切一点呢，可是今天不是昨天了，今天的大树村，从今往后的大树村，跟他不亲了。

再想，如果不是昨天晚上他自己出洋相，搞不起来，丢人现眼，今天他倒是可以打电话问问对象，现在一起上火车的几个人，包括他自己，人人急切地想听故事呢，谁先得到故事，谁就牛逼吧。

所以许贵犹豫了一会，还是拿手机打通了对象的电话，那边接得很快，几乎只响了一声铃声，就接通了，不等他说话，那边的声音已经传过来了，却不是对象，是个男声，声音很严厉，说，你是前夫？然后好像捂住了手机，在问别人：前夫是谁？

许贵过了一会才反应过来，原来自己在对象的手机里的名字竟是"前夫"，觉得冤，夫什么夫呀，他们又没有结婚，别说结婚，连个觉也没睡上，就成了"前夫"。他也不清楚对象是什么时候替他改名的，从前在她的手机里，他明明就是"对象"，他都亲眼看到过。

许贵还没来得及说"前夫"是谁，就听到那边有人说，瞎搞的吧，她没有结过婚，哪来的前夫？

许贵忽然觉得心灰意冷，他不想搅和了，对象都没了，谁死谁不死，真的与他无关，他挂断了电话。

大伙又一次失望了，好在故事不故事，都与他们自己无关，有的听就听，没的听就不听吧。

故事还没有开始，就结束了。

火车到了前面的一个小站，停了，只上来一个人，没想到这一个人却又带来了故事的走向。

当然他也是听说，听说死的是一个未婚女子，说是早晨父亲起来，看到女儿的房门虚掩着，就推门进去一看，女儿被杀死在床上，捅了十几刀，作孽——

故事重新开始了，而且开始得很惨烈很吸引人，赶紧就有人问，那是谁家的女儿呀？

这个刚上火车就讲故事的人说，谁家不知道，真不知道，就是听说那个女的，甩了谈了好几年的对象，又谈了新对象，马上要结婚了。

许贵想，这个女的，和自己的对象倒有点像。也没再往深处想。

听故事的人，赶紧要让故事往下走，于是追问是谁杀的。但是讲故事的人十分遗憾地说，这个没听说，现在警察去破案了，可能要等破了案才知道。

他的口气有点遗憾，他只知道这么多了，他为自己不能知道更多的详情，似乎有点过意不去，补充说了一句，如果是因为女的变了心，不知会不会是——

大伙等着故事往前走，可是故事没有了，于是大家你一言我一语开始破案了：

那是那是，被甩了的肯定心里有气，上门讨说法，一言不合，就冲动了吧。

一冲动就动手了吧。

一动手就失手了吧。

也说不定，他进去的时候，人家新对象正在家里呢。

那就更来火了。

那很可能当场就打起来了。

不对不对，不是当场，不是说那个父亲早晨起来才发现女儿死在床上吗？

是呀是呀，估计当场没干，还是用了心机的。

估计是等到夜深人静了，再潜进去干的。

估计是回去找了凶器再来的。

……

列车售货员推着小车经过，站着听了一会，听出了他们议论的内容，不由插嘴说，哟，不是被刀戳死的，是脑袋被砸了个洞——她见大家一时不作声，又有些疑惑，说，你们说的是大树村的王小丽吧，被杀掉的那个。

猛听到"王小丽"三个字，许贵的脑袋顿时"轰"地一响，情不自禁"啊呀呀"大叫一声。

是呀，许贵的对象就叫王小丽呀，虽然她已经有了新的对象，但是她的名字一直是叫王小丽的呀。

大家被许贵的叫声吓了一跳，盯着许贵看。

你激动个啥，王小丽你认得呀？

许贵慌得语无伦次，我认得，我不认得——

嘻嘻，这怂货，听个故事也吓出这怂样。

嘿嘿，你要是干了警察，恐怕天天要尿裤子了。

大家随便说了他几句，都顾不上看他的怂样，都盯着售货员，准备好听故事，希望她有讲故事的天赋，能讲得绘声绘色。可惜的是，售货员除了说出死者的名字和不同的死法，其他也没有更多的信息了，她说她也是听前面那节车厢的乘客说的，她一直在火车上工作，车下的事，她自己是无法看到的。

大伙又重复地失望了一次。

但其实他们已经有够多的信息了，时间、地点、死者姓名、死亡原因等都已经知道，要说一个完整的故事，也只剩下杀手是谁了，至于杀人动机，抓到了凶手，动机也就出来了。

比如说，是前对象，那就是情杀了；如果死者死前被性侵，那是强奸杀人；如果家里钱财丢失，那是抢劫杀人；还有仇杀什么的，只要看看凶手是谁，动机就一目了然。

如果看不出明确的杀人动机，那么是精神病人吗，或者是反社会人格。总之，这个发生在大树村的杀人案件的前半部分、一大部分，已经被大家圆得差不多了，故事的结局，一定是由警方来画句号的。

　　大家散的散了，到站下车的下车了，打瞌睡的打瞌睡了，也没有人注意到许贵已经不在这节车厢，本来他们互相间也不熟悉，要说有点面熟，可能因为都是本地人，长得都差不多吧，至少他们谁也不知道谁叫什么名字，是哪个镇哪个村的。

　　许贵走了就走了吧。

　　许贵一直逃窜到了最后的一节车厢，刚想喘口气，手机响了起来，一看，是王小丽的手机打来的，如果按照售货员的说法，王小丽已经死了，打电话的肯定是警察，刚才他打过去时，接电话的那个严厉的声音，还在耳边回响，击打着他的颤抖的心脏，看到手机上显示"老婆"两个字，许贵吓得手一抖，手机差一点滑落。

　　许贵不敢接电话，过了片刻，手机又响了，这回不是"老婆"了，是另一部手机打来的，陌生电话，估计就是警察了，许贵更不敢接了。

　　这节车厢里的乘客，好像还没有听说大树村的故事，一片安详宁静，他们看到许贵几次不接电话，也不和他说话，也不问他为什么，只是默默地看着他。

　　许贵心里又慌又虚，完全就像是犯了罪、杀了人后的感觉，他赶紧把手机关了，感觉周围的乘客都盯住他，他无处可逃，他的眼睛四处躲藏，也无处投放，最后只得趴到小桌上，趴了一会儿，竟然就睡着了。

等到火车一声鸣叫，醒来一看，已经到了中午，原先车厢里的人，好像都换了脸，这种慢车，几乎每个小站都停，乘客上上下下，也是正常，心里立刻就放松一点了，就算前面的乘客对他有所怀疑，现在都是新面孔了，就更加不知道谁是谁了。

心里刚一轻松，立刻又沉重起来，不知道大树村王小丽的事情到底怎么样了，赶紧打开手机，发现手机新闻推送已经出来了，动作真够快的，动静也大，上了头条标题是——

王古镇大树村发生凶杀案

通缉许贵的通缉令已经出来，照片也有了，不过这张照片有点走样，不太像他，许贵可能是太过紧张了，怎么想也想不起来，这张照片他是什么时候在哪里拍的。

其实警方应该能找到许贵的比较精准的近照的，王小丽的手机里就有很多，不过也可能王小丽甩了他和贵强处对象后，就把他的照片删除了，警方也会去找他的父母亲要照片，只是在父母那儿，确实没有什么近照，都是小时候的照片，派不上用场。

许贵并没有因为照片不像而感觉庆幸，像不像他，也都是他。火车虽然往前开着，他却不知道自己该往哪里去，真是要亡命天涯了。

B面：

故事的前半段已经根据传说拼凑出来了，拼图的效果，和真相基本一致。

死因除外。王小丽是被掐死的。

关于王爸：

王爸看到女儿王小丽被杀死在床上，报案，警察赶到，开始调查。

王爸：警察，是许贵干的。

警察：你凭什么这么说，有证据吗？

王爸：昨天晚上那小子来我家，我就觉得他有问题——

警察：你觉得是什么问题？

王爸：他在隐瞒什么。

警察：你凭什么这么说？

王爸：他居然还笑眯眯地，和我打招呼，还和、还和——打招呼，哪有这样的？

警察：就是说，你女儿王小丽另外找了对象，要结婚了，她原来的对象许贵还笑眯眯的？

王爸：是的，我和我女婿在外屋喝酒，他笑了笑，就直接进里屋和小丽说话。

警察：他们有没有吵架，或者动手？

王爸：没有。停顿了一下，王爸又说：他不会吵架打架的，他是打算好了才来的，所以不会吵架，一吵一打，就提前暴露了。

王爸这么说，是主观臆断，警察虽然没有点头，也没有表示什么，但是他们的眼神似乎是在赞同，并且鼓励王爸继续说。

王爸继续说：他们说了什么我不知道，后来他走的时候，脸色非常古怪，怪我，怪我大意了，都怪我——

警察：你这儿有他的照片吗？

王爸提供了王小丽的手机，警察又让王爸从手机里辨认，却没有许贵。

王爸：他们不谈了，大概我女儿就把他的照片删掉了。

结论：合情合理。

关于许贵的父母：

警察：许贵昨天晚上回家了吗？

许父：他好像是早上回来的。

许母：急急忙忙拿了书包就走了。

警察：你们注意他的神情脸色了吗，他是不是慌慌张张？

许父：我看不清，我白内障。

许母：我青光眼。

警察：他有没有说他到哪里去？

许父：没有说。

许母：他上学去了。

警察：你们有他的照片吗？

许父许母进屋翻找了一会，找出一张旧照片交给警察。

警察：这照片是几年前的吧？

许父许母老了，眼睛都不好，也不知道是哪一年拍的。

结论：不管哪一年，只要是许贵就行。

关于同村的许富生：

警察：许富生，你骑摩托带了许贵一段路？

许富生：是呀，早上我去镇上办年货，看到许贵急着赶火车，来不及了，我就捎了他一段，到镇上，他下来就自己走了。

警察：路上他有没有和你说什么？

许富生：他没有说什么，但是我觉得奇怪，我问他为什么刚刚回来，年还没过就走了。

许富生说到这儿，似乎才刚刚发现问题，才慌张起来，又补充说，我竟然还问他为什么走得这么急，现在想想，后怕的，真是吓死我了，幸好我没有发现他的什么可疑之处，否则我一条命恐怕也难保了。

警察：你问他，他怎么说？

许富生：他说单位来电话了，要加班，还说加班工资翻几倍什么的。

警察：那你看出来他的神情有什么异常吗？

许富生：他坐在我背后，我看不见，不过，不过，就算看不清他的脸色，反正是奇怪的，年前叫去加班什么的，从来没听说过。

警察：路上你们遇到了警车，他表现怎么样？

许富生：我没有看见。

结论：许贵逃跑的起点。

关于车站售票员：

警察：你记得一个叫许贵的人来买车票？

售票员：记得。

警察：是因为买票的人不多，所以你记得是吗？

售票员：我记性很好的，何况他说他是我初中同学许贵，明明不是，他瞎说，想套磁吧，我就记得更清楚了。

警察：他不是许贵吗？

售票员：他说他是许贵，他的身份证上是许贵。

警察：那就是同名同姓的许贵？

售票员：不知道，可能是同名同姓，不过也可能是假身份呢，这种事情，我们见得多了。

警察：你说他不是你的初中同学许贵，你的依据是什么？

售票员：个子不一样。

警察：人的个子不会长高吗？

售票员：反正脸也不像。

警察：会不会是你对这个同学记忆不深，淡忘了？

售票员：好吧，你们说是就是。

警察：他买了到哪里的车票？

售票员：广州。

警察：你再想想，还有没有什么异常的表现。

售票员：马上过年了，大家都往家里回，他却出发走了，还走那么远，这算不算异常？

结论：异常。

关于排查出来的两位有接触的乘客：

警察：你看看这个人的照片，你在火车上见到他了吧？

乘客甲：见到了，不过这个照片好像是从前的，幸好他这样的长相，还算好记的。

警察：你和他在同一节车厢吧，发现他有什么异常吗？

乘客甲：什么？

警察：你们在车上议论过大树村的事情吧，他当时的表情怎样？

乘客甲：哦，他和我们一起分析来着，有人说死人可能就是生病，或者意外的事情，他还说，肯定不是普通的死亡，是发生案件了，不然怎么会报案，警察怎么会去。

警察：他怎么知道？

乘客甲：我不知道他怎么知道。

结论：许贵已经知道有事情发生了。

警察：你看看这个人的照片，你在火车上见过他吧？

乘客乙：好像是。

警察：你们一起谈论过大树村的事情？

乘客乙：没有，我在火车上没有听说大树村的事情。

警察：那你有没有注意他的神情？

乘客乙：没有，只记得他背了个包，好像是从别的车厢过来的，我们那一节，是最后一节车厢了。

警察：哦，后来呢？

乘客乙：后来？后来我记不清了，好像，好像他趴在那里睡觉了。

警察：是他先下车还是你先下车？

乘客乙：应该是我先下车，我走的时候，他好像还趴在那里。不过也不一定哦，都不认得的，也许记错了。

他没有记错。

结论：许贵比他晚下车。

关于火车上的售货员：

警察：你在火车上说过大树村的王小丽被杀的事情？

168

售货员：我也是在另一节车厢听来的，走到那节车厢时，他们正好在说这个事情，我就说了一句大树村王小丽，我不是造谣的，我是听来的——

警察：那你看看这个人，当时也在听吗？

售货员：好像在的，不过好像和照片不太像。

警察：这是他从前的照片——你说大树村王小丽，他什么反应？

售货员：啊呀，当时他大叫了一声，把我吓了一跳。旁边的人还问他，是不是认得王小丽。

警察：他怎么说？

售货员：他说不认得，不过我看他慌得很，头上都冒汗了——哦，对了，我想起来，其他几个人，还嘲笑他来着，说他吓尿了。

警察：后来呢？

售货员：后来我就推着货车去下一节车厢了，我也不知道后来怎么样了。

结论：越来越接近真相。

以上，可算是人证，还有现场物证：

王小丽家后窗的脚印，

王小丽卧室里的指纹，

等等等等。

还有其他许多可疑点和旁证，比如：

为什么刚刚回家就走？

经过核实，确认单位没有通知临时加班。

打手机为什么不接？

为什么手机要关机？

他怎么知道不是正常死亡，是凶杀案件？

他听到消息为什么会失态？

等等等等。

一条清晰的线索，就这么摸排出来了，动作很快，完整的链条已经呈现，中间没有破绽，没有漏洞，全都接得上。唯一的不确定，就是他到底是不是售票员的初中同学许贵，或者他是另一个许贵，但这个并不是当务之急，不影响破案。如果破案不顺利，抓人没抓着，那时需要再做进一步的了解。

火车还在前行，警方已经联系上乘警，全列车搜寻，那个乘警挨个车厢找，虽然许贵的照片已经发在手机上，但是在乘警看来，这趟车上的人，长得都有点像，可能是土地风水的关系，穿着什么的，也都差不多，不太好辨认，还有好多人都趴着在睡觉，他又不能一个一个扳着人家的脸看，何况还得防范嫌疑人携带凶器，所以乘警始终小心翼翼甚至轻手轻脚。

没有找到许贵。

许贵反应快，已经下车了。

二

A 面：

现在许贵彻底蒙了。

他从手机新闻里看到自己杀死了对象王小丽。

写得头头是道，条理清楚，逻辑性强，文字也好，甚至还有些许感情色彩，许贵看了一遍，又看了一遍，他一共看了三遍，彻底蒙了。

写的是我吗？

这个许贵是我吗？

难道我不是许贵吗？

如果我是许贵，为什么我不记得自己干过的事情？

按照新闻稿所写，许贵确实应该怀疑这事情真是自己干的，但是为什么一点也记不得了，许贵努力回想昨天晚上的情形，唯一记得的就是感觉瞌睡得很，明明王小丽主动提出让他搞事情，他却怎么也搞不起来，难为情得很，结果倒头就睡了。睡前还想着，睡醒了，有了力气再搞，结果就没有结果了。

结果就成了另一个结果。

许贵并不笨，何况这么多年在大城市打工，他还在政府的大楼里做过安保，也是见多识广的，思维也活跃。他有时候也能像警察一样想一些问题，比如他怀疑，昨天晚上怎么会那么瞌睡，难道是被人下了安眠药，难道就是王小丽使的坏，她假装主动提出来让他搞，却偷偷给他吃药，让他睡觉，让他搞不成。

但是这肯定不对，造成王小丽自己死亡的结果，恐怕不是王小丽所愿。那就是有别人在干，谁呢？另外总共就两个人——王小丽的新对象贵强，王小丽的父亲老王。

这两个人干吗要杀王小丽呢，没有动机呀。

有动机的，就只有他许贵呀，王小丽不仅背叛他，还瞒着他，继续接受他的资助，他生气呀。

或者，事情真是自己干的，但是因为杀了人，受到刺激，得了失忆症，或者，就是那种所谓的短暂性遗忘。

许贵所能做到的就是，不管怎么说，先逃走再说。所以火车一到下一个站，他就下车了。

他开始以为这也是一个乡村间的小站，没想到这里还是蛮大的城市，很陌生的。虽然这是他乘坐的这趟火车必经的一个地方，但是他从来没有在这里下过车，经过这个地方的时候，他多半是在车上睡觉。

站在站前广场，他六神无主，茫然四顾了一会，完全不知道该干什么，不知道该往哪里去，一只手却不由自主地掏向口袋，习惯性地摸手机，心烦意乱的时候，一摸到手机，心里总能踏实些。

可是就在许贵的手伸进口袋的那一瞬间，顿时魂飞魄散：手机没了。

他的身份证是夹在手机壳子里的，手机没了，身份证也就跟着没了，赶紧回忆回想，一定是刚才在火车上看手机，得知自己是杀人犯的消息后，慌了手脚，小偷乘虚而入，偷走了他的手机，偷走了他的一切。

怎么不是一切，现在在社会上行走，没有手机，没有身份证，你还能怎么走？

怎么不是一切呢。

许贵的一切，跟着火车远去了。

可是，此时此刻的许贵，要的不就是这个结果吗，如果现在手机还跟着他，哪怕他关了机，也是可以定位的，更何况，如果他不开机，那手机就是个屁，什么用也没有。还有身份证也一样，就算身份证还在身上，他也不能再拿出来使用，他被公安机关通缉了，到处联网，只要身份一出来，他立刻就自投罗网了。他不能让任何人知道他的身份。

现在他完全没有这样的顾虑了，他的身份证，被别人偷去了，而且，随着火车越走越远，他的身份也就离他越来越远了。

所以，许贵甚至在怀疑，手机真是小偷偷走的吗？这小偷怎么如此了解他的心情和愿望呢？会不会是他自己把手机和身份证留在火车上，自己光着身子下车了呢？

无论手机是怎么离开他的，许贵从一开始的惊慌失措，到后来简直乐不可支了，他忍不住笑出声来。

这一笑，才回到了真实的自己，才感觉饿了，才想起几顿没吃了。昨晚本来想在对象家蹭一顿饭的，哪怕是前对象，蹭顿饭问题不大，哪知道人家的新对象在和老丈人喝酒，他脸皮再厚，也凑不上去，何况，王爸根本没有要邀请他吃饭的意思。没想到这一下就到了第二天的中午，从火车上狼狈逃窜下来，左突右闪，一下子又到了下午，肚子饿得咕咕叫了，赶紧找一家小店进去要了一碗面，一边吃，一边四处张望，活像个逃犯。

也好在大家都关心着要过年了，没有人在意他。

填饱了肚子，心思并没有能安定一点，一边往外走，一边胡乱想着该怎么走下一步棋，又在心里"呸"了一声自己，还下棋呢，天罗地网都在前面等着呢。

走出饭店，下意识地往路边的电线杆上看看，看过后才知道，现在不比从前了，那些乱七八糟的牛皮癣小广告，早就看不见了，治理得挺好，杜绝了一些违法犯罪的渠道，却也堵住了他自己的活路。

许贵差不多就要绝望了，虽然身份证离开了他，但他还是许贵呀，这个事实无法改变，自己怎么能够逃离自己呢，所以恐怕怎样走都是个死棋，如果对象真是他杀的，无论他能不能想起来，警察总归能够抓到他的；如果是个误会，王小丽的死跟他无关，不是他杀的，那就更不能被抓，虽然听说现在屈打成招的事越来越少了，但是谁敢保证呢，他又没有进去过，不知道里边是啥样，不敢冒险。

所以他得先在外面混一阵，等自己把事情想起来了、想清楚了、想准确了，才能走出下一步。

许贵逐渐想清楚了，有了身份会被抓，没有身份寸步难行，所以，他需要搞一张假的身份证，给自己一个新的身份。

虽然电线杆上和墙角都没了办假证广告，但是许贵相信，生意还是会有的，只要有需求，就会有生意，只是生意做得更隐蔽而已。

尤其是在火车站一带，人员复杂，什么样的人都有，什么样的需求都有，所以，各种各样的办法也一定都在那里等着。

许贵这么想着，重新往火车站走来，他先找了一个地方，觉得这个地方既不太引人注目，又方便被某人盯上。

似乎老天有眼，要帮助他，才站了一小会，果然就有某人上来搭讪了，直奔主题说，兄弟，办证？

这些人，都练出了火眼金睛，所以许贵难免有点担心，他们的火眼金睛，会不会直接就看出他的杀人嫌疑身份。

许贵做贼心虚了，不打自招地解释说，大哥，我的身份证，在火车上被偷了。

那大哥笑道，你怎么丢的我才不管——他不怀好意地指了指许贵的口袋，又说，就算你的身份证就在那里，也不关我事，我收钱办证，一手交钱，一手交证，别说你办一张，你办一百张，世界上有一百个你，我才高兴，我们才有饭吃呢。

许贵心虚，又多嘴，说，你不怕我是违法犯罪的吗？

那大哥仍然是笑，说，哟，这位老弟，那你觉得我干的这是合法生意啊？要不，你是在挖苦我啰。

被他这么一调侃，许贵语塞了。

这人也是嘴贱，又啰唆道，本来就是违法的勾当，你违没违法，我们就不多管闲事了。

于是许贵去车站的自动照相处，拍了张照片，取出来交给大哥，大哥接了一看，又笑说，哈，天生就是个杀人犯的脸。

收钱的时候，许贵给的是现金，这大哥又多嘴说，哟，兄弟你是有备而来的，现在的人出门，一般不带现金啦，都是刷手机的。

许贵支吾了一下，没有回答，心里则是暗自庆幸，幸好碰上过年，他特意去取了点现金，回村子里准备给小孩子发压岁钱的，没想到钱取了红包还没来得及买，就出事了。

这大哥其实也不需要他的回答，只收了钱，带了照片，说，叫什么名字？

许贵说，我叫许贵。

这回大哥憋不住笑了，笑说，啊哈哈，你叫许贵啊，你办个假证你还叫许贵啊——他指了指许贵的口袋，又说，那和你的那张不是一样了吗？你这是招警察呢，还是招绑匪呀？

许贵这才反应过来，吓了一跳，说，不是不是，不叫许贵，许贵是我的中学同学——

大哥开始有些嫌弃他了，说，废话好多，你叫不叫许贵我才不管，问你现在要叫个什么名字？

许贵需要想出个假名字来证实他的身份，可他挠着头想了半天，脑袋里全是许贵，就想不出个别的名字。

大哥有的是办法，说，想不出来？要不我给你想一个名字，加一百块。

一边就从口袋里掏出一沓东西，许贵一看，竟是好多身份证，大哥潇洒地从中抽了一张，朝许贵扬了扬说，就叫这个吧。

许贵凑近了一看，名字是张百万，他停顿了一下，犹豫着说，啊，张百万——见那大哥不耐烦，赶紧认了，说，好好，这个名字好，就张百万。

大哥说，看你个榆木脑袋，也别再造假地址什么的了，就按这张身份证帮你造一张吧。

许贵知道身份也是一门生意，有人专偷别人的身份证卖钱，也有人专做假证赚钱，总之本来一个人只能有一个身份，都是一一对上号的，现在全搞乱了，怎样才能在乱中不出差错，许贵得小心着点。他现在可不是一般人，不是弄张假的去乘车住宿之类，他是有杀人嫌疑的人，虽然真的身份已经远去了，没人知道他是谁了，但是不能因为办个假身份反而暴露了真身份，许贵小心翼翼问大哥，你这身份证也是假的吧，用一张假的再造一张假的，假上加假，能行吗？

大哥说，这你就外行了，这个张百万是真的，不过你放心，从此以后，你就是真正的张百万了，保证这个真的张百万在人世间不会和你撞见。

许贵反应过来了，说，这个张百万，死了？

大哥嘴再贱，也知道自己说得有点多了，他不再向许贵透露任何信息，指了指墙角说，你在这里等我，一会就造出来了。他看了许贵一眼，知道许贵心里怎么想的，干脆就替他说了，你不放心，你在想，我拿走了你的钱，万一我一去不回怎么办？是吧？

许贵说，我能跟你去吗？

大哥说，不行，你只能在这里等我，你就算知道我一去不回，你也没有办法，对不对？他看许贵着急，似乎有些不忍了，又说，所以你没有别的办法，你只有相信我。

许贵知道大哥说得在理，大哥走后，许贵就开始念叨自己的新名字，张百万，张百万。然后又想，这个张百万，死了，身份证没有注销，大哥他们是从哪里搞来他的身份证呢？再想，这也并不难，现在各个地方，都有许许多多从其他地方来的人，谁也不知道谁是谁，活着的时候有身份证证明，死的时候，如果身边没有亲人，没有熟人，甚至亲人熟人都不知道他死了，这个尸体就是个陌生的尸体，那他的身份证，也无人会关心，很可能被大哥这样的人拿走派上用场了。

想到从此以后，自己就是死去的张百万，许贵心里不由觉得有些不妥，他在心里对张百万说，对不住了，我只是借你的名字暂时用一用，我总归是要有个结论的，等我有了结论，我就做回许贵，你就是真正的死了的张百万了，但是在结论出来之前，我只能是活着的你了。

真所谓行有行规，大哥是守信用的，过了不多久，就返回了，张百万的新身份证办好了，交到许贵手里，说，这下你可以放心了，就算有人按身份证查你的出处，也查不出问题，你这张身份证，百分之百真实。

许贵谢过大哥，大哥也朝他挥挥手，就此别过。许贵往前走了几步，就听到有人喊，张百万，张百万。

回头一看，是大哥。

大哥笑着说，适应蛮快哦，张百万。

名叫张百万的许贵看着大哥的身影消失在人群中，他手里紧紧捏着新的身份证，如同捏着自己的性命，一直六神无主的他，现在似乎有主了。

他暂时不用再为自己是许贵而张皇逃窜了，但是他很清楚，接下来他所做的一切，都是要做回许贵。

他用新的身份证去办了一个新手机，新手机办好后拿在手里，却没有了往日摸到手机的那种踏实感，因为这个新手机，虽然是智能手机，却十分无能，刷卡倒是可以刷了，可是刷什么呢，里边分文没有。

尽管除了兜里所剩无几的现金，其他的开销，都要他靠自己挣出来，但是许贵明白，最重要更重要的，不是钱的事情，是他要做回许贵。

他要做回的许贵，不是杀人犯许贵，而是普通青年许贵，那就必须还事情本来的面目，如果本来的面目他就是杀人犯，那他就做不回许贵了。

许贵直接去了医院，挂号的时候才发现这里的医院很赶潮流，已经取消了人工挂号，全都是自己在机器上操作，有的老人不会搞，也有人过来帮助指导，这个挺好。

许贵把张百万的身份证放上去，管用，点开"挂号"，就跳出各科的名称，许贵愣了一下，不知道自己要看的到底是什么病，别人说他杀了人，他自己不记得，算是失忆吧，如果是失忆，又该挂哪个科呢。

许贵到询问台那儿去询问，却又不知该怎么询问，有些犹豫，咨询处的工作人员态度好，主动问他，这位先生，你有什么需要帮助的？

许贵尴尬地说，我，我问一问挂什么科。

工作人员说，你哪里不舒服？

许贵说，我，我好像失忆了。

这个工作人员和另一个工作人员交换了一下眼神，又问，你失忆，你什么事情记不得了？

许贵脱口说，我记不得我有没有杀——

一个"杀"字刚出口，吓得他顿时清醒过来，赶紧改口说，我记不得我有没有啥事忘记了。

两个工作人员再次交换眼神，说，那你挂精神科吧。

许贵听了，犹豫了一下，说，你们可能误会了，我，我不是精神——

工作人员笑道，精神科不仅仅是通常你们理解的看精神分裂，就是疯子那种，精神科的分类很多的，包括记忆问题，你说的失忆，也可以去看看。

许贵挂了精神科的号，等到坐到医生面前，他的心就又慌了，在肚皮里骂自己"做贼心虚"，又立刻大感冤枉，还不知道自己是什么人呢，就先骂自己是贼。真蠢。

医生不说话，眼睛盯住他，等他开口，他就不得不开口，支支吾吾道，医生，医生，我好像失忆了。

医生笑了笑，从电脑上看了看他的挂号单，说，张百万，是吧？那你说说，你忘记了什么？

许贵说，医生，我忘记的事情，太大了，我能不能不说我忘记了什么？

医生说，你不说你忘记了什么，我无法进行诊断——医生注意到许贵为难的样子，又动员他说，不把自己的病情说清楚，医生是无从下手的。精神类的问题，不比身体的其他器官，五脏六腑，那都可以用机器照出来，精神的问题，没有机器可以照，只有病人自己知道，医生呢，也只有根据病人准确的自述，才有分析的基础，你听懂了没有？

许贵听懂了，他点了点头，但还是担心，他犹豫说，可是，可是，我的这个事情比较、比较——

医生一副"我见多了"的神情，点头说，我知道，可能涉及你的隐私，这个你放心，我们会替你保密的，再说了，今天你是一个人来的，我这里也没有实习生，除了我，没有人会听到你的事情——

许贵最终相信了医生，鼓足勇气说，医生，我忘记了一件大事，我不记得我有没有杀人，可是他们说我杀了人。

医生分明吓了一跳，虽然他强作镇定，可他的眼睛定定的，像个发病的病人了，他的手一下子伸进白大褂的兜里，一把拿出了手机，可是一看到许贵正死死地盯着他，医生没敢打手机，又塞回了口袋，支吾了一下说，张百万，你稍等一等，你的这个情况，我也、我也没有碰到过，我去请位专家来一起会诊——起身急急地走了出去。

许贵起先还没有什么反应，但后来很快回想到医生匆忙逃离的背影，就感觉不对，赶紧站起来走到诊室门口，探头朝外一看，走廊尽头，果然已经有个穿保安服的人守在那里了。

医生肯定是去报警了，许贵不能在这里束手就擒，他慌慌张张四处张望，看到墙上挂着的白大褂，赶紧穿上，冒充医生，逃了出去。

在下行的自动电梯上，许贵看到对面上行的电梯上，医生正带着几个人往上赶，不过那几个人并不是警察，而是医院的工作人员，手里拿着捆人的绑带，许贵心想，医生不相信我说的话，他以为我是个疯子。

许贵知道，不能因为有一次危险的经历，就不再看病，那样他就永远也做不回许贵了，他得为下一次的就医做准备。可是身上现金告急，马上就要饿肚子了，于是看病就成了二等大事，头等大事调整为干活。

许贵去了劳务市场，看看有没有活干，有个胖子在主事，听到许贵问有没有活，胖子说，人家都是天不亮就来了，你倒好，是睡过午觉来的吧，会享福。

许贵说谎说，不是不是，我一大早就来了，招去乡下拆旧厂房，被骗了，说是捡捡碎砖什么的，结果到那里一看，是要拆人家的违章建筑，人家锄头斧头全套武器等着呢，那不是送死吗？

胖子"嘿嘿"一声，说，你倒拎得清。

许贵继续撒谎说，拎得清有什么用，路好远的，去的时候是送我们的，我不干了回来可是自己掏钱打的车，一分钱没赚着，还赔了车钱。

胖子道，那你今天还没有进账呢吧，你们这种人，赤脚地皮光，做一天吃一天——你小子，运气不错，今天下午还真有一档活。

说着手一伸，问许贵要身份证看，许贵递上，胖子看了一眼，说，你叫张百万？

许贵点头，是，我是张百万。

胖子又看了看他的脸，又把身份证再翻来覆去看，不怀好意地说，你这身份证，假的吧？

许贵曾经受过做假证大哥的提醒，早有思想准备，坦然地说，你凭什么说是假的，你看这照片，你再看看我的脸，不是一模一样的吗，你要是不相信，你可以去查实的，现在都联网，一查就能查到。

那胖子笑了，说，逗你玩的，我才犯不着去查你的身份，我又不是警察，只不过招个小工，搬运水泥黄沙而已，真的假的都无所谓，也没有什么秘密怕你知道，更没有什么宝贝怕你偷去——他见许贵还要解释什么，反而嫌他烦了，摆了摆手说，行了行了，跟你说过了，真的假的都无所谓，只要你干得了这活，真的假的没关系。

许贵干了几天活，攒了点钱，开始了他的第二次求医之行，他吸取了上次的教训，任由医生怎么哄他，骗他，诱导他，让他说出事实，他反正打死也不说，只是咬定，就是有一件大事，我忘记了，失忆了，他甚至还能反过来责问医生，我要是想起来那件事，那我就不失忆了，我就不用来看医生了。

医生自然有医生的办法，说，那这样的话，我先开点药你回去吃吃看。

许贵问有没有用，医生狡黠地笑笑说，试试吧，不过也许不是对症下药的，因为我对不了你的症。

分明又是在引诱他，许贵可以咬紧牙关，却又担心真的不能对症下药，岂不是白看病白吃药，问医生什么时候再来复诊，医生说，那也吃不准，也许需要吃很长时间的药，你的情况，自己都不清楚，只能走一步看一步了。

许贵说，如果我说出来，是不是就能对症下药了？

医生说，你说说看呢。

许贵说，那我就说了，我说的是找对象的事情，我以前找了一个对象，可是后来我又找了一个对象，而且没有告诉第一个对象，第一个对象知道了，她很生气，一直跟我搅，纠缠不放，要让我给她赔很多钱，说是青春赔偿，又是精神损失什么的，我不给她，她和她的家人就一直住在我家，吃在我家，不走，别人还都对我指指戳戳，说我做人不讲道德——

医生点了点头，说，你这样做，确实有点问题——

许贵说，可是，可是，我要说的是，这根本不是我做的事情，我根本就不记得我前面谈过一个对象，我一直以为我现在的对象是我的初恋，医生，大家都说我谈过第一个对象，我却不记得，那是不是我失忆了——

这是许贵事先准备好的，晚上睡觉的时候，都背过，所以讲述的时候很连贯，没有破绽，甚至都没有停顿，甚至还有真实生动的细节。

医生听明白了，笑眯眯地说，哦，背得很顺溜，很动情，绘声绘色。

医生知道他是说谎，但不知道他想干什么，过去经常有人编个谎言，来混个病假证明什么的，现在已经很少见了，要不，就是这个病人真的有病？

可是，这算是什么病呢，医生从医多年，也没见过这样的病例，失忆病人也是不少的，大多容易遗忘、思维混乱，没有见过他这样的逻辑性强、思维清晰、表达准确的表现和症状。

医生再试探他一下，说，张百万，你不是张百万吧？

许贵始终高度警觉，立刻回答，医生，我就是张百万。

医生又换了一招，皱着眉头说，你这个状况，症状不典型，有可能是大脑隐秘病变，要不要做个脑部 CT 检查一下。

许贵说，脑部 CT，能看到什么？

医生笑道，看看你脑子里到底在想什么吧。

许贵吓了一跳，急得说，上次那个医生骗我，说脑子里想什么，照不出来的。

这个医生说，那也可能的，也可能是我在骗你哦，现在都说我们过度检查，我只是建议，查不查你自己定。

许贵没有做 CT，想要做的话，他还得再干一阵活才能交得出检查费，好在现在许贵并没有身份焦虑，也不怕警察如天兵天将突然出现在面前，他一边坦然地做着张百万，一边挣钱，再找机会做回许贵。

许贵再到劳务市场的时候，胖子换了眼镜，眼镜比胖子苛刻，眼镜片后面的那双眼睛，虽然近视，却十分阴险尖利，他给许贵介绍到外资企业做运输工，说外资企业招工要求严格，要核对身份证。

眼镜拿走了许贵的张百万身份证，许贵并不担心，他做张百万已经有一阵了，什么麻烦也没有。

过了一会，眼镜返回来了，说，张百万，不对呀，你不是已经死了吗？

见许贵吓一跳，眼镜倒笑了起来，说，死人张百万，你要感谢我哦，看起来你在外面混得不咋的，一直不回家，好多年也不和家里联系？

许贵赶紧顺杆子爬，连连点头说，是的是的，主要是我没混出个人样，没脸回家。

那眼镜说，他们真的以为你死了，说得有鼻子有眼，还说有人看见你死了，刚才我去核查，他们才知道你没死，骂死你了。

许贵一听"有人看见你死了"心里一阵紧张，赶紧说谎弥补，哪里看见我死了，才不是，因为我好多年没有和他们联系，他们生了我的气，就去法院申请说我死了，你知道的，两年没有音信，就可以申请死亡了。

那眼镜说，行啦行啦，既然没死，就干活吧，不干活，你真的要死，饿死、穷死。

许贵再次攒够了看病的钱，他第三次去了医院，他又胡编了一个事件，这回轮到他的父亲了，是父亲死没死的事情，说父亲明明前几年去世了，当时他在外地打工，收到家里信息，还回家奔丧了，但是他却忘记了这件事，忘记了父亲已经去世，最近回家时，没有看到父亲，就盯着母亲问父亲到哪里去了，母亲就哭了，她不是哭许贵父亲的死，她是哭许贵病了。

我失忆了。

医生听了许贵的诉说，又看了看他的眼睛，医生说，张百万，你看上去很焦虑。

许贵说，是呀是呀，我忘记了这么大的事情，我肯定是病了，医生，我这是得了什么病？

医生说，是精神方面的疾病，你有妄想——

许贵说，不对不对，医生，我没有妄想，我是失忆，是想不起来，没有妄想。

医生说，精神疾病的症状，较少单一发病的，多半是妄想、失忆、恐惧、忧郁、强迫等症状合一的，就说你的妄想吧，你刚才在叙述你父亲到底死没死的事件时，你的眼睛告诉我，你的思维已经走到云里雾里了，你说话的时候完全言不由衷，你自己都不知道，你的嘴角边，全是白沫——

许贵下意识地抹了一下嘴角，果然有一堆白色的分泌物，许贵说，有白沫，就是妄想症吗？

医生说，你看看你问的问题，你是小学生吗？

许贵赶紧说，我高中毕业。

坐在医生对面的那个实习生，起先一直在认真听讲学习，这会儿实在忍不住，"扑哧"一声笑了，医生也忍俊不禁，说，张百万，你别搞笑了，你这病，要治疗的，可以试试经颅磁刺激仪治疗——他看到许贵眼神疑惑，又耐心解释说，就是一种治疗的仪器，小孩子都能用，没危险的，每天做 30 分钟，你可以预约了时间每天到医院来做，也可以自己去买一台在家里做。

许贵心里酸酸的，想，家里？我哪有家里，我还不知道自己是谁，哪里知道家在哪里。

医生见他沉默，又说，这个治疗仪器，价格相差比较大，价格低一点的，万把块，贵的十万八万都有，你还是考虑来医院做？

许贵要打工挣钱，不可能每天定时到医院做治疗，但是他又不能不治病，不治病的话，他就永远做不回许贵了。

许贵左右为难，又犹豫着问医生，医生，你说的那个什么仪，治疗了就都能想起来吗？

医生可不敢保证，医生说，那不一定，但是，不治疗你肯定想不起来——医生收敛起笑意，神色也严肃起来，张百万，你别把自己的病当儿戏，发展下去，你可能连自己是谁都会忘记，会搞错，会彻底与你自己剥离，到那时候，你就不是张百万了。

许贵被吓着了，原以为只是忘记了什么事情，现在经医生这么一说，一解释，感觉自己病得厉害了，但是再转过去一想，医生说的是张百万可能不再是张百万，可是他并不是张百万呀，这么一想，又有些自得，脱口说，我本来就不是张百万，我是许贵，我记得我是许贵，医生，这说明我的病没那么严重是吧？

医生叹息了一声，心情沉重地说，看起来，你的病，比我想象的要严重得多，你已经妄想出另一个人来代替你了——你说的这个许贵，就是你妄想出来的。

许贵急了，差不多要赌咒发誓了，可惜许贵的身份证被偷了，要不然，他说不定就会拿出来证明自己是许贵了。

他越是急，医生越是知道有问题而且问题严重，医生认真负责，开始探询他得病的根因：

你是不是小时候遭遇过什么意外？

你在外面打工受欺负吗？

你恋爱一直不顺利是吧？

你家庭有大的变故是吧？

什么什么什么。

见许贵一概否认，医生也有点着急了，说，你别说这也没有，那也没有，妄想症肯定是有原因的，暂时你记不起来，慢慢想，你要治疗，而且，要住院治疗。

许贵吓了一跳，问道，要住院？住什么院？

医生说，精神病院呀，你还想住什么医院。

许贵站起来就逃，到门口，听到实习生在问医生，要不要追他，医生说，不用，爱看不看，有病不治，是他自己的事。

许贵逃走了。

虽然医生说不会追他，但许贵还是害怕，他一口气跑出了医院，又跑过几条街巷，终于把医院和医生甩在远远的地方了，刚想喘口气，突然有人在背后用劲拍他的肩，大喝一声：你站住！

许贵吓得一哆嗦，回头一看，一个陌生男人，正站在他的身后冲他傻笑呢。

许贵抚摸着被打疼的肩，说，你谁呀，下手这么重。

那陌生人说，呀，我是你姐夫哎——

许贵觉得莫名其妙，皱眉思索，哪的姐夫。

那"姐夫"又说，嘿，小舅子，你发达了吧，你富贵了吧，不想认了啊？

从医院逃出来的许贵，已经逃回到许贵了，许贵正色地说，对不起，你认错人了，我是家里的独子，没有姐姐，哪来的姐夫？

那"姐夫"说，百万，你别再演戏了，都被我找到了、戳穿了，你再演就没意思了。

"姐夫"一声"百万"，又把许贵叫回了张百万，他定了定神，要想办法怎么摆脱"姐夫"，看起来，"姐夫"是认定他这个小舅子了，一味否认恐怕过不了关，他已经感觉自己搞不过这个执拗的"姐夫"。

想了一想，许贵问道，那姐夫我问问你，这城市这么大，你怎么知道我在这里？

"姐夫"说，你还问我呢，找你找得好苦——好几年了，家里都以为你死了，你们村里那个死东西烂菜花，一张烂嘴，还说亲眼看到你死了的，在火葬场烧了。个狗女人，她看见了她也不把你的骨灰盒抱回来，纯粹瞎说，但是我们一直找也找不到你人呀，后来就给你申请了死亡，爹妈伤心呀，你这么多年不和家里联系，连死也不告诉家里一声，没多久两老就先后走了。可是前不久，有人居然打电话到村里找你，问你的情况，说你还活着，还在这地方干活，你姐就让我出来找你，我先找到介绍你工作的那个眼镜，眼镜说，你不会固定在某一个地方干活，打一枪换一个地方——小舅子，你干吗要这样？你犯事了吗？

许贵给自己鼓气说，我犯什么事，我张百万，什么事也没有。

他说得理直气壮，因为这是真话，张百万除了死亡，还真没犯什么事。

"姐夫"继续汇报说，我承认我是跟踪你的，不过要想跟踪你也不容易，因为我根本不知道哪个是你，你想想，我和你姐结婚的时候，你才十岁吧，然后到了十七岁你就离家了，这一下子，我们又有十年没见了吧，你让我怎么到人群中认出你从十岁到二十七岁的你，所以一开始我真的不知道哪个是你，后来听到他们喊你张百万，你答应了，我才认定这个人是你了。不过第一次我也没有上前相认，我偷拍了你的照片，我有点脸盲，我是怕再见到时又认不出了，而且我发现你们这里干活的人，长得都差不多，为了确认是你，我还把你的照片发回去给你姐看，你姐看了说应该就是，我才敢来拍你肩膀，否则要是认错人，也难为情的。

许贵就奇怪了，这陌生的"姐夫"居然偷拍了他的照片给他"姐姐"看，姐姐偏又认出来他就是张百万，难道他许贵使用了张百万的身份，脸也变成了张百万？

"姐夫"见许贵还在蒙着，拉了他就走，许贵说，干吗干吗，你拉我到哪里去？

"姐夫"说，咦，回家呀，你都多少年不回家了，你一点也不想家吗？

许贵撇了撇嘴说，不想。

"姐夫"以为小舅子见到亲人会感动得热泪盈眶，哪知这小舅子是个狼心狗肺，"姐夫"脾气好，压抑了对小舅子的不满，继续劝说，不管怎么样，既然找到了，总得回去看一眼吧，再说了，你不想家，就算是为了你姐吧，你也回去走一趟，人家都欺负你姐娘家没人了，你回去，他们就知道你姐娘家还有人。

"姐夫"的劝说，让许贵越听越觉得跟人家关系亲切，张百万的家乡和他许贵的家乡，虽然离得很远，但是许多风俗习惯还真是很像的，难道天下农村都是一家？

"姐夫"见许贵犹豫，使出了最后一招：给钱。

许贵心想，你早点用这招，我早跟你走了。有钱，还有什么办不到的，哼哼。

就这样许贵跟着张百万的"姐夫"回到了张百万的家乡，受到了乡亲们热烈的关注，大家都来看这个死去又活来的张百万，纷纷点赞说，唉，命真大，都进了火葬场，又回来了。

说，嘿嘿，百万百万，不挣个百万回来，哪能就挂掉了呢。

也有不大相信的，说，咦，烂菜花不是说看见烧掉了吗，烧掉了怎么还会拼出个人形来呢？

乡下人的思维，真是无奇不有。

许贵一概朝他们微笑，不予回答，言多必失，他还不知道

"姐夫"要他回来到底是什么意思呢，还是且行且小心吧。

乡亲们把许贵看了又看，又开始研究他的相貌。

说，胖多了。

说，我怎么觉得是瘦了呢。

说，个子长高了。

说，废话，他离家的时候，才十几岁吧，男长三十呢。

说，可是，脸也变了哎，圆脸变成了长脸。

说，那就是在外面受苦受累受的吧。

说，是呀是呀，百万和我家老二同年，今年还不到三十呢，怎么这么老相？

一直到黑夜来临众人意犹未尽散去，"姐夫"和"姐姐"才向许贵说出了请他回来的原因，是家里的宅基地，父母去世，女儿外嫁而且户口早已迁出本村，即便可以继承，也只能继承父母的老屋，宅基地的使用权不能继承，何况，可以继承的那个又破又旧的老屋，再怎么破旧哪怕坍塌，也不能再改建翻建重建。

所以，他们一听说张百万还活着，"姐夫"立刻出来找他了。

"姐夫"动作好快，他告诉许贵，一切手续他们都打听好了，先向法院申请，撤销死亡宣告，然后重新办理户籍登记。

事情太圆满了，许贵感觉是"姐姐"和"姐夫"画了一个圆圈，让他钻进去呢，不免有点担心，房子的事情，宅基地的事情，那可是大事，虽然目前张百万家的村子，还没有征用土地的消息，但是如今日行千里的速度，什么事情都是说来就来的，一旦村里土地要征用，这宅基地就等于是张家的金矿呀。

可是，再想想，人家要把金矿给你，还不先把你查个底朝天，何况你还是个从火葬场爬回来的张百万。

许贵小心试探说，姐姐，你真的认出我是你弟弟吗？

"姐姐"说，哎哟，要是没有你姐夫发回来的你的照片，我还真难说，我印象中，还是你十岁时的样子呢。

"姐夫"赶紧说，都怪我，我家那时穷，你姐嫁过去，就一直忙着，都很少回娘家看看，等到后来家境好些了，回娘家时，你已经外出打工了。

许贵见一次试探不成，再来一次，说，假如，假如我不是张百万呢？

"姐姐"脾气比"姐夫"丑，一听就急了，说，百万你开什么玩笑，你死去活来，折腾我们好多年，现在好不容易都走到这一步了，你人都回来了，又想玩什么花招？

"姐夫"则笑眯眯温和地说服他，小舅子，你想想，就算你忘记了什么，就算你觉得从前你不是张百万，但是我们不需要从前，只需要今天，今天，现在，你不就是张百万了吗，你看，你的身份证是张百万，你的手机是张百万，你的银行卡是张百万，关键是你的照片是张百万，更关键是你的照片和你的脸一模一样，所以，除了张百万，你难道还会是别人？

许贵张嘴想说什么，却突然哑巴了，张着的嘴不动了，不说了，因为他受到了"姐姐"和"姐夫"的启发，一下子想明白了许多事情。

从家里逃出来以后，他一心只想做回许贵，所有的努力，所有的挣扎，都是为了做回许贵。

可是现在回头想想，这个想法，是多么不靠谱，多么难以实现。他想做回许贵，并不是对许贵的人生有多留恋，对象离他而去，父母已经又老又穷，都已经快不认得、不记得他了，这样的人生，有什么可留恋的。

更何况，要做回许贵，就要摆脱掉杀人的嫌疑，凭他一己之力，太难了。数次去医院看病的经历，也给了他深刻的教训，他们不是把他当成精神病，就是根本不相信他说的话，他无法从医疗的角度还自己一个清白，更无法从其他任何角度证明自己是没有杀人的许贵。

现在作为张百万的人生的继续，似乎要比许贵强一点，至少有陌生的"姐姐"和"姐夫"关心他。如果宅基地的事情搞定，那他就是一个隐形的未来的富翁了，虽然不见得真会有"百万"，但是至少可以摆脱现在干一天吃一天饭还担惊受怕的窘迫日子了。

好吧好吧，许贵说，我不跟你们闹了，我是张百万。

B面：

警方知道碰上对手了。

这个许贵，无疑是个厉害角色，每次都比警方快一步，警察出警时，他和警察擦肩而过；警察侦查时，他在火车上和旅客一起谈论凶杀案；等到乘警开始查人了，他已经下车了。

而且，没有留下任何痕迹，根本查不到他是从哪一站下的车。长途直快火车，虽然购票要用身份证，但是出站是可以走人工通道的，警方追不上他。

手机关了，身份证也不使用，警察耐心地等待他的动静，几天以后，终于捕捉到了许贵的信息，因为许贵使用手机了。

那个时候，他人已经在广州了。

接下来的工作就顺利展开了，先和广州警方通气，争取到支援，提前布控，等到这边警察赶到，简直就是手到擒来，一举抓获。

但是抓到的这个人说自己不是许贵，他也确实不是许贵，他有自己的身份证，有自己的真实身份，关于许贵的手机和身份证，他说是在火车上捡到的，当时还问了问其他旅客，没有人认领，他就拿着用了。

多方证实，他没有说谎。

最后还有指纹和鞋印核对，终于彻底排除。

他不是许贵。

与此同时，许贵也彻底脱靶了。

侦查追捕追入死胡同了，许贵丢了手机和身份证，从此以后，不要说警察，世间任何人，都不知道许贵叫什么，不知道他在哪里，不知道他在干什么。

警方不能坐等案破，唯一的办法，只能重新来过，虽然是笨办法，但除此也没有聪明的办法。

再从头开始。

先到王小丽家，再把贵强一起请来，但是又不让翁婿两个面对面，一人一间屋，分开问情况，也许是想再给点压力。

可是压力对他们没有用，等于空气。

他们的叙述，和第一次分毫不差，无论是起先分开来说，还是后来又让他们凑在一起商量着说，都是那套说法，说法高度一致，完全没有分歧，也抓不住一丝丝破绽。

警察已经感觉问无可问了，最后拿出了许贵父母提供的许贵的照片，让他们再辨认一次。

这下分歧来了。

王爸说，这是许贵高中时的照片吧。

贵强看了一眼，却怀疑说，这是许贵吗？

警方立刻抓住要点追问，你觉得他不是许贵吗？

贵强立刻犹豫了，犹豫着说，好像，好像许贵的嘴没这么大——

你凭什么这样说，你有证据吗？

没有。

你有许贵的照片吗？

没有。

那你有什么？

我有印象。

印象不能作数的。

那我什么也没有。

王爸又接过去仔细看了看，说，还是他，嘴大是因为他在笑，笑成这样，嘴自然会显得大。

贵强也不再坚持了，说，好吧，那就算是吧。

警察对他们的说话方式是有反感的，但反感又能怎样，毕竟他们是受害者家属，本来已经遭受很大打击，伤心欲绝了，还要反复地被追问，不断地看到被怀疑的脸色和眼神，也够难为他们。

接着就是许贵家。这次警察更加有备而来，知道两老眼睛都不好，他们带了好几副眼镜，有老花，有散光，还有变光镜。

尽管如此，警察还是掉了个花腔，拿出另外一张照片，只是和许贵父母前次提供的照片有几分相像。

警察说，想请你们再看一下，上次你们提供的许贵的照片，是这张吧？

许贵的父亲接过去，和母亲一起看，看后他们互相问了问。

是吗？

是的吧。

你说是的哦。

那你说呢？

应该是吧。

好像是吧。

他们好像是在商量答案，最后商量好了，统一了思想，他们一起点头称是。

警察说，你们找副眼镜戴上再看看。

两老听话，各自找了合适的眼镜戴上，再看，仍然说是。

警察很生气，但是对两老也不能怎么样，只能说，错啦，这不是你们给我的照片，这是另一个人，我们试试你们的眼神的，你们果然在瞎扯。

两老都不相信，一个说，呀，就是这张嘛，那天我拿给你的。

另一个说，不是这张，那是哪张？

警察这才拿出了他们上次提供的那张照片，两老又戴了眼镜仔细看，看了一会，先是父亲摇头否认，说，这张是我上次拿出来给你们的吗？不对吧，你们又搞我们吧，你们又换了另一张吧，这个不像我儿子呀。

可是到母亲那儿却有了不同意见，母亲说，怎么不是，这张对的，警察同志，他眼睛不行了，连儿子都不认得了，我认得，这是我儿子许贵。

父亲不服，又把照片拿过去，再看，看了半天，"哎呀"了一声说，我想起来了，这张照片，是许贵高中时的同学，叫个、叫个什么来着，好像姓李——

那老母亲接得快，说，李大宝。

父亲又赶紧解释说，警察同志，你们也不能完全信老太婆的，她老糊涂了。

母亲指了指照片说，不过，时间长了，也可能不是他了。

警察不仅一无所获，反而更加模糊了。

只是再模糊也得往前走，凶杀案如果停顿成积案，不仅会影响单位的工作成效，更无法向民众交代。

再下来就应该是许富生了，许富生已经外出干活了，只能给他打电话，许富生虽然接了电话，也许正在干活，有些不耐烦，说，怎么又来问啦，我跟你们说过几遍了，你们再问，也还是那几句话。

警察说，哪几句话？

其实许富生已经忘了上次是怎么说的，他想了想，说，是的是的，他说他要到镇上去办货，让我载他去。

警察说，上次你说他是要去王古站乘火车。

许富生说，哦，那就是乘火车，我记错了——对了，我想起来了，本来是说好给二十块的，结果他给了我三十块，说是谢谢我。

警察说，你上次不是说顺道载的他吗，怎么又变成收钱送人了？

许富生说，哦，那就是顺道载的，没有收钱。

电话里声音也不清晰，又得到这样的回答，警察心里是窝火的，他们窝着火又来到车站售票员这里，又问了同样的话，售票员说，我跟你们说过了，我不知道他这个许贵是不是我的初中同学许贵，再说了，他只是买了张火车票，我都没有仔细看他的脸。

警察奇怪说，既然你们都说到了初中同学，你为什么没有仔细看他？

售票员说，不为什么，我就是觉得他逆面冲，难看，我不要看，不可以吗？

当然可以。

然后乘客甲和乘客乙也有点奇怪，其中一个把警察的电话当成诈骗电话，说，你们已经骗过我一次，还得手了，怎么又来了，一点不讲道德？我报警了啊。他不仅骂了人，还真向警方举报了，接受举报的那个警方还真来查了，才发现是个乌龙。

另一个乘客则说，上次你们问过话，我回去看了一下车票，发现时间搞错了，我乘的是另一天的火车。

至于火车上的售货员，说是辞职走了，也没有留下联系方式，一时很难找到。

总之，这一轮的重新侦查，与案发时的第一次侦查，时间并没有过去多久，所得到的收获却相差甚大，不是似是而非的回答，就是莫名其妙的差错，这不由得让警察进行了反思，难道一开始的侦查方向就错了？难道不应该锁定如此清晰明确有着完整链条的嫌疑人？难道先前是他们带着主观臆测走进案件的吗？

如果错了，那不仅仅是锁错了嫌疑人，更是错过了破案的最佳时机。

正当警方一筹莫展的时候，却意外地传来了意外的消息，邻县警方在审讯一个惯偷犯时，此人交代出了杀害大树村王小丽的事实。

那个冬天的夜晚，他看到王小丽家的后窗居然没有关紧，就从窗户爬进去，打算偷个手机什么的，结果王小丽被惊醒，打斗中他掐死了王小丽，生怕旁边那个男的（许贵）及时醒来报警，他就没有逃亡的时间了，所以他把王小丽的尸体侧对着他（许贵）放好，看起来像是在熟睡。

事情的经过就是这样，对一个丧心病狂的罪犯来说，说出这一切，没有一点漏洞，也没有一点波动，就像在讲述一个别人的恋爱故事。

唯一让警方不解的是，他曾说王小丽是个力气很大的女人，他差一点就搞不定她，两人打斗了好一阵，他还记得，那张床在他们的打斗中不断地摇晃、震动，奇怪的是，那个男人，睡得跟头死猪似的，居然从头到尾都没有被惊醒。

除非他服用了安眠药，而且剂量不小呢。

至于真正的罪犯为什么没有留下痕迹，以致一开始就误导了警察的破案方向，那都是不难编写的故事，读者很容易就能脑补出来，在此不再赘述。

至此，大树村王小丽被杀案告破，许贵的通缉令撤销，许贵可以回家了。

三

A 面：

许贵已经忘记自己是许贵。

在往后的长长的日子里，有的时候，他的脑海里也会浮现出"许贵"来，他不知道这是怎么回事，他也和"姐夫"探讨过，

"姐夫"说，你说你看过医生，医生说你有妄想症，是不是？那个所谓的"许贵"，就是你妄想出来的吧。

许贵恍然大悟说，哦，原来如此，我说怎么经常会有个叫"许贵"的人来烦我呢。

许贵过着张百万的生活，比从前的许贵的日子要好过，他也很努力，他甚至还谈了对象。

有一次他看电视，无意中看到一档法治节目，讲的是一个警察破杀人案件的故事，起先警方锁定了一个叫许某的人，但是后来发现，最初收集的某些证据并不可靠，甚至连许某的相貌，都没能最后确认，误差较大，直到后来柳暗花明，真正的罪犯浮出水面，还了许某清白。

许贵看得津津有味，还津津有味地讲给别人听，他说，真的很好看哎，惊心动魄的哎，这个节目，有重播的，时间是明天下午三点，三套法治节目。他还神神秘秘地说，我知道，那个所谓的许某，其实是叫许贵。

不过他周边听他讲故事的人，并不像他这样有好奇心，许某也好，许贵也罢，他们都不认得，他们只关心自己的日子，不关心案件的故事，第二天下午三点，就算有空，他们也不会去看那个节目的。

后来许贵在张百万的家乡开了一个"百万辣子鸡"的网店，张百万家乡这个地方果树多，散养的鸡，每天吃到树上掉下来的各种果子，吃着吃着，鸡肉里就有了水果味，而且这个水果味，特别浓郁，因为长得太熟了果子才会掉下来，或者是风刮下来的，掉在地上很快就烂了，所以甚至有人还从烂果子鸡肉中吃出了酒香味，特别上瘾。

"百万辣子鸡"红了，订货的单子从全国四面八方飞来，甚至有人性急的，或者需求量大的，千里迢迢赶来提货。

这些人里，有一个叫许富生的。

许富生是和他的表哥一起来的，前些年许富生一直在外面跑生意，他早已经厌倦了这种奔波艰难的日子，近些时他正和表哥商议，想两人合伙开超市呢，可是超市已经很多了，怎么才能异军突起，他们到处学习取经，结果就被"百万辣子鸡"打动了。

现在他们在张百万家的村子里东看看西看看，他们十分感叹，同样是乡下，这里乡下的日子和自家乡下的日子不一样，新潮多了，他们商议着，如果开超市，那超市的生意经，一定要赶上浪潮，也要做网上的生意，更要创新，像"百万辣子鸡"这样。

他们又去看了那无数散养在地头的鸡，还有许多果树，后来走着走着，就走散了，表哥走到了辣子鸡的生产现场，那是一个大棚，一溜排开了好多口大锅，十分壮观，气味又辣又香，表哥打了个喷嚏，有点激动，就大声喊起来，许富生，许富生，你快过来看看。

那时许贵正在和"姐夫"盯着辣子鸡的加工，猛地听到身旁这个人在大喊"许富生"，许贵心里如同遭受了重重的一击，紧接着眼前一黑，差点栽倒，那时候他还完全没有明白过来，为什么"许富生"三个字会让他如此反常。

等他稳了稳精神，眼前竟然浮现出"许富生"的模样，就是那个倒霉的冬天的清晨，用摩托车捎带着他逃跑的那个许富生。

听到表哥大声喊，许富生立刻就奔过来，不过他并没有注意许贵和"姐夫"，他和表哥一样，被规模巨大的大锅辣子鸡惊到了，馋到了。

可是不行了，许贵一看到许富生的脸，像是触了电似的，脱口而出：许富生、许富生、许富生——连喊三声，喊声又长又尖，传出去老远。

许富生先是一愣，随即大喜，说，哎呀，哎呀，张老板，你认得我呀——他忽然发现这个张百万的脸和他认得的一个人很像，但一时又想不起来到底是谁，且相认说，张老板，我们是熟人哎。

他表哥更激动，直接就嚷嚷说，许富生，好你个许富生，原来你早就认得张百万，你不告诉我，你想干吗，不是说好我们两个联手的吗？

许贵的妄想症又发作了，这回发得厉害了，不像往常那样只在自己的脑海里发一下，而是有了具体的对象，所以看起来更加真实了，他一手拉住许富生，一手指着自己的鼻子，大声说，许富生，你看看，你仔细看看，我，是我呀！

许富生兴奋地握住许贵的手说，我知道，我知道，我知道是你。

还是"姐夫"有心眼，他心知是张百万的妄想症让他认错了人，却担心这个被认出来的"故人"会乘机揩油占便宜，所以赶紧上前说，百万，百万，这位先生，就是老远赶来买鸡的，你就别瞎认什么陌生人了。

许贵说，姐夫，他不是什么陌生人，他和我是同一个村的，他叫许富生——对了，我想起来了，我们村上的人，都姓许哎！

"姐夫"说，可是百万啊，你姓张，你不姓许。

许贵撇开姐夫，拉着许富生说，许富生，许富生，你难道得了健忘症，还是失忆了，你真的忘记啦，那一年冬天，快过年了，我从家里出来去赶火车，时间有点紧了，怕赶不上，是你用摩托车带我到镇上的，你还说了什么什么什么——

许富生记得，他说，是呀，我记得那事。

许贵高兴地说，许富生，你终于想起来了是吧，那个人就是我呀。

许富生觉得莫名其妙，挠了挠脑袋，又想了想，还是不解，说，怎么是你呢，我记得那是许贵呀。

许贵一拍巴掌说，我就是许贵呀。

许富生更奇怪了，说，你怎么会是许贵呢，你不是张百万吗？你是大名鼎鼎的张百万，"百万辣子鸡"的百万——他怎么想也觉得不对头，又说，你要是许贵，我们还用得着这么远跑来——他啰唆了半天，发现大多都是废话，最后才猛然想起了一个不容置辩的铁的事实，不对不对，许贵家里，明明有一个许贵在呀。

许富生的一根筋思维模式，急坏了表哥，表哥把他拉到一边，如此这般交代一番，许富生再回到许贵面前时，检讨说，许贵，对不起，对不起，是我错了，你出去的这些年，我遭遇了一些事情，后来得了失忆症，是医生说的——

许贵激动地打断他说：医生是不是还说，失忆和妄想是连在一起的吧？

许富生说，是的是的，刚才我妄想出你家里还有一个许贵。

B面：

许贵一直没有回家。他的父母亲虽然老了，糊涂了，好像不知道许贵已经失踪几年了，他们有的时候甚至会把村里其他人喊成许贵，当成他们的儿子。

连父母亲都不再在乎的一个人，别人就更不会咸吃萝卜淡操心了，没有谁会关心许贵的去向和死活。至于王爸和贵强，起先肯定是视许贵为仇敌，后来虽然知道不是许贵干的，却不知为什么，总是放不下对许贵的计较，好像王小丽的死，是和许贵有关系的。

不过既然许贵不再回来，他们的计较，也无处对付，也就算了。

村里的人，附近的人，都很少提起许贵，偶尔如果有人随口说到，大家似乎是听到了一个陌生的名字，一个遥远的名字，一个过去的名字。

倒是当初破案的警察，后来得知许贵从此不见了，心里多少有些愧疚，他们在说起旧案的时候，偶尔会提到许贵，他们说，唉，这个许贵，不是他干的，干吗要逃跑呢，肯定是吓坏了。

他们估计，许贵逃到天涯海角，一直没有得到真凶落网的消息，所以一直不敢露面，也说不定碰到什么灾难已经不在人世了。

他们也多有反省，开始的时候如果再细致一点，再慢一点，会不会不是这样的结果呢？可是又想，接手杀人案，谁会慢悠悠地干活，都是火急火燎的，再说了，他们的头一遍侦查，实在是太顺利了，那是条条线索都指向许贵的呀。

又过了些时，许贵的堂弟来了。他是来建议两老，向法院申请宣告许贵死亡的，只是两老一看见他，就上前抱住他，把他认作是许贵了。

堂弟将计就计，心想，既然如此，不如不宣告死亡，将自己改了身份做成许贵，准备给两老送终，然后——

堂弟去改名的时候，带了村里的证明，还有许贵父母摁的手印，工作人员说，手印没有用的，但是村里的公章管用。又问了是怎么回事，那堂弟信口胡编说，上次搞户口的时候，你们工作人员不负责任，耳朵聋啦还是眼睛瞎啦，将"许贵"写成了"许奎"，你们要是不肯改过来，我要去举报你们对人民不负责任、工作老出差错。

这样的刺头，工作人员见多了，不予计较，更何况，这回是他们有错在先，将人家名字都写错了，那就更不能硬挺了。当然他们也有不解的地方，说，错了为什么当时不改，过这么长时间才来改。

堂弟说，乡下人，有个名字就行了，反正贵和奎也差不多，但是现在不行了，要领结婚证了，我明明是许贵，总不能让一个叫许奎的人去和我对象结婚吧。

工作人员也笑了，她说，你们乡下，也够马虎的。然后准备将许奎改名为许贵，结果上网一查，说，不对呀，你已经是许贵了，这边的信息里，都是写的许贵呀。

这些问题许奎事先都是预料过的，所以他反应够快，说，哦，我知道了，可能前几年我外出打工时，你们搞人口普查就纠正了。

工作人员这回细心了些，仔细看了看照片，说，不过这张照片拍得有点走样，跟你不太像。

许奎道，那是，你们拍身份证照的同志太不讲究，就没几个人的身份证照片像个人样的。

人家工作人员也认同许奎的说法，事实也是如此，你去看看所有人的身份证，哪个不是歪瓜裂枣，大多都跟本人的真实相貌有差距，有的还相差甚远。不过好在拍照的又不是她本人，许奎激烈批评她的同事，她不反对。

然后她还热情地指点许奎，带上户口本去补办身份证，当然就是用许奎的照片配上了许贵的身份。

一切 OK，许奎就是许贵了。

可是许奎没有想到，当他成为许贵回到许贵家的时候，许贵回家了。

许贵也没有想到，自己的失忆症不治而愈，他终于想起自己就是许贵，就是那个经常来打乱他的心思、让他误以为是自己妄想出来的许贵，是真的存在的，就是他本人，他就是真实的许贵。

他也想起了一切的经历，或者说，这些经历他没有忘记过，只是他不知道那真的是他的经历，还以为是自己妄想出来的，但是现在一一核对上了，那是他的真实的经历——回家过年，到大树村王小丽家，看到王小丽的新对象贵强，然后和王小丽睡在一张床上，什么也没有干成，早晨起来，觉得羞愧，悄悄逃走，感觉很沮丧，不想在家过年了，坐火车离开，火车上听到什么，等等等等，都是真的。

他终于回家了。

却不料家里还有一个许贵在等着他。

许贵回家的消息比许贵先到一点，是许富生和表哥先发信息回来的，所以许奎得到消息时，他还有时间想一想该怎么办。

许奎的心情糟糕透了，一切的努力前功尽弃，如意算盘打了个空，那就老老实实地坦白自己的行为，退出两个许贵的笑话？

可是他又于心不甘，还要再挣扎一下。既然许贵现在的身份是张百万，而他，才是持有许贵所有身份证明的那个人，许奎觉得自己还是有希望的。

许贵离家的时候，许奎十五岁，现在十多年过去，许奎从一个少年，长成青年了，因为生活艰苦，风吹日晒，他是一个显得很老相的青年。而许贵自从成了张百万以后，事业有成，心情舒畅，相貌也比从前显得年轻了，这就拉近了许奎和许贵的由于年龄原因造成的外貌差别，何况他们本来同宗同祖，长相本就是同一个模子里刻出来的。

所以当许贵到家进屋，许奎迎出来的时候，许贵吓了一跳，他没有认出这是他的堂弟，还以为看到了他自己。

许奎细心地观察着许贵的表情，知道他一下子都没有认出他来，这就更加增添了许奎的信心，他决定和许贵抢一下许贵。

确实有得一拼。

许贵说，你不是许贵，我才是许贵，你是从哪里冒出来冒充我的？

许奎说，你说你是许贵，你有许贵的身份证吗？我家的户口本上有你吗？你两手空空，什么也没有，你拿什么证明你是许贵呢？

许贵拿不出许贵的身份证明，可许奎倒是拿得出来，他把身份证、户口本等材料一并放到桌上，摊开来请大家看，然后举着身份证，和自己的脸相比，说，你们看，你们大家看，这是不是我？

当然是。

这个我们早就知道了。

而相比之下，许贵却没辙了，他身上只有张百万的身份证，张百万的身份证，照片却是他许贵，和许奎的套路一样一样的，所以跳进黄河也是洗不清的，他转而求助于陪同他一起回来的许富生和表哥。

许富生为难了。他其实并不是因为相信许贵，也不是为了让许贵做回许贵才动员他回来的，说实在的，在许贵和许奎之间，他也很难判断，也不便判断，到底哪个是许贵，只是他和表哥求知求财心切，他们是想让许贵把张百万成功的经验带过来，让家乡也富裕起来，才暂时承认他是许贵。一路上他们两个一直在鼓动张百万，许富生说，回去也给我们村搞这个，我们没有鸡，可是我们有菇，菇也可以搞成辣子菇、甜菇、酸菇、炸菇等对吧，我们就是缺你这样的见过世面的带头人。

可是现在有麻烦了，许贵家里出现了两个许贵，要让许富生来做判断，许富生才不想站出来得罪人。

他把许贵的父母亲拉了过来，两老如今已经更老了，看到两个许贵站在眼前，也只不过像是看到两个脸长得差不多的陌生人而已，只是因为许富生告诉了他们，这两个是许贵，他们才知道是儿子。

父母两老，看看许贵，又看看许奎，两个人都有疑惑，一个说，咦，怎么有两个许贵呢？

另一个说，你老糊涂了，你忘记了，我们生的是双胞胎。

那一个说，哦，对的对的，我想起来了，是双胞胎——但是不对呀，两个人怎么叫同一个名字呢？

这一个说，可能他们觉得许贵这个名字好，富贵，金贵，珍贵，所以两个人抢着用一个名字了吧。

两老尽管在那里胡言乱语，许富生和表哥却很着急，假如许贵不是许贵，他就不会同意他们的要求，将张百万的成功经验传授出来，许村都不是他的家乡，致富不致富，不关他屁事。

但是他们并不知道许奎变成许贵的过程，不知道怎么会有两个许贵，也不敢瞎说许奎是假的许贵，乡里乡亲，万一说错了，抬头不见低头见，不好相处的。

许富生的表哥贼精，偷偷跑到一边，报了警。

让警察来做难人。

警察在来的路上，接到兄弟省份同行的电话，请求协助破案，那是一桩绑架案，"百万辣子鸡"创始人张百万，被人绑架了，确切地说，是抢走了，是贵省一个叫许村的地方的两个姓许的人来抢他的，他们还硬给他安了一个许贵的名字。

那边的同行还说，被害者家属情绪激动，说是要带一大队人马开几辆卡车去许村抢人，希望这边能尽快处理好，不要闹出群体性事件。

这边的警察想，我们要去的地方正是许村嘛，正好两个案件都在那里，说不定就是同一件事，一个地方少了一个人，一个地方多了一个人，正好对上榫头，简直严丝合缝。

警察来到许村许贵家，想驱散看热闹的村民，可是村民不走，他们也没辙，就留着大家一起听，一起破案，这也是依靠人民群众。

首先是询问老人，因为他们是许贵的父母，是最权威的，可是许贵的父母说，不是说我们生了双胞胎吗，干吗还要分出哪个和哪个？

警察简直莫名其妙，怎么又闹出个双胞胎来了，上前拍了拍桌上的户口本说，这上面你们只有一个儿子，你们看一看，这两个，到底哪个是。

许贵的父亲说，你饶过我吧，我的眼睛其实早就瞎了。

许贵的母亲说，你别说了，我是聋子，你说什么我也听不见。

警察这才知道两老已经老得分不出真假了，只得撇开他们，找许贵问话，许贵早有准备，他总结了和许奎斗法的经验教训，感觉直接说自己是许贵，证据不足，说服力不够，他得从头说起，于是许贵开始叙述，多年前有过一个杀人案件，大树村的女青年王小丽被杀死了，这个案件你们还记得吧？

警察说，当然记得，我们这地方，民风都比较淳朴温和的，很少出这种恶性案件，不会忘。

许贵说，记得就好，我，许贵，就是那个案件的主角。

警察一听，就"啊哈"笑出声来，说，那个主角早就枪毙了，你是不是死而复生了？

许贵说，枪毙的不是我。

警察的逆向思维厉害，立刻反问：枪毙的不是你？难道杀人的是你？

另一个则加码说，难道当时办错了案，成了冤案，杀错了人？

一个警察开始记笔记，另一个说，你再说一遍，王小丽案件——

许贵一听，立刻求饶说，算了算了，我不做许贵了。

警察可不依他，说，许贵不是你想做就做，想不做就不做的，你不是许贵，那你是谁？

许贵说，我是张百万。

这回他学乖了，不等警察要证据，就拿出有关张百万的身份证明，一一展示给警察看，旁边还有许富生和表哥做人证，还有网上"百万辣子鸡"的证明，警察也吃过百万辣子鸡，一想到那个奇异的香味，警察都差点掉口水了。

看起来是辣子鸡帮助许贵撇清了嫌疑，换个说法呢，是辣子鸡阻碍许贵重新做回许贵。

还有许奎的问题，他也没能如愿以偿做成许贵，做刑警的可都是火眼金睛，又有霹雳手段，三下两下，许奎的假身份就被揭穿了。

可怜两老，被搞得神魂颠倒，一会儿有一个儿子，一会儿有两个儿子，一会又没有儿子了。幸好他们老了，病了，搞不大清了，否则他们会被气死的。

事情发展到这一步，怎么收尾呢？

就没有许贵这个人。

那我们的主角许贵还要不要了呢？

张百万留下来做回许贵？别说法律不允许，张百万也不一定愿意，好好的百万不做，要做回一无所有的许贵，傻呀？

那么，让许奎留下来做许贵？那也不行，法律也一样不允许，许奎做这些事情的时候理直气壮，现在被戳穿了，无脸见人，赶紧溜走了。

那许贵，好好的一个大活人，就这么没了。活见鬼。

也有一种可能，那个被枪毙的杀人犯，其实就是许贵，如果是这样，故事就通顺了。

你说呢？

城市陷阱

一

黄昏时候，颗五从小学校里出来，往家里去，绕到蔬菜地看看，父亲在浇水，天气有点干旱，蔬菜萎萎的，没有精神，泥巴也干松松的，踩上去窸窸窣窣响。天边有一道浓浓的长长的乌云带，颗五朝那边看了看，也许要下雨，颗五说。父亲笑了一下，不会，父亲说，日落乌云涨，明朝好晒酱。颗五也跟着笑了一下，说，话是这么说，现在也说不大准了。父亲说，那是，现在说不准。颗五要从父亲手里接浇勺，父亲说，不用了，就这一小块，别人家的菜地上，也都没有人。现在农民好像也不怎么在意蔬菜地，村里弄得也像镇上和城里一样，有卖肉的，也有卖蔬菜的。村里大家都掏钱去买蔬菜，像城里人一样，自己不想种，蔬菜地上，愿意长些什么就长些什么，长得好也行，长得不好也行。老人们觉得舍不了的，去浇点水什么，好歹养着；年轻的人，都不往蔬菜地去；再年少些的，就不知自己家的蔬菜地是哪一块了。父亲抬头朝颗五看看，放假了，父亲说。父亲的眼神有些黯淡。放了，颗五说，两个月。父亲又低头浇水，颗五愣站了一刻，说，那我，回了。父亲说，你回吧，我也快了，就回。

颗五沿着村路回去，江豆骑自行车从后面追上颗五。江豆下了车，看着颗五，颗五说，江豆，下班了？江豆咧着嘴，说，下什么班，根本没上班，到哪里去下班。怎么，颗五说，这两天又停了？江豆说，抽风，想开工就开工，想停工就停工，拿我们作践。颗五说，不满意，那你换个厂。江豆说，换什么厂，能好到哪里。颗五想想，说，倒也是，现在都这样。江豆说，你怎么到这时候才回，忙什么呢？颗五说，放假了，有些收尾的工作，做一做，就迟了些。江豆眼睛亮了一下，放假了，才好呢，还是做老师好，放俩月假，钱照拿。颗五说，老师好，你怎么不做老师？江豆说，一人头上一方天，我做老师你做什么。放假了，晚上搓一把？颗五说，我输了你付钱。江豆说，好说。进村他们就分了手，朝自己家去。

颗五回家，母亲在院子里赶鸡进窝，母亲看颗五过来，说，颗五，封开山来过。颗五说，找我？母亲说，没说什么事，看你不在，就走了，像是很急的样子，大概是小山考大学的事情。颗五说，我去一去，看看怎么了。母亲说，等你吃饭。颗五应了一声，就往封开山家去，在路上碰到封开山。封开山说，颗五，我到学校找你，你没在，怎么路上没撞见你？颗五说，我绕到菜地上去了。封开山说，噢，怪不得没撞见，走吧，拉着颗五往前走。颗五说，小山怎么样，不太紧张吧？封开山说，也不知道，住在学校里也不回，我也没时间过去看他。颗五说，不放心吧？封开山咧一咧嘴，说，对小山，其实也没有什么不放心……好像

213

说了半句话，还有半句不说出来，咽下去了，颗五捉摸不出封开山想说另半句什么话。封开山侧着脸看看颗五，说，颗五，放假了？颗五说，放了。一同到了封开山家，封开山家里，桌子上摆了酒菜，封开山说，坐，颗五。颗五坐了，看也没有其他的什么人，问封开山，今天独请我吃饭呀？封开山说，那是，独请你。封开山老婆端着菜过来，说，颗五，放假了？颗五说，放了。封开山老婆张了张嘴，想说什么，却没有说。颗五说，挂记小山吧，封开山老婆笑了一下，说，其实小山也没有什么好挂记的。封开山也坐下，给杯子加满了酒，说，颗五，喝。颗五喝了，吃菜，过一会，封开山说，颗五，碰到个事，求你了。颗五说，什么事？封开山说，知道你放假了，能走动走动，才叫你来说说，不然也不好叫你。封开山犹豫了一会，再说，颗五，想请你走一走。颗五一想，说，是不是让我进县城看看小山。封开山说，小山的事，其实不管他也罢。颗五心里有点数，但是他没有说出来。封开山说，是小媚。

封小媚曾经和颗五是同学，后来颗五出去上学，小媚就到一个城市里去找工作，再没有走到一起。只在过年的时候，颗五见过小媚，感觉是有些不一样了，具体的虽然也说不清楚，但总之觉得不是从前的封小媚，这也没有什么，就是颗五自己，当然也不是从前的颗五。

颗五愣了一会，小媚是不是碰到什么事情？颗五说，怎么了？封开山说，不知道怎么了，不放心她。颗五说，你让我去看看小媚？封开山说，地址是有的，以前也都照这地址写信，能收到，也给回信，现在不了，信寄了去，也没见回；找人打听，也说不知道，没见着。颗五说，那是让我去找小媚？封开山说，是，我这边颗五你是知道的，走不开，小山又要考试，就算小山不考试，也不敢放他去找，就想到只有求你，颗五。

颗五接过写有封小媚地址的纸条看了看，说，就照这上面的地址？封开山说，是的，就这，指着一个号，说，这是电话号码。颗五说，如果没有呢，还有没有别的什么人可以找的？封开山和老婆互相看了一眼，没有说话。颗五说，是不是有什么事情，你们是不是听到什么消息，或者，知道些什么？封开山说，没有没有，封开山老婆也说，没有没有。颗五笑了一下，天下华山一条道，颗五说。封开山说，颗五，费用什么，我们负担，再有，农忙了，我们会帮你爹你妈。颗五说，让我公费旅游呀？封开山勉强地笑了一下，颗五想了想，说，找也不是不可以，只是，我怕万一找不到，怎么说呢，你们不会以为我拿了你们的钱，出去玩一玩的吧？封开山说，不会的，我们知道你。封开山送颗五出来，犹豫着，说，颗五，若是找到，不管她做什么事情，你，不向别人说，行不行？颗五说，行。

晚上回去，颗五向父亲和母亲说了，父亲没吭声，母亲怔了一会，说，现在倒来找你帮忙。颗五说，我也无所谓，可去可不去，你们若以为我不去的好，我就不去也罢，回头跟封开山一说。母亲说，那就不去，干什么，帮人家找女儿，算什么？颗五看看父亲，父亲沉默一会，慢慢地说，封开山也难得求人。母亲说，那是，他们家气大势大，求什么人，找小媚，出点钱，让城里的警察找不就是了。颗五忍不住一笑，说，那怕也不至于。父亲说，既然人家求了你，还是去一去，试试。母亲说，说得轻松，试试，那么大个城市，到哪里找人？再说了，找得到是好，找不到算什么？再说了，就算找到了，又算什么？你把她带回来，还是由她仍然待在那里？颗五说，封开山说了，打听到她在哪里就行，不要我将她带回来。母亲说，其实你心里是想去，嘴上说无所谓。

二

对面座位上的旅客，老是盯着颗五看，颗五有些不自在。看什么呢，有什么好看的，我又不是个女孩子，颗五想，我脸上有什么特别引人注意的地方吗？颗五知道没有，颗五反过来盯着他看看，他就把眼睛撇开了。也不是心虚，也不是想干什么坏事的样子，坐这么近，两人的眼睛一对，简直就是贴着了。但是颗五想，不看看他，又能干什么呢？看别人，不也是一样的看？若是个女孩子就好，这趟旅程会很美好，可惜不是。在大学上学时，颗五假期回家，也坐火车，常常希望有个漂亮的女孩子坐在对面，可惜从来没有，坐火车的，总是男人多。颗五以为盯着他看的这个男人会和他说些什么，搭搭话，解解闷，打发单调的旅程，可是颗五一直也没有等到他开口，他只是默默地盯着颗五，并没有要说话的意思。颗五给他递根烟，他没有要，也没有说谢谢。颗五起身上厕所时，回头看看，他的目光一直盯着颗五到车厢尽头。颗五终于忍不住，说，我们在哪儿见过？男人淡淡一笑，摇摇头，仍然没有说话。颗五拿了书低头看起来，觉得有些饿，小推车过来时，买了一包花生米，拆开来，向对面的人送了一下，说，吃一点，男人依然笑着摇头。颗五边吃花生，边看书，他感觉到男人的目光一直盯着他。花生挺香的，只是书不好看，没有什么意思。颗五抬头向对面的男人说，不好看，现在的书，没看头。男人点点头，像是有同感的样子。

漫长的旅程终于走到了头，火车到站时，他们一同站起来，仍然没有说话。下了火车，在站台上，男人突然站定了，对颗五扬一扬手，说，再见。

颗五愣了一下，再见，颗五说。

男人的背影很快消失在出站的人流中，他走得很急，像是有什么要紧的事情等着他，或者有什么人在等着他。

颗五并不着急，他慢慢地向出口处走去。出口处涌着黑压压的一堆人，密密麻麻像簇拥着食物的蚂蚁，簇拥着出口的几条窄窄的通道，乱糟糟的一团，挡住了出站的旅客。有人在大声喊"往一边去，往一边去，不许站在这里，不许站在这里"，可是根本没有人听他的。大家涌上前，许多人手里提着个头盔，也有人手里捏一把钥匙，要车吗？要住宿吗？要旅游服务吗？不要不要，许多人说。颗五被拉住了，他也说，不要不要，其实他要坐车，也要住宿，他不能睡在街头，睡在桥洞下，他不是来这城市打工，他不是流浪汉，他得找个地方住下。颗五得先找到自己住的位置，然后才有可能开始寻找封小媚。只是现在颗五还没有考虑好他的行动，颗五到现在还不知道他该怎么办。颗五有些茫然，茫茫人海里，他不知道有没有封小媚。有人将手中的牌子高高地举起来，上面写着接某某人，或者某某会议，或者某某单位。颗五顺着拥挤的人流走了出来，这与我无关，没有人会来接我，颗五想，没有人知道我到这里来了。颗五感觉自己像一粒沙子，被风从一个地方吹到另一个地方，如果没有被刮进某一个人的眼睛，一粒沙子不会引起谁的注意。天色已经黑下来，远远近近的灯亮起来，颗五被陌生的气氛围困了，有些孤独的感觉。他慢慢地穿过人群往外走。

忽然，有一块高举着的牌子上的三个字不经意地闯入颗五的眼帘。

颗五其实已经走过去，他已经忽略了这三个字，但不知怎么颗五的思绪又回过来，回到这三个字上。颗五退回一步，抬起头来，在车站的不太明亮的灯光下，将这三个字看清楚了，三个字，在牌子上构成一个三角形状：

接

颗　五

颗五笑了一下，居然也有个人叫颗五，但是他姓什么呢，他难道就姓颗，难道还有颗这样一个姓？颗五没有听说过。颗五驻足的时候，还没有意识到他犯了一个错误，接下来，颗五就被一个人抓住了肩，说，你是颗五？

这个人有三十岁的样子，瘦高个，将颗五的肩紧紧地抓着，看着颗五笑。因为颗五矮一些，他高一些，看起来，就像抓小鸡似的抓住了颗五，有些滑稽。颗五感觉到他的手坚硬而有力，瘦高个另一只手高举的写着"接颗五"三个字的牌子已经放下，颠倒了，那个三角形状，便成了倒三角。

颗五说，我是颗五，他朝牌子看看，指了一指，说，只不过，我大概不是你要接的颗五。

得了，瘦高个笑起来，颗五还能有相同的几个？指着手里牌子上的字，你这两个字，颗五，他说，还会有相同的？这个颗，这个五，他说，少有的，从来没有见过，瘦高个勾下头来问颗五，你自己说，是不是、是不是没有见过？

颗五点点头，说，是没见过，没有和我同名同姓的。

是吧，瘦高个高兴地说，那是，像颗五这样的名字，只能有一个。他放开了颗五的肩，颗五感到一阵轻松。

颗五说，只是，你可能搞错了，我并不认得你。

瘦高个说，没事，我也不认得你，没关系，人与人的关系，总是从不认得到认得，从不熟悉到熟悉，不是吗？

颗五说，那是。

瘦高个说，别人，不打不成交，我与你，却是不等不成交呢，等得我好苦，不过，总算没有白苦，终于把你等到了。

颗五说，你等的到底是不是我？我怀疑你们接错了人，我从乡下来，离这里很远的乡下。

瘦高个大笑一声，说，我等的就是你，颗五，从乡下来，很远的乡下。他从衣兜里摸出一张皱皱巴巴的电报纸，扬了扬，说，你这个人，也是个马大哈吧，只说某次车到，不说哪天到。我在这里，他扬扬手里的牌子说，举着它，等了三天。

颗五松了一口气，指指瘦高个手里的电报纸，说，是错了，这不是我发的电报，我根本没有给谁发过电报，没有人知道我今天坐这趟车到这里来。

瘦高个毫不怀疑地挥挥手，说，别逗了，走吧，我们打的回去。

等等，颗五好像忽然明白过来，说，我知道了，是不是封小媚让你来的，是封小媚吧。

封小媚谁？封小媚，哪里的？瘦高个看着颗五，一脸茫然，歪着脑袋想想，想了一会，说，封小媚，谁？不知道。

颗五看不出他是装还是不装，这个瘦高个，看上去有点儿憨，但是谁知道怎么回事。颗五说，不是封小媚，是谁让你来接我？

瘦高个认真地看看颗五，忽然又"哈"一声笑了，说，明白了，不好意思了，难为情了，是不是？呀，这有什么不好意思的，男大当婚，女大当嫁，有缘千里来相会，要没这缘分，这么千里万里的路，你能赶到我们这里来吗？

颗五掏出烟来，向瘦高个发烟，瘦高个接了，反过来替颗五点烟，烟暂时地将他们的脸挡了一挡，颗五说，我其实一点不懂你说的什么。

瘦高个依然笑眯眯的，一点也不恼，愣了一会，瘦高个再抓了一下颗五的肩，慢慢地说，也可能，也可能，我明白你的心思，你现在有点后悔，是不是？这我能理解，像我们家小妹那样的情况，是挺难的，你怕也是一时冲动。现在，火车也坐了，人也到了，眼看着就要见面，后悔了是不是？颗五，你放心，我理解你的心情，我们不会勉强你，只是，人既然已经来了，这地方，你怕也是两眼一抹黑的吧，和我们家小妹的事情，也不管成与不成，你既然来了，便是我们的客人，先住下，你看这样行不？

颗五恍恍惚惚地点着头，也好，颗五说，也好，先住下也好。

瘦高个兴奋得两眼放光，说，先住下，先住下，歇一歇，先不和小妹见面，也好。

小妹是谁，颗五说，小妹不是封小媚吗？

瘦高个说，小妹怎么是封小媚呢，小妹就是征婚的人，你应谁的征婚呢？

谁应征？颗五说，我不知道什么征婚。

你没有应征，你怎么跑到这地方来了，你怎么坐这个车次的火车来，你怎么叫颗五，你怎么是远处的乡下来的，还有，最重要的，我们怎么会接到了你呢？瘦高个说，如果不是你，你能解释这些吗？颗五。

颗五笑了一下，说，我再说一遍，你接错人了。

瘦高个也笑了，说，好，好，不说了，不说了，就算不是你，我们请你住下，不行吗？你是个男的，我们不会把你卖了，再说，看起来，你身上也没多少钱，我们也不会抢你。

颗五说，是没有多少钱。

住下吧，瘦高个再说。

好吧，颗五说。

瘦高个高高兴兴领着颗五往前走，走了一段，瘦高个忍不住又说话，虽然我们小妹，他说，怎么说呢，情况你都知道，瘦高个咽了口唾沫，转过身盯着颗五，颗五看出来他的眼睛里充满希望。瘦高个说，但是，我们也有很好的条件，我们能够为你找工作。

颗五说，我有工作。

瘦高个说，那你是在乡下，我们这是在城里给你找工作。

颗五说，谁说我要在城里找工作？

瘦高个连连摇手，说，不说这些，不说这些，到了旅馆，什么也不说，什么也别想，先睡一觉，休息一下，明天起来，若是歇过神来，情绪好了，思想也转变了，觉得想见一见，就见一见。

见谁？颗五说。

瘦高个这回坚决地闭了嘴。

颗五却张着嘴，只是并没有话说出来。

瘦高个笑眯眯地看着他，车站昏暗的灯光将瘦高个和颗五一长一短两条影子投在脚下。

三

颗五将瘦高个送走，回到旅馆的房间，这是一个双人房，带卫生间。另一张床上有个旅客和衣斜靠着，和颜悦色，先是默默无声地看着颗五和瘦高个，等到颗五回来，旅客直起身子，笑了一下，走了？颗五说，走了。是你亲戚？旅客问，听起来口气里有些羡慕。

颗五含糊了一下。

看得出来，旅客说，像自己人，我一眼就看出来。

是吗？颗五说着，一边动手理一下自己随身带的东西，拿出几件换洗衣服。旅客盯着看，说，有没有怕皱的衣服，可以挂到壁橱里，壁橱里有衣架，有好几个，我用了两个，还有几个。眼睛朝壁橱看了一下，颗五说，没有，没有什么好衣服，都是旧衣服，不怕皱。旅客笑了一下，说，若是女人出门，可就不得了，要带一大堆。颗五说，那是。到处找了一下，发现房间里并没有电话，旅客看出他在找东西，问，你要什么？颗五说，屋里没电话？旅客说，楼层服务台上有，你要打电话？我陪你去。颗五说，不用不用，你告诉我在哪里，我自己去打。旅客说，没事，反正我也是闲着，我陪你过去，便先站起来，走到门口。颗五说，不好意思，想起封开山给他的那张纸条还在包里搁着，说，等一等。连忙将电话号码翻出来，跟着旅客一起走到走廊尽头的服务台，旅客指指服务台上的电话，"喏"。

服务员正在打瞌睡，听到声音，睁眼看看，看到旅客，服务员笑了，说，打电话呀？旅客说，打电话。服务员说，今天没出去呀？旅客说，没出去。

颗五抓起电话。"拨零"，旅客主动说。

颗五拨了零，再拨了封开山写下的封小媚的电话号码，听到有个女声说："对不起，您拨打的电话是空号，对不起……"

颗五愣了一愣，挂断电话。空号是什么意思呢？从前曾经有过的号，后来销号了，或者，根本就不曾存在过这么一个号。颗五再拨一回，仍然说是空号。

没有人接？旅客说，不是住宅电话，是单位电话？

颗五说，说是空号。

旅客说，噢，可能换了电话号码。

也许，颗五说，算了。

旅客说，怎么办呢？

颗五也没有办法。再说吧，颗五说。旅客跟着颗五回房间，他们看了一会电视，没什么好节目。旅客说，他朝颗五看看，你到这里来，玩？

不是，颗五说。

做生意？

不是。

开会？

不是。

找人？

颗五说，是、是找人？

男的？

不是。

噢，知道了，找女朋友，旅客笑着说。

不是。

找你妹妹？

不是。

旅客又看了看颗五，说，你很内向，话不多。

颗五说，是吧。

旅客说，你知道我到这里来做什么？

颗五假装想了想，说，猜不出来。

旅客笑了，说，我就知道你猜不到，也没有告诉颗五他是来做什么的，换了一个电视频道，看了一会，又说，空号可以到邮局查一下，他们知道怎么回事，你还有亲戚呢，他们不知道？

他们不是我的亲戚，颗五说，在这城市里我没有亲戚。

是吧，旅客说，那你和我一样，你有没有猜出来我到这地方来做什么，你有没有猜出我是干什么的？

没有，颗五说。

哈，旅客笑了，说，哈，时间不早了，睡吧。

颗五看旅客准备上床，说，我上一下卫生间。随手抓了一张旅馆房间发的当地的晚报，进卫生间去，先上了一个厕所，把憋了两天的屎拉痛快了，把晚报几个版面的所有大大小小的文章，点点滴滴的内容都看过了，觉得肚子里松快了，才从抽水马桶上起来，冲干净了，又开了排风扇，吸掉些臭气。走出来，腿有些发麻，看到旅客躺在床上，眼睛看着天花板，见颗五出来，便看着颗五，颗五不好意思地笑了一下，说，让你等了。旅客说，没事，反正也睡不着。你是不是有点便秘？颗五愣了一愣，旅客说，我也是便秘，出门的人容易便秘，吃蔬菜少，加上睡眠没规律，上火，我这有牛黄解毒丸，给你。颗五说，不用，我不便秘。旅客复又看了看颗五说，好，到底年轻，身体好，说着慢慢地起来，也到卫生间去。颗五挑电视台看电视，旅客出来，说，我用好了，现在有热水，你去洗个澡。颗五说，你呢，你不洗？旅客说，我洗过了，我是上午到的，刚住下见有热水就洗了一个，刚才吃过晚饭，又洗了一个，你洗吧。颗五从包里找出换洗衣服，进了卫生间，将浴缸洗一洗，发现水龙头里流出来的水有些发黄，烫倒是挺烫，脏水不脏人。下浴缸洗澡，浑身放松了，想，若是自己找住处，怕是不会找这种带卫生间的房间住。封开山虽然有钱，那也不是可以随便乱花的，封小媚的事情，还不知怎么样，若找不到，回去怎么说。封开山嘴上虽说相信，心里呢，谁知道。总之事情还没有开始做起来，想起几乎是把他绑架到这里来的瘦高个，也还不知怎么回事，好像是有个条件不怎么理想的女孩子，他叫她小妹，也许是他的妹妹吧，怕是找不到对象，登报征婚，有个叫颗五的农村青年应征了，并给他们发了一个电报，告诉要来人，他们就来接站，一接，接到了颗五。一点没错，应征的是颗五，接到的也是颗五，把颗五送到旅馆住下，走的时候，欢天喜地。

颗五泡了一会，轻轻一搓，就下来一层污垢，颗五笑了笑，冲干净了，穿上衣服出来。旅客说，你真的猜不出我是来干什么的，你随便瞎猜猜就是。颗五说，做生意的。

哈，旅客说，我像做生意的，哈！正笑着，听到有人敲门，过去开了，是服务员，指指旅客，有你电话。旅客说，有我电话？这么晚了，谁给我打电话，跟着服务员去接电话，颗五赶紧把电视关了，赶紧上床，旅客却又折了回来，说，错了，不是我的，是你的电话。颗五说，我的？旅客说，是你的，我就知道搞错了，不会有人给我打电话，根本没有人知道我到这个城市来，谁会给我打电话。颗五朝旅客看看，想，这人说的话，倒像是说的他心里的话似的，就有一种奇怪的感觉，但颗五也没有把这层意思说出来。他到服务台接电话，才知道就是那个瘦高个打的，说，没什么事，问问颗五，住下来好不好，条件怎么样，有没有热水洗澡，有没有电视看，有没有什么不方便的事情。颗五说，挺好的，没有什么不方便，挺方便，条件挺好。瘦高个说，你拿个笔，我把我的电话告诉你，你记一记，有什么事可以找我。颗五说，好吧，我手边正好有纸和笔，你说吧。瘦高个就报了电话号码，颗五嘴里跟着重复一遍，假装记下了，说，好，我记下了，有事情我会给你打电话。瘦高个好像还没有挂断电话的意思，又东扯西扯说了一些话。颗五忍不住打了个哈欠，瘦高个听到了，马上说，累了吧，长途旅行是很累的，今天不和你多说了，你早点去睡吧。这才挂断电话。颗五回到房间，电视又被打开了，旅客说，奇怪，刚才电视明明是开着的，怎么一会儿关了？颗五说，我关的。旅客"啊"了一声，说，噢，你累了。旅客便把电视关了，说，睡吧。

四

颗五起了个早，见旅客还没醒，轻手轻脚到卫生间洗漱了一下，怕惊醒旅客，连大气也不敢出，洗了脸出来，见旅客躺在床上瞪着眼看他，精神抖擞。颗五说，醒了？旅客翻身起来，说，你这么早，有事情？颗五说，有事，我走了。旅客说，你到哪里？颗五犹豫了一下，不好说，他也不知道自己要到哪里。封小媚，得找起来看，她在哪里，他就到哪里。旅客见颗五不作声，说，我不是别的意思，我是想，你可能是第一次到这里来吧，可能不熟悉吧，要不要我、我是说，我反正没什么事情，我可以给你带带路什么的，我在这里时间长了一些，比较熟悉了，你要到哪里去？

颗五把封开山的纸条再拿出来，看一看，说，是一个叫禾家弯角的地方，你知道在哪里？

禾家弯角？旅客努力地想了想，说，不知道，不过，没关系，我们去打听一下，这不难。

颗五说，那就不麻烦你了，带上门走了出来，经过服务台，向服务员打听禾家弯角，服务员说不知道。颗五说，和我同房的那个客人，干什么的？服务员看了看颗五，说，和你同房，你哪个房？颗五说了自己的房间号，服务员"噢"了一声，接着又"嘻"一声笑了。颗五说，你笑什么？服务员仍然嘻嘻嘻，不说话，颗五也不知她笑的什么。她不说同房的旅客是干什么的，他也不好追着问，正要走，旅客追了出来，说，喂！颗五回头，旅客说，跟你说个事情。颗五说，什么？旅客说，你得记住这个旅馆的地方和名字。颗五愣了一下，没有明白。旅客说，有那样的事情发生的，一个人，到一个城市去，住在一个旅馆里，早晨出去办事情，或者旅游，忘记了自己住的旅馆，回不来了。前几天我还看见有人将这样的事情写了一篇文章，好笑是好笑，自己碰上了，也很急人的，找不到了怎么办？服务员先笑起来，说，哪有这样的事情。颗五也笑了。旅客说，真有，有一个大学教授，就是这样。服务员再次笑得弯了腰，说，哪有的、哪有的，大学教授这么呆呀？旅客说，真有，颗五趁他们说话，走了出去，倒是留心将旅馆的名字和地址记在心里了。

禾家弯角也不知是在东南西北，颗五找人打听，知道倒是都知道，都说这城里是有个禾家弯角，只是不知道怎么走法，坐几路车，到哪儿下站，没有人清楚。颗五想了想，上了一辆中巴车，买了一块钱的车票，再问，到禾家弯角要在哪里下。售票员说，到禾家弯角呀，怎么坐我们这趟车？错了。叫司机停车，说，下吧。颗五说，该坐哪趟车？售票员想了想，摇了摇头，说，不知道，这禾家弯角，好像就在眼前，就挂在嘴上似的，却是说不出来。停一下，高声问司机，喂，禾家弯角怎么走，坐几路？司机回头看了颗五一眼，在嘴里重复了一遍，禾家弯角？好像不远，好像就在这附近哪个地方，想一想，也摇了一下头，并笑了一下，说，我操，就是想不起来，怪熟悉的，谁在那儿住呢？我好像去过那儿，有个人在那儿住，谁呢？挠挠板刷头，说，想不起来了，怪！乘客中有着急赶路的，要颗五快下车，说，下吧下吧，人家不知道，还追着问什么。也有的像是知道禾家弯角，语气断定地说，禾家弯角，肯定离这儿不远，你下车，随便问个人，准知道。颗五朝售票员再看一眼，售票员有些抱歉地笑了一下。颗五下了车，车停在路中央，颗五四处看了一下，看到路边有个小店，想着店主应该知道路，过去打听。店主说，禾家弯角呀，离这不远，你这样，往东走一段，到拐弯的地方再问人。颗五走到拐弯的地方，停下来，看看路人，有一个像是知道路的，过去问，禾家弯角怎么走？路人朝颗五看看，说，不知道，没听说过这个地方。颗五说，您不是本地人？路人说，我怎么不是本地人，不光我，我爷爷我爸爸都在这地方出生长大，怎么不是本地人？颗五觉得奇怪，说，人家都说这里有禾家弯角，您本地人，怎么反倒不知道。路人说，那我就不清楚，走开去。颗五一时有些茫然似的，再四处看看，有些孤立无援的感觉，想自己到底为什么听了封开山的调遣，跑到这么个陌生的城市来寻找封小媚，这有什么意思。恍恍惚惚间，就觉得封小媚始终还存在于心底深处，虽然许多年过去了，虽然封小媚早已经远去，但是自己还是有那么一个情结，想找一找封小媚，看一看她，也就这些，别的也没有什么更多的意思。封开山恐怕也是知道这个，才叫他出来。颗五在街上愣站了一会，有些不知所措，看有个妇女提个菜篮过来，上前再试一试，说，请问，到禾家弯角怎么走？妇女听了，盯着颗五看，说，你说哪里？到哪里？颗五说，禾家弯角，禾，是禾苗的禾。妇女张了嘴，说，什么呀，你找什么呀，禾家弯角，你看看，你站的这地方是什么？手一指路边的路牌，颗五一看，正写着"禾家弯角"四个字。颗五"嘿"了一声，妇女也笑了，说从前的人说骑驴找驴，你就是。颗五说，怪了。妇女说，也不怪，人常常就是这样，像我，常常在家里找东西找不到，明明就在手边，就是看不见。颗五说，是，谢谢你。妇女说，不谢，走了开去。颗五按纸条上的门牌号码往前找，现在这个地址已经很清楚了，来得也不算太难，封开山写下的封小媚的地址，是一幢小楼房。

颗五按了门铃，开门的是一个年轻女人，看了看颗五，你找谁？女人说。颗五再核对了一下门牌号，觉得没错，说，我找封小媚。女人的脸像蜡人的脸似的，板板的，死死的，毫无生气，毫不动声色。女人说，不知道。颗五说，前些时，她一直住这地方，家里和她通信也都是这个地址，叫封小媚，封，信封的封，女的，年纪和你差不多。女人盯着颗五一看，再说，不知道，返身进去，关了门。颗五站在门外发愣。

街对面的一位老太太冲着颗五张着没牙的嘴笑，颗五觉得她像是有话说，走过去，颗五说，老奶奶，请问……老太太说，我知道你要找小保姆。颗五说，小保姆，谁是小保姆？老太太说，姓封的小丫头，指指小楼的大门，和他们家谁搞大了肚子，赶走了。

颗五说，你大概搞错了。

老太太咧嘴笑，说，没错，姓封的丫头，你是她哥？

不是，颗五说。

老太太眯着眼睛再看一眼颗五，说，你是他男人？老太太一脸恍悟的意思。

颗五说，她没有男人。

老太太点点头，意味深长地说，好，没有男人好。

颗五也不知道她说的什么意思，也不相信老太太说的那个小保姆就是封小媚，但是觉得心里挺难受，说不出话来，愣了半天，问道，老太太，您知道她现在到哪里去了？

老太太说，她跟开饭馆的老板走了。

颗五说，在哪里？

老太太摇摇头，不知道。老太太像是完成了某项重要任务，挺累，吁了一口气。

颗五在街头站了一会，看天气要下雨的样子，想回旅馆去，心里默念着旅馆的名字和所在的街道名字，准备打听回去的路线，先站定了辨一下方向，发现，他住的那家旅馆，就在眼前。

五

颗五一踏进旅馆，同房的旅客就迎出来，你回来啦，旅客高兴地说，像久别重逢的亲人。你们家的人，等你好半天，等急了，这会儿，在外面候你，没碰见？

颗五说，我家里的人，什么样的人？

旅客说，瘦瘦高高的一个。

颗五"噢"一声，说，他不是我家里的人。

旅客说，别那个什么了，他都跟我说了。

跟你说什么？颗五说，是不是说征婚的事情，那是他们误会了，不是我，真的不是我。

旅客说，是不是一时冲动，事后想想，犹豫了？

颗五说，没有的事。

旅客沉默了一会，想了一想，慢慢地说，我听他说了这事情，不瞒你说，我有点想法，我和你说，也不管你爱不爱听。

颗五说，你说。

旅客又犹豫了一会，说，我劝你，慎重些，世界上没有无缘无故的事情，你说是不是？颗五，旁观者清，所以我要说几句话，你不要急于决定，这是大事。

没有的事，颗五说，我根本不是他们要接的颗五。

旅客研究般地看着颗五，又过了一会，说，你要小心，我怀疑，这是一个圈套。

就算是圈套，颗五说，他们要套的不是我，我无所谓。

旅客想再说什么，看到瘦高个走了进来，闭了嘴，笑一笑，走开去。

瘦高个跟着颗五进房间，颗五说，坐。瘦高个坐了，有些拘谨的样子，看看桌上的水果，说，这是，我给你买的，出门在外，多吃些水果好。颗五说，谢谢。瘦高个说，哪里话，谢什么，看一眼颗五，又说，夜里睡得好吧？颗五说，还好，那人打呼，不过后半夜不打了。瘦高个颇有同感地叹息一声，说，我最怕出差碰到打呼的同住，烦人，睡不好，白天没精神。颗五说，是，又说，我睡得还好，我无所谓，便再没有什么话往下说。瘦高个也感觉到了，闷了一会，才又说，也没什么事情，家里让我来看看你，住得怎么样，有没有困难，需要不需要我们帮什么忙。颗五说，没有困难。瘦高个又停下，过了好一会，有些不好意思似的说，我早晨过来，一看你不在，等了半天没见回来，我还以为，我还以为你走了呢，倒吓我一跳。你同房的旅客说，你去找一个人。颗五说，是，我是去找一个人，我到这城市来，就是来找她。瘦高个说，一个什么人？有没有找到？要不要我们帮你一起找，我们都是本地人，找起来方便。颗五说，现在还不用，如果实在找不到，不定会来麻烦你们。瘦高个说，说什么麻烦，客气了。

他们随便扯了些话，都觉得有些勉强，也不知往下再说什么，心里有些紧张。瘦高个眼巴巴地盯着颗五，希望从颗五嘴里说出些他想听的话，可是颗五却说不出来。他们一起努力把话题拓宽些，瘦高个提出可以陪颗五到这个城市的园林去转转，颗五说，不用陪，我有时间自己转转，更自由些。瘦高个说，那么，我请你吃饭。颗五说，不了，我另外还有事，瘦高个看了看颗五，好像相信了颗五的话，说，那我，就走了？颗五站起身，瘦高个却不站起来，说，什么时候，去看看小妹？

颗五说，你们真的搞错了，不是我。

瘦高个马上说，不急，不急，你忙你的，等你忙完了。

颗五说，忙完了我就得回家，我不是你们要接的颗五，我没有应过什么征婚。

瘦高个说，没事，没事，咽了口唾沫，犹豫了一下，又说，其实，也没有别的什么意思，就是看看，看看就行，也不会要你怎么样的。

颗五把脑筋转过来一想，说，只是看看？

瘦高个说，当然只是看看，你以为还有什么？没有，什么事也没有。

颗五说，那好，我这就跟你去。

瘦高个怀疑地看着颗五，颗五说，走吧，瘦高个连忙站了起来。

到马路边，瘦高个一招手，叫一辆出租车，上了车，报了个地名，向颗五一笑，说，很快就到，颗五点点头。

出租车司机健谈，也有眼光，看得出瘦高个是本地人，而颗五是外乡来的，问，接亲戚？

瘦高个说，是，是，接亲戚。

司机回头看了一眼颗五，没再就颗五的事说什么，转而问瘦高个干什么买卖，瘦高个说，不干什么买卖。

司机笑了，说，干大买卖的，都是你这口气，这就是大家气派。

瘦高个瞥了颗五一眼，说，也没有什么大家气派，一般的，一般的。

颗五看着车窗外的街景，看着街上的行人、自行车、汽车往后退，心里也跟着往后退，一时间，好像空空的，什么也没有了。

果然一会就到了，下车，瘦高个付了车钱，吩咐不用找零头了，司机说，谢谢，再见，开了车远去。瘦高个领着颗五穿过横街，来到一幢高楼前，抬头朝上看了一下，说，在十二楼，有电梯。他们一同进了电梯，开电梯的女工朝瘦高个一笑，再朝颗五打量一下，说，来客了？瘦高个说，来看看小妹。电梯女工说，小妹好吧？瘦高个说，好的。电梯到了十二楼，瘦高个又领着颗五往家去，告诉颗五，他家有四室一厅，挺宽敞。颗五说，是吗？

瘦高个叫门，里边有人高声应了一下，很快就来开了门，颗五往里一看，一个大厅里坐着好些人，有五六个，看到颗五，都站了起来，向颗五笑。颗五听到其中有一个人说，果然来了，果然来了。另一个人压低嗓门，说，说话轻点，别乱说。瘦高个满脸放光地站在客厅中央，环顾一眼大家，说，这就是颗五，我接来了，大家向颗五点头致意，说，颗五好！有一个人说，颗五，你从哪里来？颗五说，我从乡下来，很远的乡下。另一个拉扯一下先前说话的人，说，你别乱问，回头向颗五笑，说，你的情况我们都知道，你写给小妹的信，我们都看过，挺有文采。颗五说，你们搞错了，我没有给你们小妹写信，我并不认得你们小妹。大家说，那是，那是，还没见面呢，怎么就认得，一会见了，就算认得了。颗五向大家看看，觉得这些人长得都有相像的地方，想了一想，不太明白，问，你们是什么人？大家看着瘦高个，眼光里有些抱怨的意思，好像怪瘦高个没有告诉颗五，瘦高个连忙说，自己人，我们都是自己人。颗五点点头，颗五以为他们很快就会把小妹叫出来和他相见，可是等了一会，也不见他们有这样的意思。大家都盯着他看，也不多说什么，谁想说话了，别的人就会拦住，不让他乱说。颗五一根烟抽完了，他们立刻递上一根，在颗五面前堆了许多吃的东西，又泡了很好的茶，又开了饮料。所有的房门都关着，颗五想小妹一定藏在这其中的哪一间房里，他看不见她，也许她能够看见他，也许她正监视着他的一举一动，算是相女婿，还是算什么呢？颗五心里直笑，脸上却做出一本正经的样子，但是始终不见小妹从哪个房间里走出来，倒弄得颗五很想见小妹似的，心里有些不安起来。五六个人都规规矩矩地坐在沙发上，间或有人站起来给颗五的茶杯加水，颗五终于忍不住，说，你们的小妹，不在这里？说着，就去看瘦高个的脸，瘦高个回头看那些人，有人偷偷地向瘦高个摆手，使眼色，瘦高个有些尴尬，愣了一愣，说，其实……颗五，其实……今天，也不急着看小妹，是吧？颗五奇怪地张了张嘴，瘦高个连忙又说，当然，当然，你的心情我理解，只是今天，想先带你看看环境，也不急着见小妹，是吧？颗五说，我不急，我并不知道什么小妹，是你要我来看的。瘦高个说，那是，那是，所以我们想，先接触一下，不一定马上就和小妹说什么。颗五站起来，说，那就这样。所有的人也都站起来，将颗五送到门口，站在门前向颗五挥手告别，瘦高个说，我送送颗五。颗五拦住他，说，别送别送，我自己认得回去的路。瘦高个说，你说得出，怎么能不送，硬和颗五一起走出来，又打了的，送到旅馆，看颗五进去，瘦高个才走。

六

到了吃饭时间，颗五向服务员打听一下，知道旅馆有个小食堂，进去一看，虽然档次不算高，倒也干净清爽，买了一菜一汤一碗饭，取一双一次性筷子，坐下来吃。有人端着饭菜也到他的桌子上坐下，说，和你同房的那人，今天没来吃饭？颗五说，你说谁？那人说，和你同房间的那个旅客呀，颗五说，噢，他是干什么的？那人笑起来，说，他没告诉你他是干什么的？颗五说，没有。那人便笑着埋头吃饭，颗五从他的态度联想到早晨服务员的态度，也是这样，笑笑的，有点神秘。这些人，看起来又想说，又不肯说，保密似的，也不知为什么，到底同房那旅客是干什么的？也许是一种很奇怪的职业，不然大家不至于这么意味深长地笑。颗五记得他说过，他到这城市来，孤身一人，没有亲戚朋友。

吃了饭，回到房间，等了一会，同房的旅客回来了，看颗五躺在床上，尽量轻手轻脚的。颗五说，没事，我不睡，我稍躺一会，我没有睡午觉的习惯。旅客说，哈，倒和我一样，我一般也不睡午觉，再问颗五，吃过了？颗五说，吃过了，就在这里的食堂吃的。旅客说，伙食怎么样，口气里，充满期望似的，好像他是食堂的经理。颗五说，还可以，马马虎虎说得过去。旅客说，是吧。颗五说，你呢，你吃没有？旅客说，我没呢，说着从哪里拿出一碗方便面，冲了开水，闷着，又拿出一根火腿肠，撕开包纸，咬了一口，说，我常常这样。颗五说，看起来，你是长住在这里，许多人都知道你。旅客说，是吧，他们和你说什么？说我什么？颗五说，没有说什么，他们只是叫我猜你是干什么的，和你一样，叫我猜，我猜不着。旅客说，嘿，猜不着。开始吃面，边吃边看着颗五，说，你怎么样？颗五说，什么怎么样？旅客说，那个瘦高个，把你带到哪儿去了？颗五说，到他家，他家很宽敞，看起来条件不错。旅客说，你小心点，小心圈套，现在这社会上，什么圈套都有。颗五说，让我去看一看他们的小妹，到了那却又说不急，有意思，我急什么，与我有什么关系，翻身起了床，说，我还是得找我要找的人。旅客说，有些线索啦？颗五说，算是有一些，也不容易找。旅客说，那是，现在在城里办事，都不容易。

颗五出了旅馆，又来到禾家弯角，守了一会，看到有个男的从那小楼里出来，迎上前，说，我找封小媚。男人一愣，脸有点红，看看颗五，说，你是她家乡来的？颗五说，是。男人说，封小媚早就不在这里了。颗五说，她现在在哪里？男人说，只知道跟了一个开饭店的，我们再没来往，我不太清楚。颗五说，从前怎么回事？男人说，你是她什么人？是她哥？颗五说，不是。男人停一停，没有再问是她什么人。颗五说，你们怎么回事？男人低了头，说，你别问了吧，我说了你会不高兴，我不说你也有数，是不是？反正封小媚也没怎么样，她走的时候一点也不难过，开开心心。颗五感觉到男人不像说谎的样子，倒像是有点难过的样子。颗五说，饭店开在哪里？男人想了想，说，好像在二郎巷一带，那男的绰号叫烧饼。颗五问，二郎巷在哪儿？男人说，坐 5 路车到终点，再转 7 路车。颗五去找车站，回头看，男人仍然站在原地，看着他的背影，颗五心里有点触动。

颗五寻到二郎巷，向人打听烧饼的情况，说烧饼的店早就盘给了别人，烧饼早不做了，也不知去了哪里。他问烧饼的女人怎么样，现在的店主挂着油腻腻的围裙，说，烧饼换过好些女人。颗五说，我找一个姓封的。店主"啊哈"一笑，说，啊，姓封的，知道，和谁谁搞大了肚子，早被烧饼赶走了。颗五又问到了哪里，店主说，这得问烧饼，问题是烧饼自己也不知道自己在哪儿。颗五泄了气，想回去算了，告诉封开山，封小媚这样的，不找她也罢。店主却忽然又说，你到旧车市场找找，有人看见烧饼在那里混，现在也不知还在不在，烧饼这样的，混不长。颗五复又有了些希望，往旧车市场去，到了，见满眼的旧车，颗五眼花缭乱。

听说烧饼又挪了地方，颗五满城市追烧饼，到下晚时，在一处旧房里见到烧饼，和一个女人一同走出来，睡眼蒙眬，听颗五问封小媚，烧饼回头冲女人一笑，说，封小媚，有这么个人吗，男的女的？女人笑着推一把烧饼，说，装什么样，若是男的，能和你搞大肚子？烧饼说，天知道，和我大了肚子？笑话，谁知道谁和谁大了肚子。女人笑弯下腰来，用拳头砸烧饼，烧饼向颗五说，封小媚那样的，你不找她也罢，你找了她，怎么，拿回去做老婆，你要？她肯？搂着女人远去，颗五追上去，说，她现在在哪里？烧饼停下来，认真地看了颗五一眼，笑了，说，哟，当真的呀，看你的脸，这么严肃做什么，等会见着封小媚，你便严肃不起来。颗五说，她在哪里？烧饼想了想，说，你到菜市场看看，说和青虫睡了。女人掐了烧饼一把。

颗五到菜市场去找青虫，天色已渐渐黑下来，菜市场是一个蔬菜批发地，烂糟糟的蔬菜堆成一座一座的小山，人就躺在蔬菜堆里，搭一个棚棚，或者连棚棚也不搭，往蔬菜上一躺，像一颗颗硕大的青虫，冲鼻子的烂菜味四处弥漫、升腾。颗五打听青虫，没有人告诉他青虫是谁，在哪里，只是说，你问青虫干什么？或者说，你知道青虫是谁？也或者看看颗五，然后说，你也配打听青虫？颗五便换个问题，问封小媚，大家一听封小媚，就笑，说，封小媚呀，有的，有的，你找她，出多少？颗五有点难堪，愣一愣，说，我是她家乡来的。一个老头冲到颗五脸前看看颗五的脸，说，家乡来的，你是她什么人？是她哥？颗五说，是，老头笑着摇头，不像，不像，你找她做什么，介绍工作？想在城市里打工？颗五说，我不打工。老头说，不打工你找她做什么，多事，颗五觉得再没话说，老头指指黑下来的天色，说，明天来找吧，颗五说，这就是说，她在这里？老头说，她在这里，或者不在这里，怎么说，她想在哪里就在哪里，有一阵倒是老在菜市场混，搞大了肚子，现在也不大见她，难得来。颗五说，那我，明天过来看看？老头说，看看吧，谁知道。

七

下一天的早晨，颗五再次出门，虽然他现在对寻找封小媚已经没有当初的兴趣，但是事情既然已经做到这一步，就做下去，看看封小媚到底怎么样，回去向封开山也有个交代。颗五出了旅馆门，就发现有一个人蹲在墙角，一看到颗五出现，立即站起来，迎过来，以颗五的感觉，这个人好像已经在这里等了他等了一段时间了。那人迎上来，说，你是颗五？他紧紧盯着颗五，颗五不认得他，想了想，说，我是颗五，你是谁？那人摆一摆手，说，你先别问我是谁，我是谁对你来说并不重要，重要的是我要说的话，我问你，你是不是应征了？颗五说，我没有应征，是他们搞错了人，接错了站。那人意味深长地摇摇头，说，我知道，我知道，这种心情我能理解，颗五说，什么心情，那人皱了皱眉，说，不说你什么样的心情，什么样的想法，我只是来告诉你，别上当。颗五说，上当？上什么当？那人说，你若是真的应征，你就上当了。颗五说，噢，我无所谓，反正不是我。那人说，我是有切身体验的，所以特意来告诉你，你听不听，是你的事情，说着便走开去。颗五望着他的背影，一直到看不见。

颗五上了开往菜市场的中巴车，买了票，坐了一段，发现前排座位有个女孩回头冲他笑，颗五有些猝不及防，也朝她笑了一下，女孩长得很清秀，文文静静，说，你是颗五？颗五并不以为她是在和他说话，颗五没有回答。

你是颗五，女孩再次说。

颗五欠一欠身，说，你？

女孩不说她是谁，只说，我知道，你在找人，找一个叫封小媚的女孩子，是不是？

颗五脸有些红，说，是，想了想，奇怪地盯着女孩看，你怎么知道？颗五突然心里一亮，你认得封小媚？

女孩说，我不认得封小媚，我认得你，你是颗五，你给我写信，你的信写得非常有文采，让我感动。

颗五睁大了眼睛，你是，你是……小妹？

女孩咯咯地笑了，说，你也叫我小妹。

颗五脸上有些不自在，说，对不起，我不知道你的大名。

女孩说，没关系，没关系，名字只是一个人的符号罢了，有没有都无所谓。

其实，颗五小心翼翼地选择词语，其实，小妹，我并不是给你写信的那个颗五，你们搞错了，真的，我不说谎。

女孩一点也没有不高兴地表示，说，没关系，没关系，我大哥说，你有点后悔，是吧？这很正常，无所谓的，做个朋友也行，不是吗？

颗五说，你大哥，就是那个瘦高个？

女孩说，是吧，反正瘦瘦高高的一个。

售票员说，菜市场到了，有没有人下？

颗五急忙站起来，女孩也站起来，他们一起下了车，看着中巴开走，颗五不知向女孩说什么好，女孩却一笑，说，我还没吃早饭。

颗五指指路边的小店，说，我也没吃。

他们到点心店吃早点，女孩说，想听听我的故事吗？

女孩在上大学时，有许多追求者，可是女孩一个也不喜欢，女孩喜欢的是一个农村来的同学。就像你这样子，女孩指指颗五，和你差不多的一个，我喜欢他，可是我家里人反对。颗五说，他呢，他什么态度？女孩说，我不知道，最后我们分开了，他分配回家乡去，他们家乡连个初中也没有，他就去教小学，他最后才告诉我，他并不爱我，因为他的心里，有另一个人，那个人和他是中学同学，他上了大学，那个女孩子就到城里去做事情，以后他们一直也没有再走到一起。颗五"嘿"了一声，想，这个人和我几乎是同一个人。后来呢？颗五说。女孩低垂了眼帘，说，后来我想不开，就得了病。颗五说，得病？什么病？女孩像是不认得颗五似的看了颗五一眼，说，什么病，你怎么会不知道，要我自己说出来？颗五想了想，说，再后来，你就登了征婚启事？女孩说，不是我登的，是我大哥他们，我想，也许是医生说了什么。我估计，医生一定是说，什么原因得的病，就得用什么方法解决，所以大哥他们，代我征婚，要找一个上过大学的农村青年，这时候，你看到了报纸，你动了心，就给我写了信。

颗五现在，确实是有点动心，他已经有点怀疑，是不是自己真的写过应征信，也许在某一天，在一段无聊的时间，颗五随意翻一张报纸，随意看到这一则征婚启事，写得很特别，与众不同，颗五便有了想法，提起笔来，写信，然后他将信交给乡下的邮递员，邮递员将颗五的信带到镇上的邮局，信被挤在邮包里，坐上汽车，再坐火车，来到这个城市。如果真是这样，现在，我该怎么办？颗五想。

没事，女孩看出了颗五的忧虑，说，没事，笑了笑，说，你看出来我有病？

颗五摇摇头，没有，他说，我看不出。

女孩说，可是我真的有病，你吃饱了没有？

颗五说，饱了，你呢？

女孩说，我其实已经吃过早饭，为了找个地方和你说说话，现在我好多了，你能不能，送我一段，送我回去？

颗五说，能。

他们又坐上中巴车，颗五发现女孩两眼清澈明亮，颗五的心，被这清澈明亮搅动了一下，又一下。

到了，女孩指指车窗外，颗五朝外看，是一家医院。

颗五和女孩下车，向医院走去，女孩说，谢谢你，我就住在这里边，住了很长时间了，我大哥和医生，他们说我不能出院。

颗五惊讶地盯着女孩清澈明亮的眼睛，说，你住在这里边，你怎么出来的？

女孩露出雪白的牙笑，说，很简单，早晨我拿了护士的一件白褂子，穿了，就出来了。

白褂子呢，你把它扔了？颗五问。

没有，女孩说，我把它寄存在医院传达室，一会儿我过去，我再穿上它进去，好了，你就送到这里吧，女孩说。

颗五站定了，看女孩往医院去，进了传达室，过了一会儿，从传达室里出来，果然换上了白大褂，朝里走，走了几步，突然停下了，回头看看铁丝网大门外的颗五，又走过来。颗五有些紧张，女孩笑着用手抓住铁丝网大门的铁丝，向颗五说，你看我，像有病吗？

不像，颗五说。

女孩说，你错了。

八

菜市场的老大青虫站在颗五面前，露出两排黄黄的烟牙，说，你找封小媚，手一指，那不就是封小媚？

颗五顺着青虫手指的方向看过去，一个非常漂亮非常丰满的妇女正冲这边笑着，颗五看得出她怀着身孕，肚子已经明显地大了，但是丝毫没有孕妇的懒散不舒展的感觉，妇女精神抖擞。颗五摇摇头，说，错了，她不是封小媚，他从妇女脸上身上，看不出有一丝一毫封小媚的影子。

青虫也朝妇女看看，说，不是她？也许，我搞错了，女人太多，搞不清。

颗五说，封小媚在哪里？

青虫说，你在这里等等看，也许她会来，递给颗五一根烟，说，你是封小媚家乡来的？

颗五说，封小媚一直不给家里写信，家里给她寄信，她也不回，她家里不放心，叫我来看看。

青虫说，看了怎么样？

颗五说，也没有怎么样，我是受人之托，帮人办事。

青虫说，不错，让一个菜摊的小老板，端张凳子给颗五坐下，颗五坐了。青虫走开去，颗五听到一阵清脆悦耳的笑声，看过去，那个妇女和青虫打情骂俏，几乎要倒在青虫怀里，青虫在她屁股上，一掐，再一掐，妇女夸张地叫喊，菜市场的人都笑。

正闹着，不知从哪里又冒出来一个女的，也一样的年轻、漂亮，也挺着个大肚子，张嘴笑着，上前就打了和青虫打闹的妇女一个耳光。被打的妇女，一点也不恼，笑眯眯地摸一摸脸，说，轻点打，你打疼我了。

打人的女人搓搓手，说，打你个婊子，你也知道疼？

青虫笑着走过来，问颗五，这一个，是不是你要找的封小媚？

颗五摇摇头。

也不是？青虫看起来像是有点失望，说，那你再等等，她们这些人，每天要来聚一聚，挺热闹。

那边的声音又响起来，一个女人说，你个不要脸的，你挺着肚子给谁看，谁认你肚子里的种？

另一个女人说，说我呢，你不也一样，你肚子里的种，又是谁的？

这一个女人骄傲起来，朝青虫丢个媚眼，说，你问青虫。

那一个女人呸了一声，你也配提青虫，她说，青虫是你挂在嘴上的吗，撒泡尿照照自己的脸。

她们一起朗声大笑，抓起蔬菜摊上的黄瓜，朝身上一擦，咔嚓咔嚓地咬起来。

青虫给颗五一根烟，说，其实你也不必找什么封小媚，封小媚肯定在这里，活得挺滋润，像她们一样。你看看她们，要多快活有多快活，她们也都是从乡下出来的，你看看，现在她们过得哪一点不如乡下了，事也不必做，心也不必操，吃现成的，穿漂亮的，有什么不好，有什么放心不下？你回去和封小媚家里说，封小媚挺好。

颗五说，我千里迢迢，坐了火车赶来，不见一见，总是有点遗憾，我再等等。

青虫走开去，留下颗五一个人等着，前前后后又来过几个年轻女人，又走了，但都不是封小媚。颗五四处张望，发现昨天和他说话的那老头，正坐在离他身后不远的地方。颗五走过去，老头说，见到你要见的人了吗？

颗五说，没。

怎么会？老头说，刚才来过，你让她漏过了。

没有，颗五说，来的人中，没有封小媚。

有，老头语气坚定，说，肯定有，会不会她变了模样，你认不出她了？

颗五想了想，将刚才看见的几个女人的相貌一一回顾，仍然觉得没有封小媚。颗五说，我都认真看了，没有。

老头说，那怎么会，我还和她说了话的，挺着个大肚子，还风骚呢。

颗五说，不是，不会，大肚子的女人，我看得很仔细，没有封小媚。

老头有些疑惑，想了想，慢慢地说，会不会，是你搞错了，这里也有个封小媚，但不是你要找的封小媚。

颗五没有说话，他慢慢地转过身，走出菜市场。

颗五没有直接回旅馆，他绕到火车站，买到了回家去的车票，拿了车票，看看上面的日期，颗五心里，有些说不清的味道，回到旅馆，发了一会愣，便开始整理一下东西。同房的旅客进来了，一看，说，你要走？

买了明天的票，颗五说。

旅客有些不舍似的，叹息一声，说，事情办好了？你要找的人，找到了？

颗五说，算找到了。

怎么样？旅客说，看颗五有些不好说的意思，连忙又说，我没有别的意思，我随便问问。

颗五说，在菜市场工作。

菜市场很好的，旅客说，菜市场的人，都发了，工作是辛苦一点，但是很来钱。

是吗，颗五说，现在乡下，倒不怎么种蔬菜了。

那么，旅客看着颗五，犹豫了一下，说，那么，那个征婚的人呢，怎么办，那个瘦高个？

颗五说，不是我的事情。

旅客说，是他带你到这里住下的。

房钱我自己结，颗五说。

你也不向他告别一下？旅客说，他知道你走了，一定很急。

本来是一场误会，也没有什么可急的，颗五说着自己一笑，说，也许我一走，真的颗五就来了。

旅客怀疑地看看颗五，说，你不是颗五？

颗五说，我是颗五，可是我不是他们要接的颗五。

服务员敲了门进来，指指颗五，你的电话，颗五和旅客到服务台去接电话，那边只是"喂"了一声，颗五就听出来是白天在中巴车上碰到的那个女孩，心里一动，说，你在哪里？

我在医院，女孩说，我告诉你一件事情，那封应征的信，是我自己写的，电报也是我自己发的，我发了电报给我大哥他们，让他们去接站。

颗五抓着话筒愣了半天，说，那你怎么会想到取一个叫颗五的名字，女孩说，我的那个大学同学，叫颗五，就这样，没事了，我挂电话了。电话果然咯嗒一声挂断，颗五慢慢放下话筒，服务员站在一边看他，颗五说，我明天走了，房钱什么时候结？

服务员说，这你和总台说。

颗五来到总台，掏出钱来准备结账，总台查了一下，说，你的房钱，已经结了。

颗五说，谁结的？

总台说，那我不知道，每天来结账的，很多人，我记不得，再说，也许不在我的班上，根本不是我结的。

颗五又回到楼层服务台，向服务员打听，是谁来取走住房单，到总台结账的。服务员说，没有印象，又说，有人给你结账，不是好事嘛，你担心什么，你又不是女的，怕人家骗呀。颗五说，我不怕人家骗，但事情有点不清楚。服务员说，不清楚的事情多呢，你都能弄清楚？就像和你同住的那个人，你们一起住了好些天，你知道他到底是干什么的，他长住在这里到底要干什么？

颗五摇摇头，不知道，颗五说，他自己也问过我好几次，叫我猜，我猜不着，他也不说。

一样的，服务员说，他也叫我们猜，我们谁也猜不着，反正只知道他不是这个城里的人，原来是在一个乡下小镇上养鱼的，有钱了，后来就住到这里来，像是在等什么。

颗五说，原来你们也不知道，我以为你们都知道。

颗五回到房间，向旅客说，我要走了，到现在，我们同住了几天，我也不知道你到底是干什么的，也不知道你住在这个城里到底要怎么样，颗五说，你是不是在等什么事情？

旅客笑了一下，说，你说呢？

第二天颗五在旅馆里等了半天，他以为瘦高个会来看他，可是一直没有等到，火车的时间到了，颗五赶往火车站，坐上火车，回家。在火车上，对面座位上的男旅客盯着他看，颗五觉得好像就是来的时候火车上的那个人，颗五试着朝他笑笑，但是他没有反应。颗五说，你常坐这趟火车来来去去？不，男人说，我第一次出门，第一次坐火车。

颗五回到乡下，先到封开山那儿，还没到封开山家，就被封开山的老婆看见了，迎出来，说，颗五你回来啦！颗五说，我刚回来，就往你这里来告诉你消息。封开山老婆说，不用，我们已经知道，小媚有信来了，在菜市场工作，有钱，正在谈对象，谈定了会带回来给我们看，叫我们放心。颗五看封开山老婆挺高兴的样子，说，那就好，没我的事了，转身回家去。

暑假结束，新学期开学，第一天上课，颗五对小学生说，同学们，上课了。

不要问我在哪里

一

拿到新房子钥匙那天，谢敏娜给儿子蒋明打了个电话，蒋明不在家，又打到他的手机上，也没有接。一直到很晚，蒋明才回了个短信，问有什么事。谢敏娜觉得短信说不清，赶紧又打蒋明的手机，总算接通了，谢敏娜赶紧说，小明，找了你一天，你在哪里？蒋明说，妈，我手机里没多少钱了。谢敏娜本来有许多话要跟儿子说，可蒋明这么一表示，谢敏娜只好简洁些说，我就说几句话，新房子拿到了，你什么时候回来看一看。蒋明说，知道了。电话就挂了。谢敏娜朝着电话愣了片刻，回头跟老蒋诉说，话就这么少，跟自己妈妈也没有话说。想想气不过，又补了一句，有事情就知道来找了。老蒋附和说，现在的孩子，太自私。不料谢敏娜又不爱听，反驳老蒋说，你还说别人，你自己好，在外面跟人家低三下四，扫地的看门的你都点头哈腰，对儿子就永远看不顺眼。老蒋不吭声了。谢敏娜也落个没趣。本来拿房子是

250

喜事，谢敏娜喜滋滋地想和人说说。可单位的同事她不想说，亲戚朋友不想说，经常聚会的中学大学那些老同学也不想说，他们中的大部分人，还没买第二套房，谢敏娜先买下了，她觉得最好不要抢先去告诉他们，可以等他们听到了风声来问的时候再说。这么排除下来，就没几个人可说的了，差不多只剩下丈夫和儿子了。老蒋个性软弱，总是顺着谢敏娜的口气说话，但又总说不到点子上，谢敏娜也怕了跟他探讨什么事情，儿子又不在身边——想到儿子，谢敏娜心里就不顺畅，不在身边，在身边又怎么样。

于是一桩喜事倒变成了谢敏娜不高兴的由头了。

还是蒋明上大四的那个寒假，眼看着就要大学毕业了，蒋明对自己毕业以后的打算谢敏娜一点都不知道。从儿子上大一起，谢敏娜就试图和儿子谈这个问题，在谢敏娜看来，就是每个人对自己今后的人生打算，每个人都应该考虑的。可蒋明总是说，早着呢，早着呢。眼睛一眨，就到了大学期间最后一个假期了，几乎所有的应届毕业生都在各地人才招聘会上使劲推销自己，蒋明却与己无关一如既往地泡在电脑上。谢敏娜急了，说，你怎么就不着急？蒋明说，是呀，我都不着急，你急什么呢。谢敏娜气得说，那好，今后你有什么困难别来找我。话出了口，她又觉得不应该这么说，毕竟是自己的儿子，也毕竟就这么一个儿子，他有困难不找父母还能找谁？当时她就有点后悔，她以为他会恼怒，结果发现蒋明正在网上和人聊天，没有在意或者根本就没听见她的刺激。但谢敏娜还是走到儿子身边，检讨了一句，对不起，妈妈刚才那样说话，是不对。蒋明也没回头，只是"唔"了一声。谢敏娜说，但我也是为你着想。蒋明说，你说什么——妈，我正有要紧事情和同学商量呢。谢敏娜知道这是儿子在暗示她离开他的房间。谢敏娜快快地出来，回到自己房间，看到老蒋正在冲着电视傻笑，谢敏娜一肚子的火气，说，你关心过你儿子没有？老蒋赶紧收敛起笑容，小心翼翼地看着谢敏娜的脸，揣摩着她的意思。

也就是在那一瞬间，谢敏娜觉得自己对蒋明和老蒋彻底失望了。其实她对他们彻底失望已经好多次了，她自己也搞不清楚哪一次是最彻底的最后的失望了。她作出一个决定，不和他们啰唆了，也不管蒋明对今后的工作和生活有什么打算，她要用蒋明的名字买一套房子，有备无患。

谢敏娜加入了买房大军，花了几个月的时间反复推敲，最后定下一处投资型的酒店式公寓，八十平方米，可以自由切割，奢侈一点，做一室一厅，就相当宽敞气派，如果自己家不用，可以租给外来的白领甚至老外住。据开发商广告宣传册上的回报分析，每个月的租金大大超过还贷的数字。如果自己家里要用，想派上多一点的用场，也可以隔成两室一厅，一个小家庭也足够住了。从前的老公寓房，三室一厅还不足八十平方米呢。

谢敏娜把房产广告带回来给老蒋看，上面标有十多种套型。谢敏娜已经在八十平方米的那个套型下用笔画出了线条，这样老蒋的注意力就集中在固定的范围里了，省得老蒋眼花缭乱。对谢敏娜的八十平方米的观点老蒋没有意见，他先看了看单价，又心算了一下总价，然后小心地说，咱们家有那么多钱吗？钱一直是谢敏娜管的。谢敏娜一听老蒋这话，顿生警觉，说，你在试探我？你以为我很有钱？老蒋说，你说要买房子。谢敏娜说，我买房子也不是给我自己住的，是为这个家买的，这个家就没有你一份？这么多年，你主动关心过家里的基本建设吗？老蒋想说，轮得着我关心吗？但他不敢说，赶紧把话题拉回来，他指了指那张广告说，你看，这上面写着，回报率很高的。谢敏娜撇了撇嘴，过了一会说，广告都是这么说，谁知道呢？老蒋点头道，是呀，现在的人都是好话说尽，坏事做绝。谢敏娜正在买房的兴头上，被老蒋这么一说，立刻跳了起来，尖厉地反问道，照你这么说，这房子就不要买了？老蒋觉得冤，明明是顺着谢敏娜的口气说的，明明是谢敏娜自己对广告词有所怀疑，但为什么她可以说，他却不能说？他搞不明白，都搞了二十多年了，他一点也不明白，还越来越不明白。老蒋又不吭声了，但他知道谢敏娜正等着他说话呢，他只好硬着头皮再换个话题，说，你挑的这个套型好，八十平方米是最理想的面积。谢敏娜立刻说，八十平方米是最好的套型？你是装傻还是真傻，难道八十平方米比一百四十平方米好？比顶层的复式好？老蒋说，但是我们没有那么大的经济实力。谢敏娜说，你现在知道经济实力了，这么多年你在干什么呢？这么多年老蒋一直在工作，在挣工资挣奖金，虽然不算太多，但也可以积少成多嘛。但这些话老蒋是不会说的，他懒得说。谢敏娜说，我买八十平方米，就是为今后考虑的，现在还不清楚小明的打算，我们得做好几手准备，他将来呢，婚后要是愿意和我们住，我们这里有三室一厅，也住得下了，新房子就出租；他们要是愿意单独住，两套房子可以由他挑。老蒋忍不住要打哈欠，硬是没有让它打出来，眼泪都快憋出来了。谢敏娜感觉到了他的哈欠，她说，我为这个房子费了多少心思，你连听一听的耐心都没有？老蒋说，我在听呢，你说，你说。谢敏娜忽然又泄了气，说，你想听我也不想说了。

　　谢敏娜也知道自己到了这个年龄，变得啰唆、脆弱、烦躁，但好在她的这种更年期变化没有影响她的工作，更没有影响她对一些重大事情的决断。比如这一次买房，她的考虑还是相当周全的。蒋明如果有能力，有出息，今后可以自己挣钱买房，当然最好，但万一蒋明和他爸差不多，没有远大的理想，只是拿点工资平平凡凡过小日子，凑不起买婚房的巨款，那她有了这套房子，也不用愁了。等儿子成家，无论他们是不是和儿子媳妇一起住，她也有了回旋的余地，合得拢就一起住，合不拢就分开住。谢敏娜没指望自己能当个好婆婆，她自己跟婆家的关系就是不冷不热，表面上说得过去，骨子里却亲不起来。所以即便今后儿子护着老婆，她也能想得通。天底下的道理都一样。谢敏娜还是属于比较理性的，无论想得通想不通，该她做的事情她都得做到位，这样就不会处于被动地位了。

房子就这样买下了。

其实所谓的买下，也就是先付二成的首付，和房产公司签合同，然后到银行办贷款，等等。接着就把心思放下了，耐心等待交房日期。所以确切地说，当时买下的还不是房子，只是一张纸而已。现在买房的人都这样，看的都是沙盘里的房子和纸上的房子，有的甚至连造房的那块地皮还没有搞定呢，就卖楼花了。大家虽然不满，但买房的欲望还是大于不满，是好是坏就看运气了。何况现在都有统一格式的合同，还上网公布，还有监管部门和舆论监督，如果拖延交房时间，房产商是要罚款的，因此也基本不用担心他们到时间交不出房来。

手续办妥以后，儿子也临近毕业了，谢敏娜把买房的事情告诉了他，与此同时，儿子也向她说出了他的一个决定，他留在他念大学的那座城市——B城工作了。

这是谢敏娜所有的周全考虑中所没有考虑到的。谢敏娜第一个反应就是，儿子谈了对象，他被对象拖住了。谢敏娜心里多多少少有一点不适，但她还是比较通达的，她问儿子，她是 B 城人吗？蒋明说，你说谁？谢敏娜说，你不是因为女朋友的原因留在 B 城的吗？蒋明"嘿"了一声，说，妈，别瞎操心了。谢敏娜郁闷了好些天，拿老蒋撒气。老蒋说，你还好呢，他还知道发个短信告诉你一声，我呢？他连正眼都不看我一眼。谢敏娜说，那怪你自己不跟儿子沟通。

谢敏娜和老蒋去 B 城看儿子。蒋明正在上班，他把钥匙交给门卫，让门卫转交他的父母亲，然后把住址发到母亲的手机上，一点都没有影响他工作。蒋明的住房是公司提供的廉价房，两人合住，谢敏娜和老蒋在蒋明的房间里研究了半天，觉得这不像是个有女朋友的地方，一点女孩子的气息都没有。

蒋明下班后，和父母亲一起吃了一顿饭，他们边吃边谈，但基本上是谢敏娜问，蒋明答，问得繁琐复杂，答得简明扼要：

谢敏娜：小明，刚才我们看了你的房间，房间好乱，好久没打扫了吧？你们是两个人合住的？

蒋明：嗯。

谢敏娜：两个人住，各方面都方便吗？他性格怎么样，你们合得来吗？住得习惯吗？

蒋明：大学里八个人住。

谢敏娜：你到底有没有女朋友？许多大学生大一就开始谈了，你到底谈了没有？

蒋明：没。

谢敏娜：你不是为女朋友留在 B 城工作的，那你为什么不回家去找工作，你觉得 B 城比 A 城好吗？

　　蒋明：差不多吧。

　　谢敏娜：那，那，你的工作是怎么找的呢？

　　蒋明：同学介绍。

　　谢敏娜：工作情况怎么样？一天上几小时班？累不累？适应不适应？专业对口吗？和同事相处怎么样？吃饭问题怎么解决的？在这个单位工作心情愉快吗？

　　蒋明：还好。

　　谢敏娜：你打算在 B 城工作多长时间？

　　蒋明：说不好。

　　谢敏娜（回头瞪了老蒋一眼）：老蒋，你跟儿子就一句话也没得说？

　　老蒋：……

　　吃过这顿饭，谈过这次话，谢敏娜和老蒋就回 A 城了，蒋明留在 B 城，开始走他的人生道路。

　　谢敏娜买的是装修房，等了一年半才拿到钥匙。不过谢敏娜运气还算不错，这家开发商的信誉和实力都好，交到手的房子和卖房时的纸上承诺几乎没有差别，因为是精装修，什么都不用谢敏娜再操心，只要添置一点新家具，开通一些管道和线路，大功就告成了。

　　这时候蒋明已经在 B 城工作一年多了，而且也看不出他在短时间内有回老家 A 城工作的迹象。新房子空着太浪费了，何况还贷的压力还是比较大的，蒋明虽然大学毕业有了工作，但一个人在外地，一样要租房子住，谢敏娜还得资助他。谢敏娜决定把房子租出去。

谢敏娜找了一家规模大、声誉好的房屋中介公司，接待她的是个年轻的小伙子，自称小包，名片上写着包健。小包热情精明，还很善解人意，他建议谢敏娜将租金定在两千以下，一千八左右是最佳定位。谢敏娜一听这个数字，心里顿时不爽，语气就有些尖刻了，说，按当时的广告上说，我这个套型租金可以达到三千多，你这相差也太大了吧？好像写广告词的就是小包本人。但小包宽厚地笑笑，说，这只是我们的建议，到底定多少，你们自己拿主意。其实，从我们的立场，肯定希望你们租得高一些，你们租金高，我们佣金也高，您说对不对？谢敏娜说，那开发商就不应该那么宣传。小包仍然笑眯眯地说，开发商也只是一个预测，何况这是在一年多以前的预测，市场的变化他们预测不了，您说是不是？年轻的小包始终很沉稳，反而显得谢敏娜急吼吼地沉不住气。

　　谢敏娜回去跟老蒋一说，老蒋赞同谢敏娜的观点，说，这也太不像话了，差一千多块呢，不是差一百多块。谢敏娜说，但是如果租金定得太高，可能难租出去。老蒋说，急什么，我们不急的。谢敏娜说，亏你说得出，急什么？贷款由你还，我就不急。老蒋说，我怎么还？谢敏娜说，那你就没有资格说话。老蒋想，明明是你来找我说话的。但他没有说出来。谢敏娜却说，我再也不想跟你商量事情。

　　由谢敏娜手头的盘算，租金是两千还是三千，都不会太大地影响她家的生活质量，但她心里不舒服，觉得开发商有欺诈行为，至少也是误导，她又不可能去跟开发商打官司。谢敏娜心里别扭，就赌着这口气，将房租定在了两千和三千中间的一个位置上。她将决定告诉小包的时候，想从小包那里得到一点感性的反应，如果小包坚称这样的定价租不出去，她也许会考虑修正降低，但是电话那头小包和气的声音里只有理性和礼貌，小包说，行，谢女士，我就替您登记了，一小时之内，网上就能看到了，您可以查一下。谢敏娜说，大概什么时候能够租出去？小包说，谢女士，您放心，一有消息我会立刻通知您。

一晃几个月过去了，一点动静也没有，谢敏娜问过小包两次，小包的回答简直像是电话录音——谢女士，您放心，一有消息我会立刻通知您。谢敏娜忍不住上网一看，吓了一大跳，她所在的这幢名为通和大厦的高层建筑，一半以上的房子都通过中介挂在网上等待出售或者出租。再一看价格，就知道他们大多和她一样，受了开发商的预测的影响。

谢敏娜不会像卖西瓜的农民那样，宁可烂掉也不降价，她迅速调整了心态，把租金降下来一大块，再通知小包的时候，小包仍然是同样的语气：行，谢女士，我会立刻更换您的租金价格，一有消息我会立刻通知您。

消息果然很快就来了，由小包约定第二天中午双方在谢敏娜的那套房子里见面。

自从给新房子办完一切该办的事情，比如买家具、装电话、开通有线电视等以后，谢敏娜就再也没有进去过。钥匙总共有六把，当时老蒋拿了一把，因为要接送家具，要打扫卫生，要等待上门接通线路的电信技术人员，等所有的事情都办妥了，老蒋就把这把钥匙还给了她。还的时候老蒋说，钥匙我还给你了啊。谢敏娜有点奇怪，老蒋为什么要还钥匙，难道他觉得这房子是她一个人的？老蒋察觉出谢敏娜的那一丝疑虑，又赶紧说，放在我身上也没有用，我又不要进去。老蒋这话一说，不但没有消除谢敏娜的疑虑，反而使她更加多心。钥匙还就还了，为什么还要强调他不会进去，这不是老蒋的风格，老蒋是个闷嘴葫芦，能不说的话他是尽量不说的。谢敏娜盯着老蒋看了看，老蒋的心虚都从眼睛里露出来了，谢敏娜说，你还了钥匙也不能证明你不进去，这些日子钥匙放在你身上，你完全可以再配一把。老蒋立刻回答说，这是新型的三维锁芯的锁，钥匙是不可复制的，不信你去问他们。谢敏娜想，老蒋对这个问题回答得这么快还这么专业，看起来关于钥匙的问题他是请教过行家了。谢敏娜说，我问他们干什么？这是家里的房子，家里谁都可以进。老蒋一慌张，又说，我不会进去的，我进去干什么？老蒋真有点此地无银三百两。

接到小包的通知后，下午谢敏娜从学校回来，等老蒋下班，两人就直奔新房子，他们还要再检查一遍有什么不当和遗漏之处，能弥补的尽可能弥补好，免得因小失大。

开门进去，就发现地上都是灰，踩上去竟然厚厚的一层。谢敏娜说，这么高的楼层还这么多灰，现在我们的城市都应该改名叫"尘市"了。老蒋还用手抹了抹席梦思床垫，说，你看看，这上面也都是灰，说明有很长时间没人进来了。老蒋的话又让谢敏娜奇怪，上次交钥匙的时候，谢敏娜就感觉到老蒋的奇怪，老蒋为什么要反复强调他没有进来过呢？难道他进来过，又想掩饰，他进来干什么呢？难道老蒋有外遇，把外遇带到这里来了？谢敏娜的心渐渐地揪起来，但她没动声色，细心地四处观察，却没有丝毫迹象表明有人进来，或者有人待过。谢敏娜有点后悔，她应该独自先来看一看的，如果老蒋搞过鬼，他肯定在这之前抹掉了所有的痕迹。

第二天中午，租房的对象准时来了，这是一个年轻的女孩子，由男朋友陪着来的。谢敏娜乍一见她的男朋友，真有一种恍若隔世的感觉，她想起了自己的初恋，大学里那个高大帅气特别讨女孩子喜欢的男生，可最后他又爱上了别的女生，她一气之下，选择了老实巴交的外乡人蒋同学。

要租房的女孩一进来就嚷嚷说，这里好，这里好。她男朋友很温和，笑眯眯地说，你先看看，再慢慢表态。女孩子说，这个房间布置有品位，我喜欢。男朋友说，是不是再看看别家，刚才小包说，通和大厦里，就这个面积的套型，就有好几十户要出租呢。女孩子朝他直翻白眼，急吼吼说，我再也不跑了，就要这家了。男朋友笑道，你真是个急性子。女孩子抢白他说，你当然不用急，你有家，有老爸老妈伺候你，可我没有家，我急于要有个家，我要安定下来。无论她怎么抢白他，他总是呵呵笑。

小包陪在一边，一直是沉稳地微笑，无论女孩子和她的男朋友说什么，他都不表达自己的意见，但谢敏娜感觉，他的可亲可爱的笑容，就像一张网，正张开着，等着猎物钻进去呢。

女孩子的情况很简单，名叫顾倩，外地人，A城大学毕业，留在A城工作。但不知道是干什么工作的。她男朋友的情况没有人介绍，谢敏娜自己猜测了一下，可能是本地人，和顾倩是同学，家境比较好。

顾倩嚷了一阵以后，对小包说，现在就签合同吧。沉稳的小包也有些措手不及了，说，合同我没带在身上，签的话，我马上打电话叫同事送过来。除了价格，你们双方还有什么要补充的，再考虑一下，一会都写上合同。小包说过，就给同事打电话，说，许艺，你把合同给我送来。那个叫许艺的同事答应拿了合同就过来。

顾倩长长地吁了一口气，尖利的眼光开始在房间里打转，转了一会，她说，怎么没有扫帚和垃圾桶，我怎么打扫卫生？垃圾往哪里扔？本来是有扫帚和垃圾桶的，但都是家里用旧了的，打扫房间时谢敏娜带过来用，用过后，老蒋说就留在这里吧，谢敏娜却觉得在漂亮的新房子里放一把破扫帚反而倒了胃口，就给扔了，哪料现在被人家抓住了一个小把柄。小包微笑着，没言语，用眼光征求谢敏娜的意见。谢敏娜愣了一下，说，我以为我这里的东西够全的了。顾倩的男朋友也说，要不，这点小东西就别麻烦人家了。顾倩又朝他翻白眼，说，我很忙，没时间，你不懂吗？她又朝谢敏娜看看，说，买了东西还是你家的嘛。谢敏娜不相让地说，扫帚垃圾桶，几块钱的东西。顾倩男朋友说，要不，我帮你买吧。顾倩凶巴巴道，要你这么卖力干什么？是你出租，还是别人出租？生活必需品房东本来就应该提供的嘛。她男朋友"嘿嘿"一笑，没再说话。谢敏娜心里有点窝火，但还是忍了忍，她朝小包说，那好吧，我们把扫帚和垃圾桶拿来。小包微笑着点了点头。一开始谢敏娜还觉得顾倩是个脾气爽快的姑娘，尤其在她说她的房间布置得有品位时，她心里是掠过一丝暗喜的，这丝暗喜不仅是自己的虚荣心得到满足，也是对未来房客接纳的开始。但很快这一丝丝暗喜就荡然无存了，她不喜欢顾倩那样对男朋友翻白眼，她想起了自己的儿子，此时此刻，远在 B 城的蒋明会不会也在被另一个姑娘翻白眼？

小包的手机响了，他的同事许艺告诉他，合同被另一个同事锁在抽屉里，一时拿不到，那个同事要到下午两点才回公司，希望小包请两位客户稍等一下。

谢敏娜一听，立刻说，今天不行了，我下午两点有课。她也没料到这么快就要签合同，以为只是先来看一看房子，下午没有调课，而且她看这个要租她房子的女孩子不是很舒服，心底深处好像不想这么快就让她住进来。谢敏娜说，重新换个日子吧。顾倩立刻说，我今天就要签，我今天就要住进来。小包也说，反正你们双方都满意了，合同早晚要签的，能早签就早签。谢敏娜说，我说过了，我下午有课。顾倩说，你先生也有？老蒋脱口说，我不是老师，我没有课。顾倩说，那就你签吧。谢敏娜哑口无言，只能干瞪着老蒋。

晚上回家，老蒋掏出厚厚的一沓钱交给她，谢敏娜那口憋着的气才放松了一点，她不是一个太计较钱的人，数也没数就收起来了，但心里还是觉得有点不适应，也不知道不适应什么，她说，这个女孩子很有钱。老蒋说，是那个男的掏的。

谢敏娜买了扫帚和垃圾桶，给顾倩送去。顾倩不在，她在电话里吩咐放在一楼大堂的值班室，谢敏娜放下东西，走出了通和大厦，走了一段路，她停下来，回头，抬头，朝上看，她看到了属于自己家的那个窗口，它高高地敞开在二十八层上。

谢敏娜的心忽然牵动了一下，她在这里出租房子给别人家的女儿住，她的儿子却在 B 城租公司的廉价宿舍住。儿子租住的房子她去过，比这房子差远了，是旧房子，两人合住，周边环境也差，哪像这个新型的酒店式公寓，里里外外都是五星级的管理。

谢敏娜心里有点难过，也不知道蒋明为什么不愿意回来工作。

二

蒋明所在的公司，是他同学老爸开的。大学毕业，同学被老
爸送到国外去继续深造，同学跟蒋明说，要不你到我爸公司打
工。蒋明说好，事情就定下来了。所以他不需要拿着自己的简历
没头苍蝇似的在人才交流会上嗡来嗡去。同学老爸的公司也不
错，在 B 城小有名气，蒋明谢过同学，就去上班了。

蒋明并不是因为在 B 城谈了女朋友才留在 B 城的，因为什
么，他自己也说不清，或者说，他也从来没有想过为什么。既然
同学跟他说了，他也觉得这工作不错，他就做了，没有那么多为
什么。母亲还自以为是地猜测他是因为女朋友才留在 B 城。做家
长的也是奇怪，子女谈恋爱吧，他们着急，怕影响学习、影响工
作、影响前途等，不谈吧，又着急，怕有自闭症，又说没有责任
心，又觉得现在的孩子太自我，等等，总之你做什么他们都觉得
你是不对的，至少是不能让他们放心的。蒋明连工作的事情也没
跟父母商量，自己定了就定了，有什么好多说的。多说也是
白说。

蒋明在 B 城上班，有一天他在路口等红灯，旁边一辆车上的
女孩子冲他"咦"了一声，蒋明一看，原来是大学同学周丽。周
丽说，蒋明，你没有回 A 城？蒋明说，吴军让我到他爸公司打
工，我就留下了。周丽说，噢，原来这样。蒋明说，你呢？周丽
说，我考了公务员，在税务局。蒋明说，好单位啊。周丽说，你
女朋友呢？蒋明说，没有。周丽说，噢，跟我一样。蒋明说，既
然都没有，我们谈谈吧。周丽说，谈就谈，谁怕谁呀。他们就谈

恋爱了，谈上以后也觉得奇怪，为什么大学四年坐在一个教室里，天天见面，就没有感觉对方有什么特别的地方，甚至都没有什么好感，现在却是越谈越投机，大有相见恨晚的意思，其实他们相见可不晚，应该是相知恨晚。

一天蒋明和周丽走在街上，不知怎么蒋明就忽然站定了，说，周丽，你敢不敢跟我走？周丽说，到哪里去？上刀山下油锅？蒋明说，登记。周丽说，走就走，谁怕谁呀。他们就去领了结婚证。这才想起来应该告诉双方父母一下。

周丽家在 B 城，家庭条件比较好，父母早已经给女儿准备了一百四十多平方米的婚房，现在有了女婿，虽然来得突然，吃过一惊后，两老也接受了，毕竟还是比较门当户对的，再说了，就算他们不满意蒋明，女儿满意着，他们也是阻止不了女儿的。与其弄得大家不开心，不如退一步让大家开心吧。就开始替他们筹划婚礼。

蒋明的父母当然也是大吃一惊，觉得这个蔫不拉叽的儿子也太有主意了，工作的事情不和他们商量，谈对象也不告诉他们，现在都登记了，他们连媳妇的面都没有见过一次。

谢敏娜挂了那个电话后，闷坐了半天，越想越气，气得简直没办法了，看到老蒋想溜，赶紧喊住说，你想走？老蒋说，我没走，我去倒杯茶。谢敏娜说，这么大的事，你还喝茶？老蒋哪敢吭声，倒挂着眉毛，大气都不敢出。谢敏娜说，你除了关心你自己，你还关心谁？老蒋说，哪有这样的儿子，简直不像话。谢敏娜闷了一下，随即反击说，这么省心的儿子你还嫌不好，什么都不麻烦你，你还要怎么样？老蒋也知道这时候自己说什么都是错的，不说又不行，就干脆放开了胆量说，既然已经登记，就是正式结婚了，我们总得去看一看吧。谢敏娜本来是郁积了一肚子的话，哪知被老蒋这么一说，顿觉开悟，事情其实也很简单，天也没有塌下来，就决定立刻到B城看一看再说。

父母亲赶来了，蒋明简单地介绍了一下周丽的情况，就带他们上丈人家去了。亲家见了面，第一印象都不错，至少都是有教养有素质的人，还有共同的感受，就是子女大了由不得自己的那种感受，尤其是亲家母和亲家母之间，这种感受特别共通。

然后就去了新房，当然要比蒋家的八十平方米气派得多。婚房已经布置得差不多了，谢敏娜曾经替儿子未来的婚房做过许多美好的设想，现在全都成为毫无意义的空想，她心里多少有点失落，也有点酸，她挑出了几处毛病，但没有说出来，她不想让自己显得那么小气。

最后就是办婚宴的事情了，最好的办法就是在B城和A城各办一次，双方也都同意了这个方案。在B城办的时候，蒋明的父母亲过来，在A城办的时候，周丽的父母亲过去。一切商量妥当，离共进晚餐还有一段时间，大家坐下来喝茶，闲聊，不知怎么就聊到了未来的孩子的姓氏上去了，于是发生了不愉快，到底是姓蒋还是姓周，双方各执一词，都很激动。

谢敏娜这才发现，自己先前的平静完全是装出来的，或者是撑出来的，她是不堪一击的，一下子就彻底混乱了，指着亲家母尖刻地说，你还是个有知识的妇女呢，怎么会说出这样的话来？亲家母说，你既然以为自己是有知识的妇女，怎么会这么计较孩子的姓氏呢？谢敏娜说，你要是不计较，怎么会提出孩子姓周？亲家母说，我们就这么一个女儿。谢敏娜说，我们就这么一个儿子。亲家母说，婚事办在我们家，就等于是招女婿。谢敏娜说，我们送了一个儿子给你们，还要送一个孙子给你们？亲家公插嘴帮老婆说，怎么能说是送呢，蒋明做了我家的女婿，他还是你们的儿子嘛，孙子就算姓周，他也还是你们家的孙子嘛。谢敏娜说，那好，那就把婚事办到 A 城，把周丽嫁到我们那边去，她还是你们的女儿嘛，我们的孙子姓蒋，也还是你们的外甥嘛。亲家母说，你这是不讲理了，新房都已经布置好，你不知道我们花了多少精力和钱财。谢敏娜说，我更愿意花精力花钱财。亲家母早已经通过女儿了解到蒋明的家境虽然不算太差，但远不如他们周家，就嘴硬说，就算你愿意，你能提供这么好的条件给他们吗？谢敏娜大受刺激，跳了起来，说，我哪怕倾家荡产，也要弄一百五十平方米的新房给他们。亲家母比她稍沉得住气，没有跳起来，但话语却针锋相对，说，那他们俩都得去 A 城重新找工作，他们愿意吗？

他们在客厅里吵嘴的时候，蒋明和周丽正躲在卧室里卿卿我我，只听到外面吵吵闹闹，也不知道他们在说什么，他们还希望双方的吵闹声更响一点，吵闹的时间更长一点，就没有人会来打扰他们了。

最后吵闹声终于停了，片刻之后，卧室的门就被敲得嘭嘭响，家长们没办法了，来逼蒋明和周丽表态，孩子到底跟谁姓，蒋明和周丽对看了一眼，同声说，谁说要生孩子了？

谢敏娜转身就走，走了两步，回头看到老蒋还傻呆呆地站着，过来一拖他，气汹汹说，你还赖在这好地方不想走啊？

大人吵得伤筋动骨，孩子却不在意，他们本来就不想大办什么婚宴，现在机会来了，趁亲家双方没有和好之前，赶紧去旅行结婚了。

结婚几个月后，有一天周丽忽然不理睬蒋明了，她不让他睡大床，让他睡到外面客厅沙发上，蒋明不知她什么意思，说，你干什么？周丽说，你没劲，我不喜欢你。蒋明想了想，找不出原因，就硬找了一个，说，是不是我下班回来晚了，你不高兴。周丽说，我希望最好你再晚一点，不回来最好。蒋明说，为什么？周丽说，我看到你就讨厌。蒋明说，你一直在网上，不会是网恋吧。周丽说，给你说中了，我网恋了。蒋明说，哈，真没想到。

　　周丽不是开玩笑，她真的闹了网恋，而且一发不可收拾，蒋明以为她过一阵就会好的，可一直不好，而且她还主动告诉了自己的父亲，说要跟蒋明离婚了，说是因为网恋。她的父母还以为蒋明网恋了，气势汹汹准备去找蒋明问话，可女儿告诉他们，你们弄错了，不是他网恋，是我网恋。她父母目瞪口呆。

　　网恋了几个月后，他们离婚了。他们结婚时没有摆宴席，离婚却请了几桌客，这时候周丽看到蒋明也不那么讨厌了，他们不再做夫妻，但是已经可以心平气和地继续做朋友了。

　　可是蒋明却不能再搬回原来的住处了，公司又进了一批新人，公司提供的廉价双人宿舍已经客满，蒋明就自己租房独住了。

　　蒋明租了一个四十平方米的一室户，是酒店式公寓，全新房，楼层很高，可以望远景，大楼管理也不错，租金也合理，唯一不太满意的就是窗帘太薄。蒋明从小习惯在黑暗中睡觉，不希望窗户里有光透进来，尤其早晨的时候，窗户的光会打扰他的清梦，他指着窗帘对房东太太说，这样的窗帘我睡不着觉，太透明，你能不能给我加一块那个什么东西。那是遮光布，他竟说不出来，管它叫"那个什么东西"。房东太太自己也有怕光的习惯，家里卧室的窗帘都有这么一层遮光布，但是蒋明这么说出来，她心里就不爽，说，你年纪轻轻，怕什么光。蒋明说，这跟年纪有什么关系。房东太太又说，这个窗帘，好看就好看在半明半暗，要是加了遮光布，窗帘会变得很难看的。蒋明说，睡觉要紧还是好看要紧。年轻人说话不中听，房东太太想不去计较，但话到嘴边挡也挡不住就出来了，说，我这屋子里的东西已经够全的了。蒋明说，我知道你够全，不全我还不租呢，我现在只要求加一块那个东西，你能办到吗？房东太太心里就窝气，房屋中介是个年轻的女孩，她倒有点不耐烦了，说，遮光布很便宜的，要不，你替他加上，钱我来出。房东太太立刻很生气地说，不是钱不钱的问题，我也不在乎这点钱，我只是觉得，现在的年轻人，也太懒惰了。

不过后来房东太太还是很快就把遮光布给他送来了。蒋明想，既然如此，当初何必为一块遮光布那么激动呢。不过他也只是想想而已，他不会说的。

现在蒋明又是自由身了，他白天上班，下班后，有时候和朋友一起泡泡吧，更多的时候就一个人泡在网上，他本来上网只是玩游戏，很少上 QQ 和人聊天，最多只是在游戏的过程中，和同网游的玩家有一搭没一搭地说上两句。他从来对网恋那些东西不以为意，可自从周丽因为网恋跟他离了婚，反倒刺激了他对网恋的好奇心。

蒋明很快就有了对象，并且很快就发现，这种对象在网络上分分钟都会有好多个。他先后有了一个叫蓝莓另一个叫红草的女网友，通过视频，他看到了她们的样子，长得都不错，清纯可爱，比周丽更年轻更漂亮，她们热火朝天地和蒋明网恋，但蒋明很快就厌倦了她们，他觉得跟她们说话如同喝白开水，太没滋味。她们学历都不低，一个是本科生，另一个是大专生，但境界太低，她们的口头禅不是"哇噻"就是"东东"，聊天的内容不是狗狗病了，就是自己脸上又长了几颗痘痘。蒋明和她们共同语言实在太少了。蒋明放弃了她们，接着再找。

接着蒋明就碰到了"到处流浪"，蒋明觉得这是个男的，开始不想多聊，但"到处流浪"的话跟他的思想很投机，很吸引他，他就留下，和"到处流浪"聊开了。

聊了一阵以后，蒋明问"到处流浪"住在哪个城市，"到处流浪"说，在A城，蒋明说，那是我老家。"到处流浪"也问蒋明在哪里，蒋明说在B城，"到处浪流"说，那是我老家。蒋明说，那我们是交换场地，我租房子住，你呢？"到处流浪"也是租房子住，他们互相交流了租住的房间照片，蒋明才看出来，这是一个女孩子的房间，蒋明说，我以为你是个男的。"到处流浪"说，你以为只有男的才会到处流浪？蒋明说，我犯了惯性思维的错误。后来他们又交流了各自在异乡租住房子的情况和感受，"到处流浪"说，看到房东太太，我就想起我老妈。蒋明说，同感，我看到我的房东太太，第一个想起的也是我老妈。

后来他们都见到了对方的样子，并没有特别意外的感觉，都觉得对方就应该是这个样子。

在网上聊了一阵，两个人都有意见上一面，但无论是蒋明回老家见"到处流浪"，还是"到处流浪"回老家见蒋明，两人都觉得不够有意思，最后达成一致意见，到第三城去，星期五晚八点，C城火车站见。

星期五晚八点，蒋明又上网了，一上去就看到"到处流浪"

在那里，蒋明说，你没有去 C 城。"到处流浪"说，你也没去。蒋明说，爽歪歪。"到处流浪"说，我靠。

在以后的相当长的一段日子里，他们一直继续着网聊，但其中有几天时间，"到处流浪"没有来，蒋明以为断了，可过了两天她又出现了，一切又恢复了从前的模式。蒋明说，你又出现了，这几天你在哪里？"到处流浪"说，我换了个地方。蒋明说，你回 B 城了？"到处流浪"说，那我还叫"到处流浪"吗，蒋明说，在 C 城，还是在 D 城？"到处流浪"没有说她在 C 城还是在 D 城，她说，在哪里很重要吗？蒋明觉得"到处流浪"问得好，在哪里很重要吗？"到处流浪"告诉蒋明，她现在仍然是租房住。她将新租房的房间照片给蒋明看，蒋明觉得和 A 城那间房差不多。蒋明说，你动作倒快，几天时间就搞定了。"到处流浪"说，只要有钱，任何事情都能加急。

三

包健的哥哥在老家通过房屋中介公司买了一套二手房，签过合同后，才发现房子面积缩水，向原房主和中介公司要求退赔缩水面积的房款，可谓合情合理。原房主和中介公司却推三阻四，拖着不办。包健的哥哥一气之下，要跟他们打官司。可他又吃不准这官司该怎么打，请包健回去帮忙。包健就请了一个星期的假，回老家去了。包健手头正在进行的一些业务，暂时由许艺代理了。

许艺比包健晚进公司，一进去就是由包健带的，带着带着，就带出感情来了，谈起了恋爱。他们虽然年轻，却懂人情世故，知道两个人同在一个单位并不是什么好事情，不利于事业的发展。他们商量过，打算等许艺的业务再强一点，就开始物色别的公司，然后两个人中就有一个跳出去。至于谁出去谁留下，他们也权衡了各自的利弊，最后许艺认为应该她走，因为包健毕竟是这个公司的老业务员，升职的可能性比许艺大得多。

现在他们不动声色地努力工作，积累经验和知识，只等有了合适的去处，许艺就会毫不犹豫地跳槽。

许艺大致给包健手头的这些业务归了归类，把不一定立刻就做的事情先放在一边，但这一星期中，有些工作是必须要进行的，比如有几个已经到期的租金，中介要主动询问甲方收到没有，还有一单租赁生意双方约在本星期三签约，这些都是不能耽误的。许艺简单归类后，就按时间的顺序，一一地做起来。

她打电话给一个名叫胡海的房东，询问他本期的租金收到了没有，胡海说没有去银行查，估计会到了，等他查了后会告诉她的。听他的口气也不是十分着急，许艺知道，这样的客户比较好说话，属于让中介公司省心的客户，即使乙方的钱迟到几天，也不会斤斤计较。有些客户很严格地按合同办事，到付款时间了，他也不来提醒中介，更不去催促乙方，但只要乙方的租金迟了一天，他就拿合同跟你说事，按合同规定，超过的天数，得加倍支付租金。许艺已经碰到好几起这样的纠纷，虽是按合同办事，但最后总是弄得大家心里不舒服。这种办法对付老赖是不错的，但有些房客，并不是老赖，确实是那一阵比较忙，或者出门在外办事，迟了几天，房主也这么较真，就有些过分了。其中就有一个脾气大的房客，当场就撕毁了合同，宁可赔偿违约金也不要再租这个房东的房子了。

当天下午那个叫胡海的房主电话就打来了，告诉许艺，他去银行查了，租金已经到了，他还谢谢许艺。通过两个短短的电话，许艺觉得这个人的口气听起来似乎有点熟，但她没有判断出是不是自己认识的什么人，也没有往心上去。

不料到了第二天，胡海的房客却来投诉了，说胡海的房子漏水，又不知道水是从哪里出来的。许艺问她有没有找过物业和房东，这个房客说，对不起，我本来是想找物业的，可是、可是，我哥哥叫我找你们，因为你们拿我中介费的。她的话是在理的，中介公司既然收了中介费，就要负责任。许艺就联系胡海，胡海说他并不知情，但很爽快地答应一起去看一看。

许艺看到胡海，立刻就认了出来。胡海却对许艺没有什么印象。许艺说，那天你替你女朋友租房，我见到过你。胡海说，啊，是你做的业务？许艺说，不是我，是我同事包健，我是给他送合同的，在通和大厦。胡海这才想起来，说，呵，你是说顾倩啊。他觉得许艺给他的印象不深刻。但是许艺也有些奇怪，说，不过当时在通和大厦包健也没有认出你，你这套房子，也是包健办的呀。胡海说，你们接触的客户多，哪能都记得谁是谁。再说那天在通和大厦，不是我租房，我的名字也没有出现，包健可能会记得他有个客户叫胡海，却不一定能和我这张脸对上号。许艺说，那倒也是。但许艺又奇怪，既然胡海自己家有房子出租，为什么他还要掏钱替顾倩租房呢，为什么不能让顾倩就住这个房子呢？也可能胡海带顾倩来看过，但是顾倩可能看不上这个房子，这里比通和大厦蒋明的那套房子要差远了。不过许艺的这些想法并没有说出来，这跟她的职业无关，她只是回想了一下那天的情形：通和大厦的一位业主蒋明委托他的母亲谢敏娜出租的那套房子，由一个叫顾倩的年轻女孩租下了，签合同那天，蒋明和谢敏娜都不在，是谢敏娜的丈夫蒋友亭代签的。当时包健没有带上合同，许艺从公司拿了合同赶过来，到了那地方，才发现顾倩的男友也在那里，他大手大脚地替顾倩付了首期的租金和押金，还被顾倩左一个白眼又一个白眼不停地翻着，他脾气很好，始终呵呵地笑，看起来比那个姓蒋的房东还好说话。

现在许艺才知道顾倩的男朋友叫胡海，她忍不住笑了笑，按A城的方言习惯，"胡海"就是一个人马马虎虎很好说话的意思，胡海真是名如其人。

胡海房子漏水的问题并不很麻烦，叫了物业来一看，就明白是哪个地方漏水，很快派来了水暖工，很快就修好了。其实这点事情房客自己也可以做，但房客说，我哥哥叫我不要随便乱动房东家的东西，动了以后就是我的责任了。女房客大约三十岁，北方农村的口音，显得有点胆怯，还带着个七八岁的小女孩，小女孩看到进来这么多人，更是吓得躲到了床背后。许艺给了女房客一张名片，说，有什么困难你找我。

许艺和胡海一起走出来，胡海开车带许艺一段路，上车后胡海说，我觉得我还是喜欢比较小巧玲珑的。胡海说得没头没脑，许艺开始没听明白，后来想了想，有些明白了，但她只装作没有听见，没有说话。过了一会，到了十字路口，许艺该下车了。胡海说，反正我也不忙，干脆送你到单位吧。许艺想说不要，但又没有说出来，她的脸微微有点发热，过了一会，等热退下去，她说，胡海，你女朋友很有气质的。胡海愣了一愣，说，啊，你说顾倩吧，顾倩跟我是大学同学，那时候大家起哄，给班上每一个同学都排队配对，排到我和顾倩，他们非说我跟顾倩有夫妻相，硬把我们配成一对。许艺说，你们是有点像，个子都很高。胡海说，可我还是觉得我喜欢小巧玲珑型的。许艺说，女孩子都比较喜欢高大的男孩。胡海乐呵呵的。

许艺觉得自己有点问题了，但她不知道该跟谁说，也不知道该说什么，她希望包健早一点回来。可是包健不仅没有回来，还向公司续了假，也没说清是什么事情拖延了。

胡海每次驾车经过许艺她们的公司，就会在一楼大厅的茶吧和许艺坐一坐，说说话。有一天胡海刚走，许艺正要回楼上的办公室，同事卢婷走过来说，许艺，刚才出去的那个人是胡海吧？许艺说，是呀，你认得他？卢婷说，原来他的业务是我做的。许艺觉得奇怪，说，怎么包健说是他做的，经办人签名也是包健呀。卢婷说，是我转给包健的。许艺想问为什么，但是没有问，因为卢婷眼睛里有一种意思，她看出来了。卢婷又说，其实也不能算是我的，我也是从林雪那里接过来的。许艺又想问为什么，为什么林雪要把胡海的业务转给卢婷，但她话到嘴边，还是没有问出来。

有时候胡海会带上许艺去歌厅唱唱歌，或者去吃西餐，坐在胡海身边，许艺就想起了包健，有一次她悄悄地走出包厢，到走廊上拨通了包健的手机，听到包健"喂"了一声，许艺一阵心慌，赶紧掐了手机。她以为包健会立刻打过来，问她什么事，问她为什么不说话，她紧张地想着，如果包健这么问她，她该怎么回答。可是包健的电话却没有追过来，一直到晚上关手机，包健的电话也没有来。

包健正忙着呢，他回去帮哥哥打房子的官司，事先还做了一番准备，了解了有关的法律条文，哪知双方一见面，发现中介公司的老总竟是他的中学同学，老总"哈"了一声，说，大水冲走了龙王庙。结果官司也没有打起来，中介公司二话没说就让了步。包健跟同学说，我怎么感谢你呢？同学说，你到我公司来做吧，我这里缺一个像你这样有能力的部门主管。包健不假思索就答应了。其实他在 A 城的中介公司也干了好些年了，业绩相当好，升部门主管也是早晚的事，但毕竟还有像王伟、梁平几个跟他势均力敌的人物要竞争，他要挤掉别人自己才能坐上去，现在有人把主管的凳子端到他屁股底下，他为什么不坐呢？

就这么决定了，包健唯一觉得应该告诉一下的就是许艺，他打电话过去，许艺不在公司，电话是卢婷接的，包健问她许艺到哪里去了，卢婷说，跟胡海在一楼茶吧聊天。包健不知道胡海是谁，卢婷说，是一个客户，长得很帅。包健说，他和许艺聊什么呢？卢婷说，我不知道。停顿一下，她又说，你应该知道。包健说，我怎么知道。卢婷说，胡海本来就是你的客户。后来她不想再说这个事情，就换了个话题说，包健，你怎么一请假就不回来了，昨天老板已经发话了。包健说，我闪人了。

卢婷没有再细问，也没有告诉许艺和公司其他人。过了几天，大家才知道胡海已经向公司辞职，说是留在老家另找了工作。许艺再打包健的手机，包健已经换了手机。许艺想，这也对的，既然回老家工作了，再用 A 城的手机，就没有必要了。

一天许艺和一个客户一起下楼，准备去现场看房子，发现胡海正坐在一楼的茶吧，坐在他对面的是她的同事白燕，他们正在聊天。胡海看到了许艺，和她打招呼，白燕也向许艺介绍说，小许，这位是胡海，原来是包健的客户。胡海笑呵呵地说，不用介绍，我们认得。

包健跳槽后，过了些日子，业务员王伟在公司办公室的走廊上碰见许艺，他把许艺拉到一边，说，许艺，你可能不知道，你进公司时，本来是让我带你的，可是包健主动提出让他来带你，我也不好意思和他争，就由他带你了。我就一直劝自己，天涯何处无芳草。许艺说，什么呀。王伟说，本来我是不会说出来的，但是现在包健走了，我想我可以说了。许艺的脸微微地热起来。这时候王伟的手机响了，王伟接了手机说，张经理，是我，王伟，什么？没有没有，他没有留下联系方式，对，他的手机也换了。王伟挂了电话，对许艺说，老板在找包健。许艺说，他已经走了，找他干什么？王伟说，好像是说，包健经手过的一个房客，失踪了，想找包健了解些情况——对了，许艺，你有包健新的联系方式吗？许艺说，我没有。王伟说，那你知不知道他现在在哪里？许艺说，我不知道。

晚上许艺在家看电视，看到介绍"快闪族"。快闪族先在网上联络，然后毫无征兆就在某一个地方聚集出现了，做出一些奇怪的行为后又闪电般地消失，最短的只有十几秒钟，几乎是来无影去无踪。但这一次记者得到了信息，事先埋伏，才抓拍到快闪族的一次行动，大约有一百人，从天而降似的突然出现在一个大商场里，无论高矮胖瘦，无论男女老少，都七歪八倒地跳了一段让人笑掉大牙的芭蕾舞，然后一百多人一哄而散，顷刻间无影无踪，留下那些商场里的顾客和营业员目瞪口呆。

几十秒钟的画面一闪就过去了，而且因为拍摄角度的关系，大部分人都只拍到一个背影或侧影，许艺看到其中有一个人个子高高的，背影看上去有点像胡海。

四

女儿在 A 城大学念书，毕业后就留在 A 城工作了，自己租了房子，平时很少给家里打电话，叶维清渐渐地也习惯了。有时候夜深人静，想起来心里还是有点难受，但毕竟已经过了最不适应的时期，心境已经平和下来了。她体会那些把独生子女送到国外去的父母，比起他们来，她要好多了。女儿虽然在另一个城市，但离得也不算远，搭上火车几个小时就可以见到了。她的一个同事的女儿到了美国，父母亲想念她，为了见到女儿，他们努力学电脑，然后给女儿买了一个视频摄像头寄过去，让她装起来，他们就能够经常通过电脑看到她，可女儿装是装上了，他们却仍然看不到她，因为她不想让他们经常看到她，就关了视频，她自己要和别人交流的时候，才打开来。做父母的很伤心。但是伤心无济于事，事实就是如此。虽然叶维清的女儿也不愿意多和家里通电话，但在心理上、感觉上，毕竟不像在美国那么遥远。

叶维清和丈夫老顾的二人世界还是比较美满的，他们都有比较好的工作，在单位里都是骨干，收入也不低，最重要的是，他们的夫妻感情平和而稳定，虽然不再有年轻时的那种狂热，却有涓涓细流的绵长。平常的晚上，叶维清看电视剧，老顾在网上打打牌，或看看八卦新闻。他们同房的时候，老顾还说"我爱你"，叶维清有点说不出口，就说"一样"。

到了这一年的 9 月初，姐姐叶维佳告诉叶维清，她的女儿也就是叶维清的外甥女 10 月 2 日结婚。叶维清赶紧给女儿打电话，希望女儿提早安排好时间回来喝表姐的喜酒。电话打过去，才发现女儿的座机欠费停机了，又打手机，手机关机。叶维清开始也没太在意，她知道女儿爱睡懒觉，这一天是星期天，不会一大早就起来的。到了下午又打，手机仍然关机，叶维清就有点着急了，告诉老顾，老顾说，小孩子，没头没脑的，你等等再打，肯定会开的。到了晚上，叶维清再打，结果连手机也变成欠费停机了。这下子叶维清着急了，赶紧打电话找到女儿的男友，电话接通了，叶维清说，我是叶维清。女儿的男友愣了半天，没有回过神来，叶维清说，我是顾倩的妈妈。男友才"噢"了一声，说，什么事？叶维清说，她的座机和手机都欠费了，怎么回事？男友说，我不清楚。叶维清说，她不在你那里吗？男友说，她怎么会在我这里？停顿了一下他大概想到了什么，又说，我们早就分了，她没有告诉你吗？叶维清愣住了，过了半天才说，那，那她现在在哪里，你知道吗？男友说，我不知道。叶维清挂了电话，心里忽然就空空荡荡了。她盯着电话发了一会呆，才想起赶紧要找老顾。

星期天白天老顾在家和叶维清一起做一些家务，休闲一下，下晚的时候老顾被朋友叫去炒地皮，一般都要炒到半夜才会回来。叶维清把电话打到老顾的手机上，没料老顾的手机也关机了，叶维清心里"咯噔"了一下，顷刻间似乎觉得有个什么东西从脑门子里蹿了出去。叶维清赶紧镇定了一下，把电话打到了老顾的一个牌友家里，是牌友太太接的电话，见叶维清找老顾，赶紧说，怎么了，老顾找不到？叶维清说，说跟你老公一起炒地皮的，在哪里炒？牌友太太说，他们一般都在同心茶馆炒。叶维清还没来得及说什么，牌友太太说道，怎么，老顾不告诉你他在哪里炒？叶维清说，我没有问过他，我还以为在你们家里呢。牌友太太说，你没打他手机吗？叶维清有点窘，她跟这个牌友太太并不熟，却要把一些私密的情况坦白出来，但是为了找到老顾，就不得不告诉她老顾的手机关机了。牌友太太似乎停顿了一下，随即就说，也许没电了吧，也许，他们打牌怕有人打扰，把手机关了？她的口气是安慰性质的，但叶维清却从中听出了窥探的意思，叶维清说，你能不能给你老公打个电话？牌友太太说，我老公出去打牌从来不带手机。

叶维清只得去同心茶馆找人了。叶维清果然在同心茶馆找到了一伙人在那里炒地皮，但其中没有老顾。牌友说，老顾好长时间都不来炒了，说是夫人有意见，就不来了。

叶维清简直不知道自己是怎么离开同心茶馆的，牌友们只顾着自己炒地皮，没有谁关心叶维清找老顾干什么，找不到又会怎么样，也没有人猜测老顾为什么把手机关了，他们甚至不知道叶维清是什么时候走开的。

叶维清失去了方向。

她不知道自己应该立刻坐火车去 A 城找女儿，还是应该留在 B 城先找到老顾，她麻木地往一个方向走着，自己也没弄清这是一个什么方向，一直到掏出钥匙开了门，她才发现自己回了家。

老顾的气息还留在家里，老顾却没有了。叶维清开始翻箱倒柜，想找出点蛛丝马迹来证明老顾可能去了哪里。叶维清打开老顾的公文包，包的皮质并不好，塞的东西又多，包又沉又硬，里面除了厚厚一沓单位的资料，就是一些笔记本、通讯录、名片盒之类。面对通讯录上密密麻麻的名字和电话号码，叶维清无从下手。她先丢开了通讯录，翻开笔记本看了看，上面尽是些张三托李四干什么，李四又托王五干什么，老顾是个热心肠的人，他这大半辈子，似乎总是在帮人办事情，帮了一件又一件，永远没完没了。但老顾并没有多大的能力，社会关系也不是特别广泛，所以他不是每件事情都能办成的，但他总是能够爽快地答应人家，而且还保证一定做到，结果许多事情都没有办成。这些被老顾耽误过的人，也很埋怨老顾，甚至在背后骂老顾，但到了下次有困难，他们又来找老顾了。老顾又故技重演，他们又重蹈覆辙。

叶维清看了老顾的笔记本，并没有什么特别的地方，当然这张三李四王五等人，绝大部分叶维清并不认得。这也怪不得老顾，他们夫妻之间，从一开始就没有养成把各自的朋友介绍给对方的习惯，更没有养成让自己的配偶融入自己的关系圈。习惯一旦养成，似乎就成了一种规定，叶维清不清楚老顾的关系圈，老顾也一样不知道叶维清的朋友网。这许多年中，叶维清也试图重新来过，就主动把自己的关系介绍给老顾，老顾也接受叶维清的意见，把自己的一些熟人介绍给叶维清，他们也曾先后加入过配偶的那个圈子，努力想成为其中一分子，但结果仍然觉得自己是个局外人，而且还破坏了原来圈子的和谐气氛，大家都得小心翼翼照顾他们的夫妻感情，都有点尴尬，变得不自然了。最后他们又退回去了，都感觉格外自在。

叶维清从老顾的公文包里找不出任何的痕迹，在她把老顾的公文包重新收拾好之前，随手翻了翻那沓厚厚的资料，全是老顾单位用的资料，可是在一色的白色打印纸中间，忽然露出一张粉红色的纸来，叶维清抽出来一看，竟是一张圆融大厦的房屋租赁合同。叶维清仔细看了一下，甲乙双方，房东和房客，都是女性的名字，叶维清不认得这两个女人，也从没听老顾说起过。

叶维清的心"怦怦"地跳了一阵，慌乱中她已经预感到这张租赁合同意味着什么。她尽量让自己镇定下来，努力地保持着清醒的头脑，虽然甲乙双方都留下了联系方式，叶维清却没有给其中的任何一个打电话，她出门上了出租车，就直奔圆融大厦去了。

圆融大厦是一座酒店式公寓大楼，高楼层，五星级的管理，叶维清走进一楼的大堂，立刻有一种似曾相识的感觉。女儿顾倩在 A 城租了房子后她和老顾去看过女儿，也是类似的酒店式公寓，大楼里许多东西都特别相像，连保安的制服和保安的长相看上去也都差不多。

保安的眼睛很厉害，一眼就能看出来叶维清不是这里的住户，他问叶维清找哪一家，叶维清报出了房间和合同上乙方的名字，保安的电话就打上去了，这是可视电话，电话一接通，楼上房间里的人就能够看到楼下大堂里的人。保安对着话筒说，C2508，有人找。稍停片刻，楼上没有声音，保安又问了一遍，C2508，C2508，你们看到了吗？仍然没有声音。保安朝叶维清看看，说，他们没有表态，你不能进去。另一个保安说，你找的是谁，他们不认得你吗？叶维清说不清，但她知道老顾就在上面，和一个女人，但是现在他们看见了她，她却不能上去。这真是很高级的管理，很保护隐私，很现代。

她注意到两个保安在交换眼色，过了片刻，她看到老顾从电梯那边过来了，叶维清感觉像在梦里一样，一切都是那么不真实，她模模糊糊问老顾，你和谁租了房子？老顾说，你不要去找她了，你想知道什么，我全告诉你。老顾又说，你别怪她，是我主动的。叶维清茫然地看着老顾，喃喃地说，她是谁？老顾没有回答，只是想拉着叶维清往外走，他要脱离开两个保安的注视，可叶维清却不想走，她说，我不能见见她吗？她多大年纪？老顾愣了愣，勉强回答说，年纪、年纪不大。叶维清听了，甚至还笑了起来，说，年纪不大？四十？三十？你怎么不说话？难道更年轻，二十几，跟你女儿差不多？比你女儿还小？老顾又不吭声了。叶维清说，你们怎么认识的？是同事吗？老顾摇头。叶维清又问是不是发廊妹，老顾又摇头，犹豫了好一会，老顾才说，是网上认识的。

轮到叶维清发愣了，愣了半天，真实感才渐渐地回来了，她指了指圆融大厦气派的大堂说，在这里租一套房不便宜吧，倩倩在 A 城租的那一套，要一千九。老顾说，不是我出的钱，是她自己租的。老顾又补充说，她家里有钱，家里婚房都有，她怕父母亲干扰她，就自己出来租房住，没告诉父母。

老顾说话时一直站在叶维清面前，他的眼睛一直在看叶维清，叶维清却始终没有接触老顾的眼睛，她觉得心里很虚很虚，好像租房子不是老顾而是她。她不停地将自己的眼睛移开，再移开，后来她看到了大厦值班处的电视屏幕，屏幕上正在播一个纪实片，采访者拿着长长的话筒，追着人问：你想要什么？叶维清说，你不打算告诉我她叫什么。

老顾说，名字，其实并不重要，是不是？

叶维清拔腿就走，老顾紧跟着她，一迭声地问，你到哪里去？你到哪里去？叶维清摆脱不掉老顾，最后她突然发足奔跑起来，把措手不及的老顾甩在了身后，她终于有时间上了出租车，车开的时候，老顾追上来了，朝她喊，你等等我，你要到哪里去？她才从车窗里丢下一句话：报应！你女儿失踪了。

夜色笼罩的长街上，留下老顾一个长长的黑影。

叶维清半夜上了火车，火车到达 A 城已是凌晨，她直接打车去了女儿租住的通和大厦。这里住的大多数是白领成功人士，叶维清曾经很不明白，大学刚毕业的女儿怎么有这么高的收入，女儿告诉她，是男友替她掏的。叶维清觉得不妥，女儿认为她老土，说，他愿意，我为什么要客气？

　　现在叶维清又来了。她的感觉就是，这房子跟老顾租的房子真的很像。楼下大堂二十四小时有值班服务，但是和 B 城圆融大厦一样，叶维清进不去。叶维清告诉保安，她的女儿可能出事了，电话停机，手机停机，如果不及时去房间看看，一切后果要由他们负责，折腾了半天，保安认真查看了她的身份证，才拿了由物业保管的一把钥匙上楼去开了门。顾倩果然不在，但屋里的一切显得很正常，顾倩只是带走了自己的衣物，其他东西，都是房东提供的，她不能带走。

　　叶维清在女儿的抽屉里找到了一张粉红色的租赁合同，合同格式和老顾公文包里的那张几乎一模一样，经手人是某房屋中介公司的包健。

　　等到上班时间，叶维清开始联系包键，这才知道，包健已经调走了，包健原先所在的房屋中介公司设法四处寻找包健，但一直没有联系上，包健走的时候，什么也没有留下，谁也不知道包健现在在哪里。中介公司也无能为力了，他们跟叶维清说，包健虽然走了，合同仍然有效，我们承认的，业务员我们已经另派，她叫许艺，她会负责这一起合同纠纷的。但是房客失踪跟房屋中介公司是没有关系的。

　　现在，唯一的线索就是房屋租赁的甲方了。

五

甲方蒋明，合同上留的却是谢敏娜的电话。电话接通了，叶维清听着谢敏娜的声音有点奇怪，说，你是蒋明吗？谢敏娜说，蒋明？你找蒋明，你是谁？你怎么找蒋明？叶维清说，我这里有一张租房合同，上面的甲方是蒋明。谢敏娜说，你是谁？租房的是顾倩，你是顾倩的什么人？我正要找顾倩呢，她这一期的租金该付了，已经超过好些天了。叶维清说，我是顾倩的妈妈，我女儿失踪了。

谢敏娜大吃一惊，赶紧去了自己的房子，和叶维清见了面，她们互相交流了自己所了解的情况，大楼物业管理的负责人也帮她们一起进行了分析，最后得出结论，顾倩不是出了什么意外，她是有意识离开的，所以叶维清应该先放下心来。物业管理负责人对谢敏娜说，现在出租屋，这样的情况常有发生，租金到期的时候，人就不见了。叶维清觉得自己的女儿不是那种无赖，但她没法说出来，是无赖不是无赖，要由事实说话。谢敏娜对顾倩的印象虽然不怎么好，却也没觉得顾倩会做出这样的事，她还安慰叶维清，说，现在的孩子，都是这样，又自我，又不懂事，不知道家长对他们的牵挂。她还告诉叶维清，租给顾倩的这个房子她是买给儿子的，可儿子大学毕业都不愿意回来工作，就留在 B 城了。这个以他的名字买的房子，他甚至连看都没看过一眼。

叶维清和谢敏娜越谈越投机，最后叶维清甚至把老顾的事情也告诉了谢敏娜，她说，那一刻，我看到他从电梯那边走过来，说他跟一个二十多岁的女孩子好，我简直像在做梦。

叶维清的故事让谢敏娜深感震动。

最后她们一起离开了这间本不属于她们的屋子。楼道里非常安静，每一扇门都紧闭着，谁也不知道门里边正在发生什么，或者已经发生了什么，或者将要发生什么。

走出通和大厦的时候，叶维清的手机响了，来了一条信息，是一个陌生的手机号码，叶维清打开一看，竟是女儿顾倩发来的信息，只有几个字：老妈，这是我的新手机。叶维清赶紧打到顾倩的手机上，说，倩倩，你在哪里？顾倩说，我换了一个地方生活，我现在在 D 城。叶维清一边松了一口气，一边又来了气，说，你为什么？好好的工作，好好的对象，好好的城市，你怎么说换就换？顾倩说，在 A 城没劲。叶维清说，你为什么不告诉我？顾倩说，告诉你干什么，你在 B 城，也帮不了我，我自己办好一切，住定下来，会告诉你的。你是不是以为我失踪了？老妈，我不会失踪的，我才没那么傻呢。

电话就挂断了，叶维清半天没有说话，谢敏娜也没有打扰她。她们一起慢慢地往前走，经过街头一个自动取款机，谢敏娜查了一下银行卡，发现顾倩应付的违约金早已打过来了。

谢敏娜和叶维清只剩下相对无言。

谢敏娜回到家，老蒋也已经回来了，谢敏娜说，你今天早嘛。老蒋似乎有点心虚地看看她，又看看墙上的钟，说，差不多吧。谢敏娜说，早就早了，有什么好心虚的。老蒋就有点慌了，说，我没有心虚，我哪里心虚了？谢敏娜斜眼看看他，她也不知道自己是不是想从老蒋脸上看出些什么来，老蒋赶紧避开了她的注视。谢敏娜说，你觉得你是个老实人吧？老蒋不知道她的话里有没有圈套，不敢多嘴。谢敏娜说，男人老实，都是装出来的，这世界上，根本就没有老实人。老蒋说，是、是的吧。谢敏娜说，再老实的人，也会在外面租房养女人。老蒋顿时冒出一头大汗，结结巴巴地说，你、你——我、我以为你不会知道的——还是老话说得好，若要人不知，除非己莫为，到底还是让你发现了。谢敏娜听了老蒋这话，简直灵魂出窍，看鬼似的看着老蒋，半天说不出话来。老蒋见谢敏娜神色不对，更慌了，说，我、我本来是想告诉你的，可是、可是——谢敏娜打断他说，你、你也在外面租房了？老蒋说，是、是租了——你不就是说的我吗？谢敏娜说，你怎么知道我说的就是你？老蒋说，你肯定知道了，你肯定知道了，要不然你怎么会吃得这么准？慌乱愤怒之中，谢敏娜问出的第一个问题，和叶维清的问题完全一样：她是谁？老蒋呆呆地看着谢敏娜，他吃不透谢敏娜问这话是什么意思，过了半天，才说，你知道了还问，是友芬呀，我妹妹蒋友芬和她的女儿小连住的。谢敏娜飞出去的灵魂渐渐地回来了，但气愤仍然笼罩在她的心上，她气势汹汹地说，她们为什么都要挤到 A 城来生活，在老家就不能过日子？但这话一出口，她自己也觉得有些霸道，A 城又不属于你谢敏娜一个人，谁爱来都能来，可是老蒋老家的人就是这样的习惯，一个来，个个来，很快就会拖来一大群。老蒋说，她没脸再在老家待下去，你知道的，我妹夫搞了婚外恋，在外面包养二奶。谢敏娜说，那应该你妹夫没脸待下去，应该他滚蛋。老蒋哭丧着脸说，可我们老家就是这样的风俗习惯，男人出了事情，女人就没脸了，所以她只好带着女儿来找我。谢敏娜说，你们那种地方，你们这种人，莫名其妙。又说，什么时候的事？老蒋说，就是你把蒋明的房子租给别人的那一阵。谢敏娜现在回想起那时候老蒋在蒋明新房子里的一些鬼鬼祟崇的表现，说，原来你想把蒋明的房子给你妹妹住？老蒋说，也没有，也没有，我知道的，那房子太高级。但是如果你不出租，反正空关着，我是这么想过的，可是后来你出租了。谢敏娜说，空关着？你想得美，你不知道我的压力吗？我每个月要贴蒋明生活费，我还要还贷款，你还希望我把房子空关着？你和你老家的人都以为我是富婆，富得流油啊？老蒋说，所以你出租了嘛，出租是对的嘛。谢敏娜冷笑一声道，是呀，我一个手收进来，你又一个手送出去。老蒋说，我给友芬租的房子是旧公寓，房租不贵的，一个月才500块。谢敏娜说，你口气好轻松，一个月500块，我为几块钱的扫帚垃圾桶还跟别人争呢。老蒋不说话了。谢敏娜问，你工资奖金不是都交给我了吗，你哪里来的钱？老蒋不回答这个问题，沉默了一会，老蒋说，其实蒋明那里，你可以少贴他一点，他工资也不低，现在年轻人拿得比我们多。谢敏娜说，可现在他住在别人的屋檐下，我不能让我儿子太寒酸，我得让他能够挺起胸膛做人。老蒋支吾着说，其实，其实——其实我是说，也许蒋明、蒋明也许可能已经不住在人家家里了。老蒋说得含糊，可谢敏娜听得清楚，立刻跳起来说，你说什么？你说什么？老蒋一下子被逼到墙角没处退了，只得说，蒋明可能、可能已经离婚了——我有个同事，他一个亲戚在 B 城，和周丽的父母熟悉，是他告诉我的。谢敏娜只觉得两眼发黑，但她听得见自己尖厉的声音，蒋友亭，你儿子离婚你都不告诉我？老蒋说，我也是刚刚听到的消息，我不知道这消息是否确实，我打电话问过蒋明，他没有正面回答我，只说，不关你们事，你最好不要告诉我妈。我想，也许人家瞎说的，就没有追问下去。谢敏娜一口气憋住了，憋得脸色又青又紫。老蒋赶紧说，你别生气，你别生气，我看到一个材料，现在年轻人的婚姻时间越来越短，年纪越轻，时间就越短，二十五岁以下结婚的，平均维持的时间就更短了，最短的只有几天。

谢敏娜不再理睬老蒋，她立刻拨通了蒋明的手机。

此时此刻，蒋明正在 B 城自己的出租屋里，和"到处流浪"网聊，他的手机设置成了震动，他没有在意有电话进来了。

在同一时间里，夜色中，叶维清独自走在 A 城的大街上，她要去 A 城火车站，坐上火车，回 B 城。可是，回 B 城又怎么样呢？叶维清不知道。

在异乡的街头，老顾一直默默地跟在叶维清的背后。